Wilhelm Raabe

Das Horn von Wanza

Wilhelm Raabe

Das Horn von Wanza

Reproduktion des Originals.

1. Auflage 2022 | ISBN: 978-3-36826-562-5

Verlag: Outlook Verlag GmbH, Zeilweg 44, 60439 Frankfurt, Deutschland
Vertretungsberechtigt: E. Roepke, Zeilweg 44, 60439 Frankfurt, Deutschland
Druck: Books on Demand GmbH, In de Tarpen 42, 22848 Norderstedt, Deutschland

Vorwort zur zweiten Auflage

Hoffentlich ist die Geschichte vom *Horn von Wanza* in den zwanzig Jahren seit ihrem ersten Erscheinen nicht so sehr veraltet, dass das heutige Publikum eine nochmalige Ausgabe als eine Unhöflichkeit auffassen könnte. –

Wilhelm Raabe

Braunschweig, im Brachmond 1901

Erstes Kapitel

Den Possenturm bei Sondershausen in weiter Ferne vor Augen, wanderte der Student auf der Landstraße dahin. Auf einem der Berggipfel des südlichen Abhanges des Harzes hatte man ihm gesagt:»In *der* Richtung liegt die Ortschaft; aber zu sehen ist sie von hier nicht. Na, Sie werden schon hinkommen, wenn Sie sich so in der Mitte zwischen der Goldenen Aue und dem Eichsfelde halten und dann und wann unterwegs nachfragen. Da unten im Lande sind sie ganz bekannt damit. Glückliche Reise.«

»Wie die alte Tante ausfallen wird, soll mich wundern. An mir soll's nicht liegen, wenn sie mich nicht zum Haupterben einsetzt oder doch ein angenehmes Kodizill an ihr Testament meinetwegen hängt«, sagte der Student.»Was aber das ›alte Haus‹ sagen wird, darauf bin ich wirklich gespannt. Wenn sie den alten Knaben auch dort den weisen Seneka nennen und ihn seiner Weisheit wegen bei sich zum Bürgermeister gemacht haben, so ist das in der Idylle dort die einzige Philisterbande, die jemals eine vernünftige Idee gehabt und sie in die Erscheinung geführt hat. Ganz riesig ist's aber unter allen Umständen von ihr.«

Damit war er abwärts gesprungen vom Rabenskopfe durch den Tannenwald und den frischen, sonnigen Septembermorgen, dem ihm augenblicklich noch so wenig bekannten Ziel seiner Wanderschaft entgegen. Es ist aber jedenfalls immer sehr hübsch und herzerfreuend, wenn einem ein solches Ziel so – bald nach Sonnenaufgang – in einer so bunten, flimmernden, schimmernden, taublitzenden Ferne gezeigt wird und noch dazu mit dem Wort:

»Sie werden einen schönen Tag behalten, Herr Student.«

Es war ein erkleckliches Stück weiter gegen Norden hin, wo dieser Studiosus der Philologie, Herr Bernhard Grünhage, zu Hause war. Zum ersten Mal hatte er am gestrigen Abend von den südlichen Harzbergen in die Gegend zwischen dem Kyffhäuser und der Porta Eichsfeldika hinausgesehen, und wie es eigentlich kam, dass er heute diese Gegend nunmehr durchwanderte, das muss jetzt vor allen Dingen erzählt werden. Die alte Tante läuft weder dem Studenten noch uns weg. Es ist eine sesshafte alte Tante, die schon fast an die siebzig Jahre durch die Dinge hat an sich herankommen lassen und – wie wir finden werden – noch lange nicht die Absicht hat, ihnen auszuweichen. Sophie Grünhage hieß sie mit Vor- und Hausnamen, und »Frau Rittmeistern« wurde sie tituliert, und dies war eigentlich alles, was die Familie in Gifhorn an der Aller von ihr wusste. Im Familieninteresse befand sich der Student auf dem Wege zu ihr, und das war das Lange und das Kurze von der Sache. Dass er das »alte Haus«, den weisen Seneka, dort gleichfalls sesshaft wusste, war ihm ein Trost.

Der junge Philologe war der zweite in einer Reihe von fünfen, doch nicht lauter Philologen. Die Übrigen allesamt waren Mädchen, und die Mutter war tot, und die vier Mädchen führten dem Papa den Haushalt; der Papa aber ging mit diesem Haushalt, wie Friedrich Hölderlin sich ausdrückt, »auf schmaler Erde seinen Gang«.

Der Vater Grünhage war ein Landarzt in einer sehr gestanden Gegend der norddeutschen Ebene; und wie sie in seinem Hause »anständig durchkamen«, wussten sie manchmal eigentlich selber nicht ganz genau anzugeben. Doch sie kamen lustig durch, und das ist immer die Hauptsache. Rezepte gegen ihre irdischen Bedrängnisse und Beschwerden brauchten sie sich nicht von irgendeinem Philosophen verschreiben zu lassen, bis jetzt hatten da immer noch die allergewöhnlichsten Hausmittel ihre Wirkung getan.

»Kinder macht mir den Kopf nicht warm«, pflegte der alte Doktor bei außergewöhnlich andringlichen Gelegenheiten zu sagen. »Hippokrates ist ein großer Mann, aber hiervon schreibt er nichts. Seht zu, wie ihr fertig werdet; aber das bitte ich mir aus, hippokratische Gesichter will ich heute Abend an euch vier Gänsen nicht sehen, wenn ich von der Praxis komme und vom Gaule steige. Wer zieht ihn mir heute in den Stall? Immer die Fidelste! Nun, an welcher ist denn diesmal die Reihe?«

Das fröhliche Gesichtchen, das sich dann stets aus der Schar der Grazien dieses Doktorhauses verdrängte und »An mir! An mir, mir!« rief, genügte schon allein, um dem zu Klepper steigenden Pater familias des schmalen Haushaltes und der vielköpfigen Familie die berechtigtste

Anwartschaft auf einen verdrießlichen, seufzer- und sorgenvollen Abend in die nebelweiteste Ferne zurückzudrängen.

Nun war aber in den letzten Zeiten und vorzüglich im letztvergangenen Winter, wenn nach einer mühseligen Tagfahrt der Gaul von einem der Mägdelein in den Stall gezogen worden war, mehr als einmal die Rede auf »die Tante in der Güldenen Aue« gekommen, und so mitten in der Torf- und Heidegegend hatte das Wort stets einen ungemeinen Wohllaut an sich gehabt. Doch allerlei Bedenklichkeiten knüpften sich gleichfalls daran, und davon trug wohl der selige Herr Rittmeister Grünhage die meiste Schuld, doch nicht alle. Vom Hörensagen kannten alle vier Mädchen im Doktorhause den Onkel Rittmeister und wussten, was für ein gefährlicher Mensch er gewesen war, und der Doktor selber hatte nur zu oft gesagt: »Kinder, seid mir nur still von ihm; *ich* habe das Vergnügen, ihn persönlich gekannt zu haben, meinen Herrn Bruder.« – Aber die Tante! Die hatte der Papa nur ein einziges Mal, und zwar auf ihrer Hochzeit anno achtzehnhundertneunzehn in Halle an der Saale zu Gesichte bekommen, und er kratzte sich jedes Mal, wenn die Rede darauf kam, hinteren Ohr, und das war fast noch unheimlicher.

»Ja, grade fünfzig Jahre müssen es her sein heute, als der Bruder Hochzeit mit ihr machte«, sagte der Doktor. »Na, hoffentlich werden sie besser zueinandergepasst haben, als es sich an jenem vergnügten Abend anließ. Sie war aber um ein ziemliches jünger als der Bruder Dietrich, und an ihrem Hochzeitstage schien sie wirklich selber noch nicht recht zu wissen, wie sie eigentlich zu dem Pläsier kam, von dem tollen, exwestfälischen Kürassier auf den Sattel genommen zu werden. Übrigens, was geht uns hier das alles eigentlich an? Es ist immer Käthe, welche alle Augenblick die Unterhaltung darauf bringt. Hat das Mädchen mehr Familiensinn als wir anderen, oder will das gute Kind erben? Was meint ihr, Gesindel, sollen wir unsere Alte einmal von wegen der letzteren angenehmen Fantasie auf die Post setzen und nach Wanza an der Wipper schicken, mit Vollmacht, alles zu nehmen, was man ihr geben will?«

Nun war »unsere Alte«, das gute Mädchen, die Käthe, in der Tat die Älteste von den fünfen, und die Verständigste war sie unbedingt auch. Sie allein wusste ganz genau, was der Haushalt heute kostete, gestern gekostet hatte und morgen kosten werde, und den größten Familiensinn in der Familie hatte sie gleichfalls. Es war eben nur »eine von des Vaters gewöhnlichen Redensarten«, wenn er sie damit aufzog.

»Lacht nur«, sagte sie, »das Vergnügen habt ihr wenigstens billig, und so gönne ich es euch von Herzen. Wenn ich übrigens unser Bernhard wäre, so probierte ich es doch einmal und wendete einen Teil meiner Ferien dazu an, um mich zu erkundigen, ob die Grünhages dort hinter den Bergen dem lieben Gott als ebenso kurioses Volk wie wir hier aus der Kiepe gehüppt sind. Ist es keine Sünde, ein Gericht Kohl aufzuwärmen, so kann es auch keine Sünde sein, eine entfernte Verwandtschaft wieder aufzufrischen. Und was nun die gegenseitige mögliche Beerbung anbetrifft, so hat es doch keiner von uns hier schriftlich, ob die Tante sich nicht da gleichfalls ihre Illusionen in Betreff unserer macht und wir ihr nicht auch manchmal in ihren angenehmsten und liebsten Träumen vorkommen.«

Allgemeiner Jubel hatte diese letzte »großartige Wendung« des guten Mädchens begleitet. Halb und halb hatte man sie immer im Verdacht, dass sie die Kapitalistin in der Familie sei und bei ihrer Haushaltsführung stets ein Erkleckliches in der mysteriösesten Weise »auf die Kante lege«.

Dem sei nun, wie ihm wolle, auf ein unfruchtbar Feld fielen die Worte der Alten selten. Da schlug manches im Frühjahr Wurzeln, was im Sommer in die Blätter schoss und im Herbste Frucht trug.

»Kinder, an mir soll es nicht liegen, wenn ich unserer Alten die alte Schachtel in der Güldenen Aue nicht in den Haushalt schlachte!«, rief der Student. »Schon seit einem Jahre ist unsere Couleur in Göttingen darüber aus Rand und Band: Sie haben das alte Haus, den weisen Seneka, unsern Exsenior, richtig bei sich zu Hause zum Bürgermeister gemacht, nachdem er durch jedes andere Examen gefallen war; und die Regierung hat ihn wahrhaftig auf seinem kurulischen Stuhl bestätigt, nachdem sie sich freilich eine erkleckliche Weile darob bedacht hat. Es ist zu gottvoll! Und – kaum glaublich, dass er selber dran glaubt! Ich aber muss das sehen! ... Morgen bin ich auf dem Wege zum weisen Seneka; die Tante Grünhage nehmen wir mit, wie sie sich gibt. Hurra!«

»Jawohl, hurra«, brummte der Doktor und Hausvater. »Gefragt werde ich bei der Sache natürlich mal wieder gar nicht, aber – dagegen habe ich nichts, würde ja auch doch nur überschrien. Na, die Tante! Uh, die Tante Sophie! Auf das Nachhausekommen des Jungen freue ich mich ausbündig, wenn auch auf nichts Weiteres!«

»Auf den weisen Seneka freue *ich* mich ausbündig«, lachte der Student. »Das wäre ein Mann für unsere Alte! Zumal jetzt, wo er Bürgermeister geworden ist und eine Frau ernähren kann. Welche von euch Mädchen will mir sonst noch ihre Fotografie für ihn mitgeben?«

»Dummes Zeug!« sprach das gesamte Vierkleeblatt bis zur neunzehnjährigen Martha herunter wie aus einem Munde. »An unsere Tante Sophie Grünhage in der Goldenen Aue, aber nicht an deinen abgeschmackten, dummen weisen Seneka wirst du expediert. Schade, dass keine von uns gehen kann.«

»I, seht mal!« grinste der liebe Bruder.

Zweites Kapitel

O schöne Zeit, wo der Mensch dem falschen Pathos weder im Leben noch in der Literatur aus dem Wege geht, wundervolle Zeit, wo er, der Mensch, nicht einmal eine Ahnung davon hat, dass etwas, was er selber später falsches Pathos nennen wird (dies Tier war noch nicht unter denen, welchen Adam einst Namen gab), überhaupt in der Welt existiert!

O bittere Zeit, wo der Mensch auf der abwärtssteigenden Bahn seines Lebens ganz genau anzugeben weiß, wo in ihm und um ihn das falsche Pathos anfängt!

Bittere Zeit? Wohl, dann und wann recht bitter oder zum wenigsten sehr sauersüß! Aber doch auch nicht ohne ihre Vorzüge der andern gegenüber – sagt der weise Seneka – der Lucius Annäus aus Corduba nämlich –, der uns aber an dieser Stelle nicht das Geringste kümmert und der sich dazu sein falsches Pathos seinerzeit ebenfalls recht wohl hat bekommen lassen.

Wir steigen mit dem Studenten durch die schöne Natur *seinem* weisen Seneka zu. Der alte Senior der Caninefatia imponiert ihm mit vollem Recht immer noch riesig, wenn auch mehr aus den Erzählungen der ältesten Leute in der Verbindung als eigenem längern Verkehr mit ihm. Persönlich wirft die einstige große Leuchte der Caninefaten ihr Licht nur in sein erstes Fuchssemester; aber die alte Tante läuft nichtsdestoweniger wirklich nur beiläufig so mit in seinen Gedanken, wie das in dieser Welt mit den besten Dingen leider so häufig der Fall ist.

Am Nachmittage des andern Tages, nachdem er von den herzynischen Bergen niedergestiegen war, stiegen die Türme seines Wanderzieles vor ihm empor. In der Tat, das Städtchen richtete mehr als eine Nase zum Himmel auf. Sein Kirchenturm war nicht die Einzige. Eine mittelalterliche Warte hatte sich wohl erhalten durch die Jahrhunderte. Ein stattlich Amtsgebäude zeigte desgleichen einen hochragenden, schiefergedeckten Uhrturm. Manche große Stadt hätte viel darum geben können, wenn sie eben solch ein Gesicht aufzuweisen gehabt hätte, wie es die winzige ackerbürgerliche Schwester dem Wanderer von ferne her über das Hügelland, die Wiesen und Ackerfelder und dann und wann auch über den Wald zeigte oder besser emporhob.

Es war ein heißer, wolkenloser Spätsommernachmittag. Eine gute Meile Weges lag noch unbedingt zwischen Wanza, dem gegenwärtig in Wanza regierenden Bürgermeister, der Tante Sophie Grünhage und dem Studenten der Philologie Bernhard Grünhage. Und ein Dorf lag gleichfalls noch zwischen ihnen und ihm. Der Weg des Studenten führte aber nicht etwa vorsichtig um dieses Dorf herum, sondern grade durch. Der Bauernkrug aber war am äußersten Ende des Dorfes gelegen, und zwar der Stadt zu, – anlockend daneben ein Bauerngarten voll Stockrosen und Sonnenblumen; Tisch und Bank unter dicht belaubtem Baume vor der Pforte und über der Pforte die angenehme Inschrift:

Witwe Wetterkopf.
Ausspann, Restauration und Speisewirtschaft!

»Was sieht mein Auge?«, sprach dumpf nicht etwa von der Bank in dem wohligen Lindenschatten aus, sondern hervor unter dem emporgeschobenen Fenster der Schenkstube eine Stimme, die den Studenten zum augenblicklichsten Anhalten im Marschschritte brachte. »Täuscht mich ein Traum oder sehe ich recht durch des Philisteriums öden Nebel? ... Die alten Farben! ... Wohin wandert dieser Knabe aufs Geratewohl? ... Hierher, junger Mensch!«

»Dorsten?!«, rief der Student, und aus der Gaststube des Bauernkruges scholl es zurück:

»Ja, Dorsten! Ganz derselbige! Nun, bei dem Buche de tranquillitate animi – über die Gemütlichkeit –, wenn das nicht gemütlich ist! ... Tritt heran! Reiche deine Rechte! Beim Zeus, das Phantom löst sich nicht auf im Dunste der Heerstraße. Es hat Fleisch und Knochen. Alle Teufel, nicht so innig, Sohn der nahrhaften Erde! Und vor allen Dingen komm jetzt mal rein in die Bude, nenne mir deinen Namen und lass dich genauer besehen!«

Mit beiden Händen hatte der Student die ihm aus dem Fenster dargereichte weichliche Hand des einstigen Seniors der Caninefaten und jetzigen Bürgermeisters von – von – nun, den Namen des Nestes haben wir doch schon einige Male hingeschrieben – von Wanza an der Wipper gefasst:

»Dorsten! Ist das wirklich Ihr – dein Name?« rief er noch einmal, und der andere sprach:

»Das ist unbedingt mein Name. Wie gesagt, komm herein, fabelhaftes Landstraßenphänomen, und erhole dich lieber hier in der Kühle von deinem nicht ungerechtfertigten Erstaunen.«

Rückwärts in die Stube gewendet, rief er:

»Junge Frau, es kommt wahrhaftig noch ein Mensch!«

»Ach Herrje, Herr Burgemeister, nun reden Sie doch nur nicht so! So schlimm bestellt ist das doch nicht mit dem Verkehr bei der Witwe Wetterkopf, wie Sie auch wohl recht gut wissen, Herr Burgemeister.«

»Quellnymphe, kippen Sie gefälligst mal Ihre Urne um, das heißt, junge Frau, stellen Sie diesem Jüngling einen Frischen hin und – mir auch! Du aber, mein Sohn, komm noch einmal, und zwar jetzt ganz in meine Arme und sodann auf die Bank hier mir gegenüber. Menschenkind, das ist ja ein ganz verrückter, ein ganz glorreicher Einfall von dir, da auf der Chaussee so mir nichts dir nichts mit den alten Farben daherzuwandeln. Steigt dir ein Halber! Und nun – wie kommst du denn eigentlich auf diese wahnsinnige Idee und, noch einmal, wer bist du eigentlich, enthusiastische jugendliche Kreatur?«

»Man hat mich geschickt, und da ich dich hier sitzend wusste, so bin ich halb und halb von selber gekommen. Sonst aber falle ich leider nur in dein letztes Semester, und mein Name ist Grünhage.«

»Dafür kommt dir der Rest!« sprach der weise Seneka würdig gerührt. »Witwe, legen Sie Ihren Strickstrumpf noch einmal für einen Moment nieder.«

Die Witwe tat das, ohne dass die Aufforderung im Grunde nötig gewesen wäre. Als sie mit den beiden gefüllten Krügen wiederkam, seufzte der Bürgermeister von Wanza:

»Ein wenig lak; aber doch von zarter Hand kredenzt.« Und zu dem Kommilitonen hinüberblinzelnd, zitierte er:

»Du bist das schönste Weib auf dieser Erde.«

Ärgerlich lachend aber versetzte die Witwe:

»Herr Burgemeister, das hat mir noch kein Mensche gesagt! Sie aber, junger Herr, wenn Ihnen der Herr Burgemeister wirklich schon von länger her bekannt ist, so wissen Sie auch wohl, wie man sich mit ihm in acht nehmen und mit ihm Geduld haben muss.«

»Geduld, Geduld! Wer sollte sie nicht haben?
Hat doch der Himmel selbst Geduld!«

zitierte der Weise von Neuem, wenn auch das Seinige hinzugebend. »Übrigens, liebliche Witib, kannst du itzo für einen gewissen unbestimmten Ausschnitt der Ewigkeit deinen Strumpf dreist wiederaufnehmen und noch dreister hier auf der Bank näher rücken; wir reden jetzt nur von Familiengeschichten. Und nun rücke auch du heraus, heiterer Knabe, und teile uns mit, wie du grade heute auf den korrupten Einfall fällst, zu Fuß deinen Leichnam durch den Sonnenbrand gen Wanza zu tragen. Wahrlich, du dämmerst mir von Moment zu Moment mehr aus dem Sonnenuntergangsrot meiner bessern Tage auf! Ohne Flausen, Grünhage! Du pilgerst daher, und ich wünsche, nunmehr Verstand in diese deine Pilgerschaft zu bringen.«

Die Witwe Wetterkopf rückte mit ihrem Strickzeug (»Geben Sie dreist um die Wade noch einige Maschen zu!« sagte der Bürgermeister) wirklich näher; doch setzte sie sich jetzt lieber auf die Bank des Studenten, als dass sie auf der des Bürgermeisters von Wanza an der Wipper mit Platz genommen hätte. Der Philologe aber hatte vor keinem von den beiden Geheimnissen. Er erzählte einfach, wie sich die Sache gemacht habe, gab ziemlich ausführlichen Bericht über seine Zustände zu Hause, und als er geendet hatte, bemerkte der weise Seneka ebenso einfach:

»Einen gloriosen Einfall nenne ich dieses also nicht mehr, wohl aber eine höchst behagliche Verkettung der menschlichen Schicksale. Würde die Witwe mitreiben, so würde ich dir den Vorschlag machen, sofort einen Salamander auf deinen Alten, deine vier Schwestern und vor allem auf jene unter ihnen, die du Katharina nennst und nicht ohne Grund zu loben scheinst, zu reiben. So aber trinke ich nur andächtig einen Ganzen auf ihr Wohl. Ländliche Schöne, lege das für deine verführerischen musculi peronei bestimmte Gespinste noch einmal hin –«

»Wenn Sie noch einen Schoppen haben wollen, bitte, so sagen Sie es deutsch!« sagte die Wirtin ein wenig sehr spitzig.

»Denn auf deine Tante Sophie trinke ich speziell noch einen Halben!« brachte der Herr Bürgermeister seine Rede zu Ende, ohne sich stören zu lassen.

»Du kennst sie also, liebster Dorsten?«, fragte der Student.

»Kennen? Noch lange nicht genug! Aber jedenfalls habe ich sie im gegründetsten Verdachte, dass *sie* mich ganz genau kennt und – weiß, was Wanza an mir haben konnte und – jetzo wirklich hat. Wenn einer was dazu getan hat, dass ich das Konsulat dort, die Liktoren und Faszes erlangte, so ist's die Frau Rittmeistern. ›Jetzt blamiere du mich nur nicht zu arg, lieber Ludewig‹, hat sie mir wenigstens oft genug vorgehalten, mich, nachdem die Regierung meine Wahl bestätigt hatte, am Ohr nehmend. ›Hätte deine selige Mutter dich mir nicht so sehr auf die Seele gebunden, so hätte ich mir doch vielleicht einen noch etwas mehr zur Vernunft gekommenen und zu sonst nichts zu gebrauchenden Auskultator ausgesucht.‹ Jaja, außer mir ist sie, deine brave Tante Grünhage nämlich, die einzige anständige Person in dein Neste dort.«

»Dies hätte nun mal wieder unsere Kegelgesellschaft vernehmen sollen, Herr Burgemeister!« lachte die Witwe Wetterkopf.

»Siehst du, Bruder«, seufzte der weise Seneka. »So weiß selbst dieses einfache Weib in der hiesigen Welt- und Kulturgeschichte Bescheid! Aber die Sonne sinket, Neffe Grünhage; wie ist's, sollen wir den Mondenaufgang abwarten oder der Hähne widerwärtig Gekrähe wie – schon sonst mehrere Male? Oder sollen wir gehen? Willst du im rötlichen Abendgold Arm in Arm mit mir in Wanza einwandern, oder wünschest du dich lieber allein einzuschleichen, sowohl in die Stadt wie auch in der Tante Testament? Vier Schwestern! Reizende Besen selbstverständlich allesamt; aber auch allesamt mit einem unergründlichen Backfischappetit begabt und auch sonst etwas kostspielig zu erhalten für einen weißhaarigen Erzeuger! Als *mein* Alter mich in die Welt gesetzt hatte, muss ich wohl alle seine Wünsche in dieser Hinsicht befriedigt haben. Jedenfalls hat der verdrießliche alte Hahn an mir vollkommen genug gehabt, und ich bin – unser Einzigstes geblieben. Dessen ungeachtet aber kann ich mich vollständig in deine Situation hineinversetzen, Knabe. Vier Schwestern! So ungleich verteilt das Glück seine Gaben. Ich habe Augenblicke, wo ich viel für eine einzige von so vielen geben würde.«

»Holen Sie sich doch eine davon!« sprach die Witwe Wetterkopf. »Übrigens, junger Herr, habe ich es schon gesagt, Sie kennen den Herrn Burgemeister; aber glauben Sie nur ja nicht, dass er immer so ist, und spricht wie hier bei mir, wenn er so einmal einen Nachmittag bei mir allein sitzt. Und was die Frau Rittmeistern betrifft, so lässt keiner in Wanza und Umgegend was auf sie kommen.«

»Mach deine Rechnung mit – dem Konsul von Wanza, Wirtin!«, brummte der Bürgermeister von Wanza. »Und du, Grüner, zahle auch und leihe mir deinen Arm. Wir wandern leise, bedachtsam und langsam durch jene Pappelallee unserm fernern Geschicke entgegen. Bist ein famoser Kerl geworden, Grüner, und jetzt erinnere ich mich deutlich daran, dass ein sympathisches Etwas mich durch alle Biernebel einer schönern Vergangenheit zu dir hinzog und mir ins Ohr raunte: Dies Kind wird noch einmal dein Trost in einer Zeit, von der du heute Abend und hier auf der Kneipe noch nicht die blasseste Ahnung hast, liebster Ludwig!«

Drittes Kapitel

Dies taten sie nun, das heißt sie wandelten Arm in Arm wanzawärts, und zwar durch die vorhin bereits angedeutete Pappelallee; und wie die Pappeln warfen sie länger und immer länger werdende Schatten über die abgeernteten Felder zu ihrer Rechten.

»Und dessen ungeachtet wird er mir immer kürzer!«, seufzte der Bürgermeister von Wanza mit einem Blicke zur Seite.

»Wie sagst du? ... Wieso, Dorsten? ... Was sagst du da?«, fragte der Student.

»Von meinem Schatten rede ich natürlich zu dir, naiver Knabe«, erfolgte düster die Antwort. »Ich glaube es auch gar nicht, Grüner, dass der arabische Wunsch lautet: ›Möge dein Schatten nie länger werden!‹ – Möge dein Schatten nie kürzer werden, heißt's, oder ich lasse mich hängen. – Grünhage, meiner wird kürzer! So lang er da auch mit sinkender Sonne neben mir herlaufen mag – lass dich durch das Phänomen nicht täuschen: – er nimmt ab. Noch im vergangenen Jahre auf diesem Pfade, zu dieser Stunde und bei diesem Stande der Sonne warf ich einen längern. Ich habe mich grimmig genug gegen die bittere Überzeugung gewehrt, auf Ehre; aber seit den letzten Hundstagen hat das ein Ende. Ich schrumpfe ein, Grünhage; ich krieche zusammen (guck nur nicht so – mein Bauch tut nichts zur Sache!), vor einem Jahre noch glitt ich einen guten Zoll länger über die Stoppeln dort. Du betrachtest mich lächelnd. Auf der Weender Straße würde ich mich vielleicht etwas näher nach der Bedeutung dieses frivolen Lächelns erkundigt haben; aber als Bürgermeister von Wanza sage ich nur einfach: Lache nicht, junger Mensch; auch du wirst mal ein recht altes Haus geworden sein, und in cadente domo wird auch dein Gestirn stehen!«

»Na, Dorsten!«, sagte der Student.

»Ja – Dorsten! ... Hättest du mich eben den weisen Seneka genannt, so hätte das vielleicht zum ersten Mal, seit ich mit dem Biernamen auf dem Hardenberge getauft wurde, einen gewissen Sinn gehabt. Ich rede die Wahrheit – klägliche, katerhafte, melancholische Wahrheit! Und du sagst natürlich ›Na, Dorsten!‹ und weiter nichts. Knabe, man ist nicht ungestraft Bürgermeister von Wanza an der Wipper.«

»Aber bester, weisester Seneka, lieber alter Freund, verzeihe mir, wenn ich dir –«

»Verzeihe mir, mein Junge, wenn ich dich auf den siebenundzwanzigsten Brief an den Lucilius und auf einen gewissen wohlbegüterten, wahrscheinlich auch mit einer angehenden Glatze und einem angegangenen Bäuchlein begabten Freigelassenen, mit Namen Calvisius, hinweise. Der soi-disant Stoiker mokiert sich über ihn natürlich, und natürlich nur aus reinem blassen Neide; ich aber, wenn ich je mich in die Haut eines andern Menschenkindes hineingedacht und hineingewünscht habe, so ist's dieses beneidenswerte Individuum. Uh, der hatte es gut! Ein Freigelassener war er, ich aber bin das Gegenteil. Geld hatte er, ich aber habe höchstens ein Schock mit auf meinen Gehalt angewiesene Gläubiger. Calvus bin ich, der Teufel weiß es, so ziemlich; aber Calvisius möchte ich mit Wonne gänzlich sein. Das war mein Mann! Von sämtlichen Heroen der Vorzeit dieser allein!«

»Und was tat er, um dich zu diesem Enthusiasmus für ihn von deiner Bude abzuholen? Entschuldige, wenn ich nicht denselben Biernamen wie du bekam und also noch dann und wann eine kindlich simple Frage stelle.«

»Er blieb stets ruhig auf seinem Sofa liegen und hielt sich für alles (nur einiges ausgenommen) einen Sklaven.«

»Freilich famos!«, rief der Student, den Hut abnehmend und sich den Schweiß abtrocknend.

»Nun, siehst du wohl! ... Studiere du nur ruhig auch den Seneka. Wie gesagt: Im siebenundzwanzigsten Briefe stößt du auf den Calvisius Sabinus, von dem der stoische Narr sagt: ›Nie sah ich einen Menschen mit seinem Wohlstande so wenig Würde verbinden!‹ – Nämlich dieser in Wirklichkeit und Wahrheit Freigelassene hatte natürlich auch ein Gedächtnis, in dem nichts hängen blieb. Eigentlich war es eine Dummheit von ihm; aber für *das* sogar hielt er sich 'nen andern! Heute entfiel ihm der Name des Ulysses, morgen der des Achilles, übermorgen Priamos seiner. Und so, grade so, bei jedem Geschäfte geht es mir dort in Wanza. Liebster Himmel, die Kommune da und die Kerle dort und die Geschäfte, die sie bei *mir* haben! ... So aber, der Calvisius kaufte sich für alles einen Sklaven. – Ich zitiere wörtlich, Grüner: Einer derselben musste den Homer innehaben, ein anderer den Hesiodus; an neun andere wurden die neun Lyriker verteilt; – ah, schönen guten Abend, Herr Tresewitz!«

Es war zu drollig, der Abfall aus dem klassischen Altertum in die unmittelbarste Gegenwart, aus den Episteln des Lucius Annäus Seneka in die freundschaftliche Begrüßung mit dem Seifenfabrikanten und Lichtzieher Herrn Johann Tresewitz dicht vor dem Tore von Wanza an der Wipper. Auch der jüngere Studiengenosse hob höflich den Hut, und, wir müssen es ihm zur Ehre seiner Auffassungsgabe anrechnen, er wusste auf einmal ganz genau Bescheid in den Zuständen seines Wanzaer einstigen Verbindungsbruders.

»Was wäre das nun der Sache angemessen, wenn ich dem öden Philister durch einen andern den von ihm beanspruchten guten Abend hätte wünschen lassen können«, seufzte der Bürgermeister. »Sieh, Grüner, das ist grade das Scheußliche an diesen Klassikern: von Weisheit quellen sie über, die wunderbarsten, praktischsten Ratschläge geben sie einem – aber gebrauchen kann man *nichts* davon. Es ist zu lange Zeit her, seit sie verständige Menschen waren; und *wir* – wir sind vermittelst unserer höhern Bildung, Tugend, Sitte und gottverdammten, verfluchten modernen Feinfühligkeit allzu sehr in *das* ausgeartet, was sie mit dem Sammelwort ›pecus‹ bezeichneten.«

»Du siehst die Sache doch wohl etwas schroff an und bist vielleicht auch noch nicht lange genug oberste Magistratsperson am hiesigen Ort – «

»Sieh dir den Biedermann an, wie er mit seinem Regenschirm unteren Arm durch den Abendsonnenschein und in dem Gefühl, *mich* mit gewählt zu haben, dahinzieht, und – wandle mal in seinem Schatten, bei fünfhundert Taler Gehalt, ohne Aussicht auf Verbesserung, in seinem Schatten ungestraft – unter Palmen. Er ist Mitglied der Stadtverordnetenversammlung, sogar Bürgervorsteher, Vizepräsident des Bürgervereins, einer der festesten Stämme im hiesigen Palmenhaine und nicht umsonst Lichtzieher und Seifenfabrikant. Datteln trägt er aber nicht, und am wenigsten für mich. Ich sage dir, man muss vom ersten Chargierten der Caninefaten zum in Wahrheit ersten Chargierten in Wanza herabgekommen sein, um zu erfahren, dass es wirklich eine ewige Gerechtigkeit gibt. Knabe, Knabe, hier wandele ich, dir zum warnenden Exempel; denn dieser *eine* Philister rächt täglich vollkommen sämtliche Sünden, die ich vordem an seinesgleichen begangen habe!«

»Großer Gott, fasse dich nur, alter guter Kerl!«, stammelte der junge Freund, wahrhaftig ganz überwältigt durch das innigste Verständnis für die Zustände seines Führers.

Sie näherten sich jetzt allmählich der Stadt. Gartenmauern, Gartenhecken und Gartenhäuschen traten an die Stelle der Ackerflächen; und mit dem Bürgermeister ging etwas Merkwürdiges vor. Er wurde von Schritt zu Schritt mehr ein ganz anderer! Mit immer wachsendem Erstaunen beobachtete der jüngere Studiengenosse stumm das sich entwickelnde Phänomen. Der weise Seneka fing an, mit steifen Schritten seinen nicht wegzuleugnenden Bauch vorwärtszutragen. Er rückte seinen Halskragen zurecht, er schlug sich mit dem Taschentuch den Staub von den Stiefeln, er stieß den Stock gravitätisch auf, und das drolligste war, dass er sich des erstaunlichen Eindrucks, den er auf den jüngern Kommilitonen machte, bis ins Innerste seines Gemütes bewusst war und – gar keine Freude daran hatte.

Äußerlich mit würdigster Miene, wimmerte er leise zur Seite hin:

»Anständig, Grünhage! Es ist schauderhaft, aber – ich sitze ja doch nun mal drin. Grüner, bleib du so lange als möglich draußen; aber betrage dich jetzo auch – so anständig als möglich – uhhh!«

Ein alter Torbogen warf nun seinen Schatten auf die beiden Wanderer. In diesem Schatten packte der Bürgermeister von Wanza noch einmal den Arm seines Begleiters und flüsterte weinerlich:

»Ohne die Witwe Wetterkopf lebte ich gar nicht mehr! Das Weibsbild mit seiner einsamen Kneipe ist mein einziger Trost – bei Tage. Bei Nacht gehen wir in den Großen Bären – na, du wirst schon sehen, Grüner; tu mir aber den einzigen Gefallen und betrage dich jetzt anständig; hier sind wir denn in Wanza und – mich haben sie zu ihrem Bürgermeister gemacht – uh! O Calvisius!«

Sie waren in Wanza, und der frühere Senior der Caninefatia war augenblicklich nichts weiter als Bürgermeister von Wanza. Man grüßte ihn als solchen von den Fenstern und Haustüren aus, und er grüßte mit Grabesernst wieder.

»Sie hatte meiner seligen Mutter versprochen, mit für mich zu sorgen«, seufzte er noch einmal. »Und siehst du, sie hat ihr Wort gehalten, und *so* hat sie mich besorgt! Deine Tante Grünhage nämlich. Und *so* wird sie dich möglicherweise ebenfalls versorgen! Uh – u – h! Ich gratuliere – uh!«

Viertes Kapitel

»Wie willst du's nun machen?«, fragte der Bürgermeister. »Willst du ihr sofort ins Haus fallen und es drauf ankommen lassen, ob sie dich auf der Stelle wieder hinauswirft oder dir um den Hals fällt und dich augenblicklich zu ihrem Universalerben einsetzt? Oder wünschest du ihr lieber leise auf den Leib zu rücken, von hintenherum an sie heranzuschleichen und dich mehr diplomatisch einzuschmeicheln? Ihre Nücken und Tücken hat sie, und wenn ich sie auch so ziemlich kenne, so habe ich sie doch noch nie ganz kennengelernt. Und solche versunkenen Familienbezüglichkeiten wie hier in diesem Falle zwischen euch und ihr sind immer eine heikle Sache. Dazu wenigstens habe ich genug Jus von der Universität mit nach Wanza gebracht, um zu wissen, dass alles, was ins Erbrecht und die Verwandtenliebe schlägt, von jedwedem nicht Dazugehörigen mit verdammt spitzen Fingern anzufassen ist. Also mach es ganz, wie du willst, Grünhage. Bist du überzeugt, dass die erstere Art, dich vorzustellen, vorzuziehen ist, so rate ich dir dazu, mein Sohn. Gegenteils schlage ich dir vor, diese Nacht hindurch in meinem stillen Heim, auf meinem Sofa über dich und die Tante noch einmal nachzudenken und sodann morgen früh zur anständigsten Wanzaer Visitenzeit, wohl ausgeschlafen habend, mit der heitern Greisin deine Klinge zu binden, und meinetwegen drauflos bis zur Abfuhr! Dieses hier ist übrigens die Wipper, und hier stehen wir vor meinem friedlichen Hause. Komm unter allen Umständen jedenfalls noch 'nen Moment mit rauf.«

Die Wipper, ein munteres Flüsschen, wurde dem jungen Fremdling nicht ohne eigene Ursache hier zum ersten Mal als bemerkenswert vorgestellt. Sie kam unbefangen mitten durch die Gasse daher, und ihr Rauschen hatte vor jedem Hause etwas Anheimelndes. Eine Menge häuslich-abendlicher Geschäfte wurden eben, so weit der Blick reichte, an ihr vorgenommen. Und die Akazienbäume, die hier und da an ihr gepflanzt waren, gehörten auch zu ihr, gerade wie die langen blauen Laken, die der Färber gegenüber dem »friedlichen Heim« des weisen Seneka an langen Stangen aus seinem Dachgiebel heraushing. Gänsegeschrei und Entengeschnatter mangelte nicht. Ein alter Hut kam eben geschwommen, von niemand beachtet; aber hinter ihm drein eine Schülermütze, am Ufer begleitet von einer hell durcheinanderkreischenden Jungen- und Mädchenschar.

> »Dies alles ist mir untertänig,
> Begann er zu Ägyptens König«,

zitierte der Bürgermeister von Wanza. »Macht nicht solchen heillosen Randal, Krabben! – Nun, bist du zu einem Entschlusse gekommen, Grünhage?«

Der Student blickte an dem ganz stattlichen Hause, vor welchem sie standen und in das Dämmerungstreiben der Stadt hineinsahen, empor und mit steigender Ratlosigkeit auf den gemütlichen Freund und städtischen Würdenträger.

»Ja, Dorsten, es ist wahr – es ist wahrhaftig wahr, dass es mir bis jetzt noch nicht eingefallen ist, was ich eigentlich tun soll und – was ich im Grunde, außer um dich zu bekneipen, hier zu tun habe! Da stehe ich freilich, und der Weg bis hierher war auch ganz nett; aber jetzt wollte ich doch, dass die Alte zu Hause, statt da zu Hause zu sitzen, hier das Weitere zu besorgen hätte. *Das* Mädchen kriegt alles fertig!«

»Heute Abend im Bären trinke ich einen Ganzen auf ihr Wohl –«

»Aber sicherlich, Dorsten – wenn mir jetzt die alte Person, die alte Tante, hier bei einbrechender Dunkelheit ohne Licht heimleuchtete?! Du kennst unsere Alte zu Hause nicht, sonst – na, das Vergnügen, die – Heiterkeit in dem Nest voll Frauenzimmer zu Hause! Und dann der Alte selber mit seinem grinsenden: ›Na, habe ich es nicht gesagt? Einen Bessern als dich, Junge, konnten wir natürlich nicht schicken, um abgerissene Familienbande wieder anzuknüpfen!‹ – Dorsten, ich steige unbedingt erst morgen früh bei passenderer Zeit los, um diese verhutzelte Hagebutte und olim selbstverständlich auch Prinzessin Dornröschen, deine jetzige Frau Rittmeistern Grünhage, zu entzaubern.«

»Knabe, hier höre ich mich selber sprechen!«, rief der Wanzaer Bürgermeister mit würdigster Selbstbefriedigtheit. »Die letzten Worte hättest du nicht geredet, ohne zu meinen Füßen gesessen zu haben! Halte dich fernerhin an gute Muster, junger Mensch. Bedenke, wie oft der Lucius Annäus den Epikur als das Seinige zitiert. Überlege, wie es immer der Gipfel der Weisheit gewesen ist, seinen Stoikermantel mit dem fröhlichen Purpur des Vergnügens an der Welt zu färben, und vor allen Dingen nimm jetzt diese etwas steile Treppe die Versicherung mit hinauf, dass es mir von Stufe zu Stufe immer klarer wird, dass du mir als eine wahre Erquickung hierher nach Wanza geraten bist. Alter Junge, da hat man als hiesiger Bürgermeister endlich mal wieder was, woran man Anteil nehmen kann, ohne den Wunsch zu äußern, sich einen Sklaven für die Langweilerei halten zu können! – Siehst du, da stehst du in meiner stillen Klause – fall mir nicht über den Aktenhaufen! Jetzt bist du in der Tat in Wanza an der Wipper, und die Götter mögen deinen Eingang und Ausgang segnen. Hier nebenan ist die Stätte meiner nächtlichen Ruhe; du schläfst natürlich auf dem Sofa; und – dies hier ist Fräulein Mathilde, die Tochter meiner Hauswirtin! Mathilde, sehen Sie sich diesen Jüngling recht genau an; er verdient es. Er ist fünf Jahre jünger als ich und betrachtet mich seit undenklichen Zeiten als seinen – Onkel. Außerdem ist er der Neffe der Frau Rittmeistern, und –«

Fräulein Mathilde hatte längst den Kopf aus der Türspalte zurückgezogen und die Pforte mit einiger Gewalt zugeschlagen. Der Bürgermeister sagte etwas betreten:

»Ohne Spaß, Grüner; nur die Tochter meiner Phileuse und ein ungeheuer anständiges Mädchen, eine geborene Türschlager. Würdest du mir länger das Vergnügen deines Besuches schenken, so würde es meine Pflicht sein, dich vor ihr zu warnen. Neunundzwanzigundeinhalb nach dem Kirchenbuche! Ich habe selber nachgeschlagen. Heiratet jeden! Hätte sich wahrscheinlich schon längst zur Bürgermeisterin von Wanza gemacht, wenn ich dann und wann – na, Grüner – mich nur um eine Nuance grüner ihr gegenüber gemacht hätte. Sei aber nur ganz ruhig, Grünhage; diese Nacht soll sie dir noch nichts tun. Sie und ich stehen noch immer auf dem Standpunkte gegenseitiger inniger Neigung zueinander, und so agiere ich für diesmal noch die spanische Wand zwischen ihr und dir!«

»Weshalb schlug sie denn aber die Tür so?«

»Das kann sie nicht anders!« sprach Dorsten, noch dem Nachhall lauschend. »Jaja, es ist ein wahres Glück, dass der Mensch dann und wann mehr Glück als Verstand hat. Ich habe Nerven, junger Mensch, und *die* sind bis jetzt immer noch mein Schutz und Schirm gewesen. Mein Herz und meinen Verstand hätte sie schon längst untergekriegt und wäre längst schon, wie gesagt, Bürgermeisterin von Wanza an der Wipper. Meine Nerven aber sind diesmal mein Glück.«

Grinsend in all seiner Breitschulterigkeit und dazu bereits hemdärmelig hielt der Konsul den fragenden Blick des jüngern Freundes aus.

»Solltest du vielleicht sogar auch das Bedürfnis haben, dich nach dem Wege zu waschen, so verfüge dich ins Nebengemach und zeuch den neben dem Ofen befindlichen Glockenstrang. Vielleicht kommt jemand. Es gibt nämlich noch etwas mehr Weiblichkeit im Hause, die dann und wann auf ein recht intensives Sturmgeschell hört, wenn sie bei guter Laune ist oder sonst nichts Besseres vorhat.«

Unachtend des leisen Zweifels an seinem Reinlichkeitsbedürfnis, trat der Student sofort in das »Nebengemach« und sagte nach der ersten Umschau nichts weiter als:

»Ganz Göttingen« ...

Nach fernerer weiblicher Beihilfe klingelte er nicht. Er begnügte sich lieber mit dem Minimum von Brunnenwasser und Wasser aus der Wipper, das er vorfand, und mit dem Handtuch, welches an dem Nagel hinter der Tür ein zum Glück für ihn noch ziemlich ungetrübtes Dasein führte. Als er dann, freilich nur um ein weniges erfrischt, wieder hervortrat, fand er nur, was er erwarten konnte, nämlich, dass sich der Weise bereits eine lange Pfeife gestopft, sie angebrannt und mit ihr in das Fenster hinein- und die liebliche Kühle des Abends hinausgelegt hatte.

Ohne sich nach dem Gastfreund umzuwenden, sprach der sonderbare Stoiker:

»Der Pfeifenständer im Ofenwinkel. Zigarren überall. Bediene dich, Grüner, hänge dich hier mit mir in die Dämmerung und besieh dir noch einige Augenblicke Wanza aus der Vogelperspektive. Sonstige Erfrischungen habe ich dir leider innerhalb meiner anachoretischen vier Pfähle nicht anzubieten. Gegen halb neun Uhr aber sind wir im Bären und essen daselbst zu Abend; dass du mein Gast bist, versteht sich von selber.«

»Du bist sehr gütig, Dorsten.«

»Halts Maul!« schnarrte der Bürgermeister von Wanza. »Dasselbige behaupteten sie schon mehrmals in der Magistratssitzung nach jedem Jahrmarkt, wenn ich ihrer Meinung nach allzu vielen Drehorgeln, Linienfliegern und sonstiger Künstlerschaft und Vagabondage die Konzession gegeben hatte, uns des Daseins Öde am hiesigen Orte zu beleben.«

»Und deine vorhin angeführten Nerven, lieber Freund?«

»Die erlauben mir das«, erwiderte der weise Seneka. »Mathilden wurde es freilich dann und wann auch zu arg«, fügte er mit unverantwortlichem Behagen an der Tatsache hinzu.

Sie sahen nunmehr bis zum Einbruch der völligen Dunkelheit rauchend aus dem Fenster auf Wanza hin, und es ging mancherlei an ihnen vorbei, was dem Bürgermeister der Stadt interessant genug erschien, um es dem jüngern Gastfreunde näher zu deuten. Der letztere lernte in einer verhältnismäßig kurzen Zeit vieles, was ihm in den nächsten Tagen und Wochen von großem Nutzen war. Vor allen Dingen gewann er schon jetzt eine nicht unbedeutende Personalkenntnis in dem kleinen Gemeinwesen, und das ist immer viel wert auf jedem Boden, wo man coram publico zu eigenem Nutzen oder zu dem Vergnügen anderer einen Tanz aufzuführen hat.

»Er schaute mit vergnügten Sinnen
Auf das beherrschte Samos hin«,

zitierte von Neuem das wunderbare Oberhaupt des idyllischen Abend-
dämmerungslebens. »Ist es nicht riesig? – Und du bist der erste anständige Ägypter, der da eine Reise tut, um mich in meiner Pracht und Glo-
ria zu bestaunen. Und auch dir habe ich doch eigentlich nur zufällig auf
dem Wege zu der famosen alten Schachtel, deiner Frau Tante, gelegen!
Na, zu grämen brauchst du dich dieses Vorwurfes wegen nicht, Jüngling, – dies klebt der Menschheit an, und so bist du entschuldigt! ... Jaja,
man muss eben Bürgermeister von Wanza geworden sein, um zum
Nachdenken über sich, die Menschheit und wieder sich als Anhängsel
der Menschheit Zeit zu finden.«

»Aber du füllst deine jetzige erhabene Stellung nur um so besser aus,
nicht wahr, Dorsten?«

»Und ob!! ... So breit hat sich ihnen noch kein anderer hingesetzt und
ihnen – imponiert! Wie wir uns einander grüßen, hast du auf dem Wege
hierher gesehen. Heimtückisches Misstrauen in meine Solidität herrscht
nur noch bei einigen öden Winkelkäuzen beiderlei Geschlechtes vor. Ich
verachte sie in dem Bewusstsein, den Besten zu genügen. Uh, und diese
Besten! ... sie haben noch nie einen besser für sie passenden Alkalden
gehabt, – und nur ganz zuweilen kommt es mir noch einmal ungemein
kurios vor in meinen nächtlichen Träumen, dass sie grade auf mich fallen mussten oder dass das Schicksal und die Tante Grünhage mich grade
– in sie fallen ließen. Ob ich mich selbst einmal zu etwas Höherem bestimmt habe, weiß ich wirklich selber nicht mehr, und es kann mir nur
unglaublich vorkommen; denn dass ich der riesenhafteste Praefectus ur-
bis, Oberschulze und Urbürgermeister bin, den Wanza an der Wipper je
sah oder sehen wird, das glaube ich mit bodenloser Gewissheit.«

»Davon bin ich fest überzeugt, wenn du mir gleich vorhin unter dem
Tor deiner urbs einige Zweifel daran zu erwecken suchtest!« sprach der
Student, auf die Fensterbank geneigt, mit großer Ruhe und tiefem Ernst
in der Stimme. Ob er das zu dieser Stimme passende Gesicht machte,
ließ die Dämmerung nicht mehr genau erkennen. Es schien nicht ganz
so.

»Du grinsest, Grünhage? ... Na, einerlei! Jedenfalls erscheint es mir itzo
dunkel genug geworden zu sein, auf dass wir nach dem Großen Bären
steigen können. Der weise Seneka ging auch immer um diese nämliche
Stunde.«

»Und kam stets solide um zehn Uhr wieder heim?!«

»Natürlich! Ausgenommen, wenn er einen seiner weisen Briefe an seinen Freund Lucilius geschrieben hatte. Nachher musste er sich selbstverständlich stärken auf die Strapazen.«

»Oder wenn ihn einmal einer seiner besten Freunde besuchte?«

»Dann blieb er freilich mit demselbigen ein wenig über die – gewöhnliche Zeit aus.«

»Und – und Mathilde?! Was sagte Fräulein Mathilde dann dazu?«

»Jüngling, schwatze kein Blech!« sprach der Bürgermeister von Wanza. »Höre es lieber an im Bären. Das ist würdiger.«

Fünftes Kapitel

Mannigfacher Lichtschein fiel aus den Fenstern der kleinen Stadt auf die zwei Freunde, und der Vater dieser Stadt hielt im Vorbeischreiten nicht selten an, um durch eine unverhüllte Scheibe oder durch einen Spalt im Fensterladen einen teilnehmenden Blick in das Privatleben seiner – Familie zu werfen.

»Sie sitzen gottlob alle beim Essen, Grünhage«, seufzte er dann mit einer so unendlich wohlwollenden Befriedigung, als ob er ganz allein schuld daran sei. »Ein Huhn habe ich jedem noch nicht in den Topf zaubern können; aber – Kartoffeln haben sie alle und, rieche nur, auch Zwiebeln und Speck! Guck, hier hat jedes sogar seinen Hering am Schwanz; – ganz wie Göttingen – am Morgen! – Die Hautevolee hat natürlich Eierkuchen gebacken; aber hier gibt's ebenso natürlich wieder Kartoffelsuppe! .... ›Unter anderem hat uns die Natur den Vorzug verliehen, dass sie die Notwendigkeit vom Ekel befreit hat‹, sagt Seneka der Weise, und zwar vollständig fälschlich: nämlich – sieh dir nur durch diese Ritze diese sechs verzogenen Kindermäuler an! Hafergrütze ist da das Motto, und dabei kriegte auch ich in meiner zarten Jugend regelmäßig meine Prügel, bis ich mein Quantum heruntergewürgt hatte.«

»Es ist eigentlich zu urgemütlich, wie ich hier mit dir gehe und dich so reden höre, Dorsten. Aber – eine Ahnung habe ich immer gehabt und an manchem fidelen Abend aus dem Munde unserer älteren Leute die Versicherung auf Ehre erhalten, dass auch dergleichen in dir stecke.«

»Hast du?«, seufzte der Stadtvater. »Uh! Jawohl, wie sagt der weise Seneka? ›Von manchem, den du gestern gesehen hast, kann mit Recht gesagt werden: wer ist dies?‹ sagt er, und darin hat er ganz recht.

O Knabe, wir hängen keine Fensterläden mehr zusammen aus! Fuimus Troes! Hast du auch davon eine Ahnung gehabt, dass du je mit mir durch die Gassen von Wanza an der Wipper schreiten würdest, um ohne Erstaunen von dem uns begegnenden Nachtrat das Wort zu vernehmen: ›Guten Abend, Herr Burgemeister!?‹ Junger Mensch, auch *das* kann uns auf dem Heimwege passieren! Auszudenken ist es so leicht nicht; aber an meiner Wiege muss mir doch wohl davon gesungen worden sein.«

»Heule nur nicht!«, meinte der Student lachend. »Es würde mancher von uns viel drum geben, wenn er die Aussicht hätte, vom Schicksal ebenso warm wie du hier in Wanza hingesetzt zu werden –«

»Um nach inwendig zu verbluten!«, stöhnte der Bürgermeister dumpf, um in demselben Augenblick sehr frisch und hell hinzuzusetzen: »Dafür konnte ich nichts, Grüner! Für das Pflaster von Wanza bin ich bis dato noch nicht verantwortlich; – beinahe hättest du auf der Nase gelegen! Ich kenne dieses Loch schon seit einiger Zeit. – Na, halte dich nur recht fest an mich; hier geht's über die Brücke. Hin schaffe ich dich schon glücklich, und über die Heimkehr werden ja wohl wie sonst die Götter gütigst wachen. Dies hier ist der Marktplatz, und drüben hinter den beiden erleuchteten Fenstern sitzt im stolzesten Hause der Stadt deine Tante, ohne eine Ahnung davon, wer hier im Dunkeln herumschleicht. Sollen wir ihr wirklich nicht schon jetzt näher gehen? ... Lieber nicht? Gut, dann wandeln wir still vorbei! Das hier nennt sich die Schwarzburger Straße – der Prado, der Korso, die Linden, der Jungfernstieg und Boulevard des Italiens von Wanza. Dort bemerkst du den Großen Bären am dunkeln Himmelsgezelt, und dies hier ist der Wanzaer Große Bär. Tritt ein und sei nochmals willkommen in Wanza! Setzt dich sonderbarerweise die Tante nicht zu ihrem Erben ein, so tue ich es zum Danke für die göttliche Idee – *mich* hier zu besuchen.«

Am Großen Bär (nicht dem am blauschwarzen Himmelsgewölbe!) waren die Läden ebenfalls bereits geschlossen, und nur durch die herzförmigen Ausschnitte in denselben fiel ein anlockender Lichtschimmer in die Schwarzburger Straße hinaus. Aber weit geöffnet stand die große Einfahrtspforte, und ein Tritt zur Rechten führte aus der weiten, zugigen Halle zu der Tür des Gastzimmers.

»Fasse dich; es sind auch nur Menschen!« sprach der Exsenior der Caninefatia ermutigend über die Schulter zu dem Freunde hinter ihm, und – »Guten Abend, Herr Burgemeister! ... Guten Abend, Bürgermeister! ... Guten Abend, Dorsten!« sagten sie alle in dem Tabaksqualm rund um den runden Tisch herum; er aber erwiderte bieder:

»Guten Abend, meine Herren!« und fügte mit merkwürdiger Sonorität hinzu: »Erlauben Sie mir, dass ich Ihnen hiermit den Herrn studiosus filologiae Grünhage, meinen Neffen – nein, den Neffen der Frau Rittmeisterin Grünhage, vorstelle.« Mit einem Ellenbogenstoß in die Seite des Freundes flüsterte er: »So bedanke dich doch für das Aufsehen, welches du erregst!«...

Dass der Name und die dazugehörige verwandtschaftliche Beziehung des jungen Fremdlings einige Aufregung in der Gesellschaft an dem runden Tische im Separatzimmer des Großen Bären hervorriefen, ließ sich nicht leugnen. Eine Verpflichtung aber, sich sofort außergewöhnlich dankbar zu erzeigen, fand der Student grade nicht hierin. Er grüßte höflich und wurde in verschiedener Weise wiedergegrüßt; die Tante aber nahm allgemach wahrhaft unheimliche Dimensionen in seiner Fantasie an. Was musste das für ein Weib sein, das ein ganzes Gemeinwesen mit solchem Respekt erfüllte, demselbigen in Freund Dorsten einen Bürgermeister gegeben hatte und bei dessen Erwähnung ein jeglicher im Großen Bären sich räusperte, die Krawatte zurechtrückte und heftiger an der Pfeife zu saugen anfing, um sodann ein beträchtlich Quantum Tabaksqualm so dünn als möglich gegen die trübe Hängelampe über dem Tische hinzublasen?!

Übrigens waren sie an diesem Tische alle vorhanden, die zu dieser Stunde sich auf germanischem Boden zusammenzufinden pflegen, um nach des Tages Geschäften mehr oder weniger ihr Pläsier miteinander und aneinander zu haben. Und der weise Seneka stellte sie dem Freunde der Reihe nach vor, und der Freund kannte sie sämtlich schon längst aus seinem eigenen Bekanntenkreise oder vielmehr dem seines Herrn Vaters. Namen sollen sie lieber nicht nennen, wenn das im Laufe dieses Berichtes nicht unumgänglich nötig werden wird. Sie selbst nannten sich am liebsten bei ihren Titeln, und sie besaßen Gott sei Dank beinahe alle einen. Und ein jeglicher von ihnen hatte zwei Geschichten; erstens seine eigene (inklusive die seiner Familie) und zweitens diejenige, welche er mit Vorliebe aus eigener Anregung oder auf mehr oder weniger allgemeines Verlangen zum Besten gab. Die erstere war jedem andern im Kreise so ziemlich bekannt, die zweite ganz genau.

»Das wäre ja das Ende alles Behagens, wenn jeder alle Abend was Neues aufs Tapet zu bringen hätte«, grinste Seneka der Weise in seiner Weisheit. »Ne, ne; wie wir sind, so sind wir, und wozu hat man sein Gemüt, als um sich dessen zu erfreuen? Na, und dann unser Geist! Wie soll ihn denn einer mal aufgeben im Ganzen, wenn er ihn im Laufe der

Jahre seiner irdischen Laufbahn schon im Einzelnen losgeworden ist? Der Mensch täusche sich nicht: Sparsamkeit, Selbstgenügsamkeit und Überlegung halten allein ihn mit seinesgleichen warm unter *einer* Decke. Warm zudecken! Alle unter *ein* Deckbett! Uh, Grünhage, man muss aber doch Burgemeister von Wanza geworden sein, um es ganz genau zu wissen, wie *mörderisch* der Dunst, die Wärme und – kurz, das Behagen drunter manchmal sind!«

Sehr interessant war's jedenfalls an diesem Abend im Großen Bären zu Wanza an der Wipper, und vor allen Dingen bekam der Gastfreund ein ausgezeichnetes Abendessen. Ob es nun aber der lange Marsch durch den Herbsttag, der letzte feuchte Aufenthalt bei der Witwe Wetterkopf, der wackere Exkommilitone, die Tante oder die Honoratiorenschaft des Ortes und ihre Unterhaltung war: der Student sah alles nur wie durch einen Nebel, lachte nur wie durch einen Nebel und erzählte seinerseits gleichfalls eine Geschichte, die er für ungemein neu hielt und die ebenfalls, wie durch einen Nebel belacht wurde. Aber – » *ein* Stein macht das Gewölbe, jener nämlich, der die zugeneigten Seiten zusammenkeilt und durch sein Dazwischentreten bindet«, sagte Lucius Annäus, und:

»Wahrhaftig, da ist *Marten* schon!«, sprach einer in dem vergnügten Kreise.

Ein lang gedehntes, schrilles Pfeifen und:

»Die Glocke hat zehn geschlagen! Zehn ist die Glock!«, klang's draußen dicht vor dem Fensterladen, und rund um den Tisch herum erhob sich die Patrizierschaft von Wanza, griff nach dem Hut an der Wand und dem Stock im Winkel und wünschte sich gegenseitig wohl zu schlafen.

»Sie bleiben wohl noch ein wenig, Herr Bürgermeister?«, fragte jemand.

»Nur noch einen Augenblick, Herr Kämmerer.«

»Dann wünsche ich auch Ihnen recht wohl zu ruhen«, sprach jener, und öde war's ringsumher.

»Um elf Uhr gehen wir auch, wenn es dir recht ist, Knabe!«

»Unbedingt, Dorsten! Weshalb aber nicht lieber gleich?«

»Weil das doch zu scheußlich wäre!«, stöhnte der weiland Senior der Caninefaten, und das Haupt zwischen beide Fäuste nehmend, ächzte er: »Großer Gott, Mensch, stellst du dich nur so oder hast du in der Tat noch keinen Begriff davon gekriegt, wie schauderhaft langweilig es in Wanza ist?! – – – Calvisius, Calvisius, o Calvisius Sabinus, Einzigster – Glückseligster aller Freigelassenen, *dich* hätte ich als Bürgermeister von Wanza an der Wipper sehen mögen!«...

Sechstes Kapitel

»Dieses ist ja aber wirklich mal merkwürdig, Marten!«, sagte die Frau Rittmeisterin.

»Nicht wahr? ... Jawohl! ... Ich habe es mir aber auch gleich gedacht, dass es Sie ein bisschen verinteressieren würde, Frau Rittmeistern«, sprach der Nachtwächter von Wanza, die Mütze zwischen den Händen drehend.

Kopfschüttelnd setzte sich die alte Dame gradeauf in ihrem Lehnstuhl.

»So gegen Mitternacht?«

»Nun, vielleicht auch wohl um einiges später, Frau Rittmeistern. Es wehte wohl schon ein bisschen kühl so um den Morgen herum. Jaja, die Zwölfe hatte ich ihnen schon durch die Spalte im Laden in den Bären neingerufen; aber da saßen die beiden Herren noch feste drinnen am Tisch. Na, wir wollen mal sagen, so gegen ein Uhr hin mochte es sein, als ich ihnen mit meiner Laterne an der Wipperbrücke an Augustins Ecke begegnete und der Herr Burgemeister mich stellte und uns miteinander bekannt machte und ich –«

»Und Sie ihnen nach Hause leuchteten und ihnen wohl gar das Schlüsselloch mit suchen halfen? Den Musjeh Dorsten sehe ich natürlich ganz genau vor Augen, und der andere – mein Herr Neffe, wie Sie behaupten, Marten – ohne allen Zweifel gleichfalls auch so einer, selbst bei diesen kühlen Nächten mit offener Weste und einem heißen Kopf! Und mit einem bunten Bande über der Brust und um die Mütze: einer von unserer Couleur, wie der – Herr Bürgermeister sicherlich gesagt hat. Liesle!«

»Frau Rittmeistern?«, fragte ein ganz nettes Dienstmädchen, den Kopf ins Zimmer steckend.

»Also verlassen kann ich mich drauf, dass er mir eine Visite für heute Morgen zugedacht hat, Matten?«

»Hm, die Absicht hatte er ganz gewiss noch so gegen ein Uhr; aber –«

»Nun, dann soll er uns in dieser Stimmung wenigstens sofort von der richtigen Seite kennenlernen und seinen Hering bereitfinden. Lauf mal rasch nüber um ein paar einmarinierte, Liesle! Nicht wahr, das können wir brauchen, Matten? Noch so 'n Patenkind auf die Arme wie Euern Freund Dorsten, *meinen* Herrn Bürgermeister von Wanza an der Wipper!

Ne, ne, *den* Posten in meiner Zuneigung und hiesigem Gemeinwesen hatte ich doch nur einmal zu vergeben. Zweimal kommt das nicht vor! Übrigens aber weiter im Texte; also, Marten, also Sie schlossen diesen beiden nächtlichen Menschenkindern die Haustür auf und leuchteten ihnen auf der Treppe?«

»Ei nein«, sprach der Nachtwächter von Wanza, »ich habe den Herrn Burgemeister zwar seit lange nicht so vergnügt gesehen, aber sehr ruhig war er doch dabei; und – denken Sie mal, Frau Rittmeistern – wissen Sie, was ich habe tun müssen?«

Die alte Dame schüttelte mit unbestreitbarer Spannung den Kopf.

»Ich wollte anfangs natürlich nicht recht dran, aber Hilfe war da nicht. Müssen musste ich; der Herr Burgemeister waren zu eindringlich, und anderthalb Stunden lang habe ich noch dem Herrn Nevöh Wanza bei meiner Laterne zeigen müssen.«

»I du meine Güte!«, rief die Frau Rittmeisterin, ihr Strickzeug im Schoße zusammenfassend.

»Jawohl, das könnte 'nem Menschen wohl als ganz was Neues vorkommen, nicht wahr? Ich, der ich nächster Tage doch nun schon fünfzig Jahre drin herumgehe und die Zeit abrufe, habe wahrhaftig gemeint, dass ich Wanza kenne; aber bis zu voriger Nacht ist das mir wirklich nur so vorgekommen. Jaja, der Mensche lernt nie aus; und, wissen Sie, eines nur wollte ich, nämlich dass Sie dabei gewesen wären, Frau Rittmeistern. Da wäre denn freilich das Vierkleeblatt voll gewesen, um Wanza bei meiner Laterne zu besehen: Sie und der Herr Burgemeister, der Herr Nevöh und ich! Aber Sie schliefen gottlob sanfte, und dasmal war es eigentlich schade darum!«

»Davon bin ich fest überzeugt«, sprach die alte Dame lachend. »Nun gehen Sie aber dem kuriosen Dinge doch mal ein bisschen näher. Was haben Ihnen denn die zwei – na, ich will nichts sagen! – gezeigt in Wanza an der Wipper, was Sie noch nicht kannten, Matten?«

Der Nachtwächter sah seine Gönnerin auf diese Frage hin mit emporgezogenen Augenbrauen an, hustete hinter der vorgehaltenen Hand, trat einen Schritt vor, zog sich wieder einige Schritte rückwärts, rieb sich den ziemlich kahlen Schädel, ließ seine Mütze fallen, hob sie auf, sah von Neuem die Frau Rittmeisterin an, aber diesmal von der Seite, und sagte:

»Auf meine Ehre und Gewissen, so wahr ich lebe und selig werden will, ich habe manchem vom Bären aus nach Hause geleuchtet, aber mit solchem Nutzen für meine Erfahrung noch keinem wie diesen beiden

Herren in der vergangenen Nacht! Dazu waren der Herr Burgemeister recht gerührt und weich und sprachen an jedweder Ecke noch mehr wie gewöhnlich in Versen aus Dichterbüchern. Ohne den Herrn Nevöh hätte ich zuletzt gar nicht mehr gewusst, welche Stunde am Tage es eigentlich war, was doch viel sagen will. An jedes Haus, wo einer vom Magistrat wohnt, habe ich mit der Laterne hinleuchten müssen; und jedes Mal hat der Herr Burgemeister eine Geschichte zum Besten gegeben, und wir haben unsere liebe Not gehabt, dass er uns bei dieser nachtschlafenden Zeit nicht zu laut wurde. Ums Spritzenhaus, 's Rathaus, die zwei Pastorenhäuser, dann um die Marienkirche und Sankt Cyprian sind wir mit der Laterne herumgewesen, und da wurden der Herr Burgemeister recht gelehrt und sprachen von der Erbauung der Stadt Rom und der Gründung von Wanza, und man konnte viel lernen; und mich betitulierten beide Herren immerfort nur Herr Nachtrat, und der Herr Nevöh, der Gott sei Dank gar nicht melancholisch geworden war, sondern ganz vergnügt und pläsierlich, sagte: ›Recht haben Sie, Herr Nachtrat, eine erbauliche Geschichte ist es, aber – erzählen Sie nur meiner Tante Grünhage nichts davon!‹ Und das habe ich ihm denn natürlich auch fest versprochen; denn, Frau Rittmeistern, was konnte ich unter solchen Umständen anderes tun?«

»Verlassen Sie sich drauf, Matten, es ist mir nun doch schon ganz genau so, als ob ich ganz persönlich dabei gewesen und mit euch gegangen wäre. Jetzt aber sagen Sie mir nur noch *ein* Wort: Wie sah er denn selber aus bei dem Scheine Ihrer Laterne?«

»Ihren Herrn Nevöh meinen Sie? Oh, ein ganz netter, stiller junger Mensch, Frau Rittmeistern! Unsern seligen Herrn, den Herrn Rittmeister, kennen wir beide; so war es mir denn merkwürdig, auch diesem aus der Familie aus dem Bären heimzuleuchten; aber mit Erlaubnis, die richtige Familienähnlichkeit habe ich bei so kurzer Bekanntschaft noch nicht herausgefunden.«

»Hm«, sagte die alte Dame, »meinen verstorbenen Mann konntet Ihr eigentlich in Frieden lassen. Irgendwo muss der Spaß doch einmal aufhören –«

»Und das haben Sie wiedermal viel besser ausgedrückt, als es sonst irgendein Mensch hier in Wanza kann, Frau Rittmeistern!«, rief der Nachtwächter von Wanza; »und ich habe ganz und gar dasselbe gesagt, und der Herr Burgemeister wahrscheinlich item, als er mich zum Beschlusse bei Sankt Cyprian durch das Kirchhofsgitter leuchten ließ und den Herrn Nevöh mit dem Kopfe gegen das Staket drückte und lateinisch sprach, was ich natürlich nicht verstand.«

»Lateinisch werde ich nicht mit ihm sprechen; aber sprechen werde ich mit dem jungen Mann, und zwar sobald als möglich, und verstehen soll er mich dann, darauf gebe ich Ihnen mein Wort, Matten!«, brummte die alte Dame.

»Nun, machen Sie es nur nicht zu arg, Frau Rittmeistern. Wir sind ja alle mal jung gewesen, und Sie wissen, wie wir es stellenweise trieben hier in Wanza so vor fünfzig Jahren, als wir noch nicht so dicht wie heute vor unserm fünfzigjährigen Jubiläum standen.«

»Hm!« sprach noch einmal die Frau Rittmeisterin Sophie Grünhage und versank in ein tiefes Nachdenken, das heißt, sie legte eine ihrer Stricknadeln an die Nase und fing an, angestrengt im Kopfe zu rechnen und Tage und Jahre zusammenzuzählen. Der Meister Marten stand militärisch grade vor ihr aufgerichtet und wartete schweigend das Fazit ab; wir aber benutzen die Gelegenheit, um uns um- und die beiden Leutchen ein wenig genauer anzusehen. Es war ungefähr zehn Uhr morgens; die helle Herbstmorgensonne lag freundlich auf den Fenstern der Tante Sophie; alles stand, hing und lag reinlich und zierlich an seiner Stelle im Zimmer, und das Reinlichste und Zierlichste war die alte Frau in ihrem Lehnstuhl in der Sonne am Fenster. Das Einzige, was nicht in den Raum und zu allem Übrigen passen wollte, war der selige Herr Rittmeister Grünhage, der fast in Lebensgröße in Öl gemalt von der Wand hinter dem Sofa heruntersah und unbedingt dem Künstler, was die Ähnlichkeit anbetraf, alle Ehre machte. So musste der Mann vor vierzig Jahren ausgesehen haben, als ihn, wahrscheinlich auch im »Bären«, der nach Brot gehende wandernde Künstler unbegreiflicherweise drangekriegt hatte, »ihm einige Stunden zu schenken«. Und glatt hatte er ihn hingetüpfelt auf die Leinewand in seiner aus dem Schranke geholten Uniform, mit dem Harnisch auf der Brust und dem Rossschweifhelm des Zweiten Westfälischen Kürassierregiments im Arme. »Merkwürdig getroffen«, sagte heute noch seine Witwe, und (wir können uns leider nicht helfen!) »Stinkend ähnlich«, sprachen alle jene Wanzaer, die den »Wüterich« noch persönlich gekannt hatten.

Da hing er gut lackiert und gottlob jetzt gänzlich unschädlich an der Wand und stierte gradeaus und weg über den weißen Fußboden, der bei seinen Lebzeiten wahrlich nie so aussehen konnte wie heute. Wir aber werden ihn leider doch wohl noch einige Male von dem Kirchhofe bei Sankt Cyprian herzitieren müssen. Er spielt eben noch mit in der Geschichte, und nicht bloß als schauderhaft ähnliches »Porträt« an der Sofawand; und der weise Seneka und Bürgermeister von Wanza hat seinen jüngern Freund, den Neffen der Frau Rittmeisterin, nicht ganz ohne Grund mit der Stirn an das Gitter der Friedhofspforte bei Sankt Cyprian gedrückt und den Meister Marten, den Nachtwächter von Wanza an der Wipper, dazu leuchten lassen.

»Leuchtet das?«, fragen unsere Kinder auf einem vergnüglichen Waldwege und halten uns ein Stück von einer halb vermoderten Baumwurzel hin.

»Nehmt es mit nach Haus. Wir wollen's heute Abend versuchen«, lautet dann die Antwort. Wo aber würde alle Geschichts- und Geschichtenerzählung auf dieser Erde bleiben, wenn alles Vergangene nur glatt lackiert und chinesisch treu getüpfelt an der Wand hinge und nicht auch von Sankt Cyprian her durch das eiserne Gitter glimmerte?! ...

Doch wir haben uns für jetzt schon zu lange bei dem rotgesichtigen, blau und rot uniformierten grauen Söldner an der Wand aufgehalten. Ein zierlichstes Persönchen, silberweiß in ihrem silbergrauen Kleide, sitzt, Gott sei Dank, die Frau Rittmeisterin noch da und sieht nicht von der Wand auf uns herab. In ihrem hohen Alter wie ein jung Mädchen, schüttelt sie den Kopf mit den Schultern zugleich, lächelt und lacht und verhandelt munter mit ihrem besten Freunde in Wanza an der Wipper, mit dem Nachtwächter Meister Marten Marten.

Ein altes, wie unter einer Glasglocke konserviertes Wachspüppchen und ein alter, an jedes Wetter bei Tage und bei Nacht gewöhnter Alraun, und beide doch wie aus einer Wurzel gewachsen, heraus aus diesem wunderlich fruchtbaren Erdboden, – zwei beste Freunde! Zwei Leute, die sich unter dem übrigen vielnamigen, vielgestaltigen Kraut, Raps und Rübsen, Baum- und Buschwerk gefunden hatten und zusammenhielten in ihrem Dasein in Wanza seit *fünfzig Jahren! –* Es stimmt ausnehmend! Lautet die Redensart des heutigen Tages: seit fünfzig Jahren war die alte Frau die »Frau Rittmeistern«, und seit fünfzig Jahren war der alte Mann Nachtwächter in Wanza. Achtzehn Jahre alt war die junge Frau, als sie mit dem Herrn Rittmeister in der Stadt anlangte, und jetzt ist sie achtundsechzig. Vierundzwanzig Jahre zählte Martin Marten, als er zum ersten Mal vor dem Hause des damals regierenden Bürgermeisters in das Horn seines Vorgängers stieß und die zehnte Abendstunde abrief, und er ist heute volle vierundsiebzig alt: Unser guter Freund, der pro tempore regierende Bürgermeister, hat das ganz genau in seinen Akten.

»Ich habe es ja selber nicht gewusst, und es ist der Herr Burgemeister gewesen, der mich draufstieß und, als ich gestern Nacht zwischen den zwei Herren mitging, sich drüber ausließ. In den Papieren auf dem Rathause muss es ja wirklich wohl zu finden sein; aber was für ein Spaß grade für den Herrn Burgemeister dabei war, das weiß ich doch eigentlich nicht. Es machte ihm aber Vergnügen, als er draufkam, und dem Herrn Nevöh auch. Sie hielten mich beide, jeder an einem Arm, dass ich wirklich bei ihrem Vergnügen darüber Not hatte mit meiner Laterne und jeder meiner Vorgänger auf Sankt Cypriani Friedhofe, wenn er grade jetzt wieder aufgestanden wäre, ganz gewiss nicht gewusst hätte, was er sich eigentlich dabei denken sollte.»Das Jubiläum feiern wir, Matten!«, sagte der Herr Burgemeister, und dann sagte er wieder was in fremden Sprachen zu dem Herrn Nevöh, und der lachte auch ganz unbändig, und dabei kamen wir gerade bei Sankt Cyprian an, und, wie ich schon erzählte, die Herrn kamen auf etwas anderes.«

»Aber ich nicht, Matten!«, sagte die alte Dame, aus ihrem Sessel aufstehend. »In den Papieren habe ich sie nicht, aber im Gedächtnis, die Nacht vor fünfzig Jahren. Ich feiere sie mit!«

Siebentes Kapitel

»Und Sie sind also mein Neffe? Grünhage heißen Sie – Bernhard Grünhage? Ihr Vater ist der jüngere Bruder meines verstorbenen Mannes? Philologie studieren Sie und vertreten sich jetzt nach dem langen Sitzen in der Schulstube bei Ihren Herren Professoren die Beine auf den Landstraßen? Und da haben wir gegenseitig eine dunkle Ahnung voneinander gehabt, Ihre liebe Familie und ich! Und nun schenken Sie denn der alten Tante in Wanza die Ehre und kommen freundlich, alte Familienbezüge wiederaufzufrischen? Nehmen Sie doch Platz, Herr Neveu, – setzen Sie sich wenigstens ein wenig; – wirklich, Matten, unser Nachtwächter in Wanza, hat mir schon recht viel Gutes von Ihnen erzählt.«

Der Student ließ die buntbebänderte Mütze, die er bis jetzt in den Händen gedreht hatte, wie vorhin der Meister Matten seine Pelzkappe zu Boden fallen, bückte sich nach ihr und sah hochrot der alten freundlichen Dame ins Gesicht –

»Oh, Frau Rittmeisterin!«

»Jawohl, dieses ist mein Titel in der Stadt seit fünfzig Jahren; aber dir sehe ich es jetzt schon nach den ersten fünf Minuten unserer Bekanntschaft an der Nase an, dass man dich, seit die weise Frau dich zum ersten Mal wusch, nur den Grünspecht in euerer Familie genannt hat. Mache mir da nichts anderes weis! Deine Mutter ist tot; dein Vater, meines verstorbenen Mannes jüngerer Bruder (ja, ich erinnere mich, er muss um ein erkleckliches jünger sein), lebt noch. Er war ein junger Mensch von vierzehn Jahren auf meiner Hochzeit und trat mir die Schleppe vom Kleide, und mein verstorbener Mann behandelte ihn nicht ganz höflich – ich sehe den armen Jungen heute noch wie mit verhaltenen Tränen in der Ecke stehen, und nachher übernahm er sich ein wenig im Wein. Da wurde er wieder ziemlich grob gegen meinen Mann. Es waren noch zwei Brüder auf der Hochzeit –«

»Die sind auch gestorben«, wagte der Student nur mit leisester Stimme einzuwerfen; »der eine in Amerika, der andere in unserem Hause. Sie haben beide nicht viel Glück in der Welt gehabt.«

»Wer hat viel Glück in der Welt, du Grünspecht? Was verstehst du denn davon, mein Junge?« fragte die Frau Rittmeisterin Grünhage mit solcher Schärfe in der Stimme, dass der Neffe, der bis jetzt bescheiden auf dem Rande seines Stuhles gesessen hatte, unwillkürlich sich so fest als möglich auf ihm setzte. Doch die alte Frau fuhr glücklicherweise augenblicklich wieder in ihrem alten Tone fort, indem sie dazu mit der Stricknadel den jungen Verwandten auf das Knie tupfte:

»Da siehst du, Kind, was sofort daraus folgt, wenn man so an der Landstraße vorspricht, um alte Familienbande wieder anzuknüpfen. Wovon schwatzen wir denn eigentlich? Was geht es dich Grünspecht an, ob man bei meiner Hochzeit mehr geweint oder gelacht und wer darauf getanzt hat und wer nicht? Also dein Papa hat gesagt: ›Nun, Junge, denn lauf zu, und kommst du durch Wanza und hast Lust dazu, so erkundige dich meinetwegen, ob die Schwägerin noch am Leben ist und wie sie sich durch die letzten fünfzig Jahre durchgefressen hat?‹«

»Der Alte war's wohl eigentlich nicht«, sagte der Student schüchtern. »Die Alte brachte den Vater, das ganze Haus und zuletzt auch mich auf die Idee.«

»Die Alte?«, fragte die Frau Rittmeisterin ein wenig verwundert. »Sagtest du nicht, dass deine Mutter schon vor Jahren gestorben sei?«

»Unsere Alte meine ich auch nur. Unsere älteste Schwester nennen wir zu Hause so.«

»Und wie viel seid ihr euer eigentlich zu Hause? Geschwister meine ich.«

»Mich mitgerechnet fünf. Vier Mädchen und ein – dummer Junge, der augenblicklich im sechsten Semester Philologie in Göttingen studiert und dem hiesigen alten Hause der Verbindung, dem Bürgermeister von Wanza, auf die Bude gestiegen ist.«

»Hm, und wie nennt sich – euere Alte sonst noch?«

»Käthe.«

»Und wie heißen die anderen?«

»Anna, Marie und Martha.«

»Hm, alles ganz anständige Namen. Wie alt ist euere Älteste?«

»Sechsundzwanzig.«

»Also, wie ich es mir gleich dachte, wirklich in den Jahren, wo uns Frauenzimmern der Verstand kommt. Bei euch dauert das etwas länger, mein Sohn. Weshalb aber ist das Mädchen denn nicht lieber selber gekommen, sondern hat dich geschickt?«

»Sie hat noch nie seit unserer Mutter Tode einen Tag lang vom Hause abkommen können. Übrigens, Frau Tante, lagen Sie ihr ja auch ganz und gar nicht auf dem Wege. Unsern Exsenior, den weisen Seneka, kennt sie höchstens nur vom Hörensagen und meinem Hausrenommieren. Wie sollte es ihr einfallen, auf dem Wege nach dem Inselsberge den Bürgermeister Dorsten in Wanza an der Wipper zu bekneipen?« sprach der Neffe mit einem Ton, der auf immer wachsendes Unbehagen deutete.

»Hm«, sagte die Tante Grünhage in Wanza an der Wipper, »und auf wie lange Zeit hast du dich denn wohl mit deinem Besuch und Aufenthalt in hiesiger Stadt bei deinem Hanswurst von Freunde und unserm Herrn Bürgermeister eingerichtet, mein Sohn? Wann gehst du wieder?«

Da war nun die Frage, die dem Neffen der Frau Rittmeisterin doch ganz und gar, wie das immer im Leben geschieht, als eine Überraschung kam. Und wie das ziemlich häufig im Leben passiert, so geschah's auch diesmal. Wo der Mensch die größte Neigung hat, ins Stottern zu geraten, fährt ihm das Wort kurz, rasch und bündig heraus und lässt sich nur sehr selten wieder zurücknehmen. Alle Tage, allstündlich, im großen wie im kleinen, wird dergestalt manch ein Schicksal endgültig kontrasigniert, besiegelt und zu den übrigen Akten der Menschheit gelegt.

»Morgen früh«, sprach der Knabe, sich bei dem Worte zugleich von seinem Stuhle erhebend und nach der Tür, durch die er gekommen war, umsehend.

»Schön!«, sagte die gute Tante. »So haben wir ja wenigstens noch den heutigen Abend für uns, wenn der Herr Neffe es nicht wiederum vorzieht, sich Wanza bei der Nachtwächterlaterne zu besehen. Der andere, der dich vorhin bis an meine Haustür brachte, dich hineinschob und sich um die Ecke drückte (na, wegschleichen sah ich ihn), kann auch mitkommen, wenn er es sich getraut. Punkto sieben Uhr. Alte Frauen gehen früh zu Bett, wenn sie ihren Tee getrunken haben. Punkto zehn Uhr pfeift Matten unterm Fenster und leuchtet den Herren noch einmal nach Hause.«

Die alte Dame klingelte, und Luise steckte wiederum den Kopf in die Tür.

»Räume ab, Mädchen. Mein Herr Neffe – Studiosus Grünhage – hatte bereits gefrühstückt!«

Der Herr Neffe und Studiosus der Philologie Grünhage aus Göttingen und der Lüneburger Heide stand vor der Tür seiner Frau Tante, ohne eigentlich recht zu wissen, wie er so rasch dahin gekommen war. Ob er sehr höflich Abschied genommen hatte, konnte er durchaus nicht fest sagen, wohl aber, dass das kleine, kläräugige, weiße alte Weibchen ihm einen Knicks hingesetzt hatte, mit dem sie wahrscheinlich nicht zum ersten Male kühl von einem freundschaftlichen Besuch »abgekommen« war und welchen der Jüngling ruhig seinen sämtlichen Schwestern für ähnliche Gelegenheiten anempfehlen durfte.

Natürlich blickte er noch einmal zu den Fenstern dieser »verteufelten Alten« empor, aber ein wenig unstet und, um es höflich auszudrücken, dumm. Es war nicht allein die helle Sonne auf dem Marktplatz von Wanza, die ihn mit den Augen zwinkern ließ; und nachher war seine Ortskenntnis in Wanza noch nicht derart, dass er ganz genau wusste, ob er sich rechts oder links zu halten habe, um den Freund oder doch die Wohnung des Freundes so rasch als möglich wieder zu erreichen. So lief er aufs Geratewohl, bog um die nächste Ecke und wurde zu seiner großen Erleichterung sofort an der Schulter gepackt und aus seiner Verblüffung herausgeschüttelt.

»Da bist du schon wieder? Nun, wie ist es gegangen? Kurz war der Schmerz –«

»Und ewig ist die Freude, sagt der weise Seneka«, rief der Student, sich die Mütze abreißend und damit die Haare aus der Stirn zurückstreichend.

»Der sagt das diesmal grade nicht«, rief der gute Freund, »aber – begucken lass dich doch vor allen Dingen mal – zerdrück die Träne nicht in deinem Auge – so erzähle doch, Menschenkind! Die Geschichte interessiert mich zu enorm! – Gradeso wie du eben kam ich mehrmals um diese selbige Ecke und jedes Mal auch – von ihr. Nicht wahr, sie schlägt ihre Klinge mit ziemlich impertinenter Gelassenheit? Und hübsch ist sie mit ihren siebzig Jahren und erinnert einen immer so kurios an seine eigene Mutter, ohne Rücksicht auf die Jahre, wenn die einen am Ohr nahm oder – ironisch tat. Heraus damit, Grüner; was hat sie gesagt?«

»Alte Damen gehen zur rechten Zeit zu Bett; – zum Tee hat sie uns eingeladen. Punkt sieben Uhr. Dich mit, Dorsten!«

»Wundervoll!«, rief der Bürgermeister.

»Mich jedoch nur unter der fröhlichen und tröstlichen Voraussetzung, dass ich mich nach stattgehabter Anknüpfung der Bekanntschaft augenblicklich wieder aus dem Neste, euerm heitern Wanza, hinaus- und zum Teufel schere. Ganz genau hat sie sich erkundigt, um welche Stunde du mich morgen früh auf den Weg nach Sachsen-Koburg-Gotha-Weimar-Eisenach oder dergleichen zu bringen gedächtest.«

»Famos! ... Sie hat sich wirklich danach erkundigt, Grüner? ... Dann gibt sie dir unbedingt eine Tüte voll Zuckerwerk oder sonst Genießbarem mit auf die Reise. Ich kenne sie, Grüner!«

»Ich auch – wenigstens so ziemlich schon! Einen Grünspecht hat sie mich auch geheißen; und fürs Erste hatte sie mir weniger aus allgemeiner Menschenliebe als aus ganz spezieller verwandtschaftlicher Bosheit einen Frühstückstisch decken und einen einmarinierten Hering vorsetzen lassen.«

»Dann hat Matten geschwatzt!«, rief der weise Seneka mit der volltönigen Überzeugung eines Mannes, der das Rechte trifft. »Vorauszusehen war das eigentlich wohl. Und du, lieber Junge, hast dir einzig und allein selbst diesen himmlischen Hohn der Norne von Wanza an der Wipper zuzuschreiben. Es ist unbezahlbar! ... Ein saurerer Hering mit einem Kranz von Immortellen um den Teller! Was sagte denn der Alte an der Wand, ich meine der Rittmeister, zu dieser reizenden Idee? Siehst du, blonder Knabe, nur *dein* frivoler Wunsch, nach unserm harmlosen Zusammensein im Bären Wanza noch ein bisschen genauer kennenzulernen, ist schuld an diesem göttlichen Abgeführtwordensein!«

»Aber Dorsten?!« sprach der geärgerte Philologe melancholisch-vorwurfsvoll. Doch aus der Melancholie heraus und mit beiden Füßen zugleich grimmig in die ganze Lächerlichkeit der Situation hineinspringend, rief er:

»Uh, die Alte! ... Unsere meine ich, Dorsten! Die soll mir noch einmal wieder kommen mit solch einem Abstecher von einer Feriensuite, und wenn zehntausend Mal mein bester Freund am Pfade sitzt. Na, die Bierzeitung zu Hause! ... Aber unsere Alte geht sicherlich das nächste Mal selber auf die Tantensuche.«

»Schicke du sie nur ganz dreist nach Wanza«, sagte der Bürgermeister von Wanza treuherzig. »Doch jetzo folge mir nach Möglichkeit ruhig zu meiner stillen Klause. Man wird schon allzu aufmerksam auf uns. Sich nur die Fenster! Wanza kennt dich bereits als den Neffen der Frau Rittmeisterin, oder ich müsste die Kerle, die dich gestern Abend im Bären kennenlernten, nicht auswendig wissen. Du interessierst Wanza riesig, mein Sohn, und wenn das einer der Ansiedelung nicht verdenkt, so bin ich es; denn du weißt, mich interessierst du auch, und zwar bodenlos und mit allem, was zu dir gehört – deiner ganzen stirps!«

»Dass ich dir und – euch allen ungeheuer verpflichtet und dankbar bin, kannst du mir, der liebe Gott weiß es, glauben; aber in zehn Minuten bin ich doch unterwegs nach der Wartburg. Ich bin es eigentlich jetzt schon und hole eben nur meine Tasche und meinen Stock bei dir ab.«

»Und blamierst dich sträflich nicht nur vor der Welt, Wanza an der Wipper, seinem Bürgermeister, dir selber und dem gescheitesten, liebenswürdigsten, angenehmsten alten Weibe in Wanza, sondern auch vor euerer Alten, die mir wirklich ein riesig nettes Frauenzimmer zu sein scheint und unbedingt mehr als eine Ader von unserer Alten da am Markt hat. Käthchen heißt das Kind! Wie könnte das liebe Mädchen sonst heißen? Unbedingt sind wir heute Abend Punkt sieben Uhr bei der Tante. Um zehn Uhr geht sie zu Bett, und wir haben also bis dahin vollauf Zeit, Wunder an ihr zu erleben und vor allen Dingen Tee zu trinken auf das Wohl von Fräulein Käthchen Grünhage, die dich nach Wanza schickte und also sicherlich eine Ahnung davon hatte, wie der weise Seneka bei der Witwe Wetterkopf trockensaß und weder mit seiner Weisheit noch mit seinem Gemüte irgendwohin wusste, ausgenommen dann und wann zur alten Rittmeisterin Grünhage am Markte zu Wanza!«

Achtes Kapitel

Es war Abend geworden, und der Jüngling aus der Heide, wie Dorsten sagte, hatte verständigem Zureden Raum gegeben. Er hatte mit dem Freunde am Wirtstische im Bären zu Mittag gegessen und wiederum allerlei Leute kennengelernt, die er eigentlich schon kannte. Nachher hatte ihn der regierende Bürgermeister von Wanza mit aufs Rathaus in seine recht gemütliche Amtsstube genommen, ihm eine lange Pfeife verabreicht und seinen kurulischen Stuhl zur Nachmittagsruhe überlassen und sich selber seufzend in den Hundesteueretat des laufenden Jahres vertieft.

»Ja, es ist ein schweres Dasein! *Dir* darf ich wohl auch nichts von der großen Hundsleiche vorerzählen? Aber das will ich dich versichern: Carmina gibt's auch hier die schwere Meng' um den Hund; und Magistrat und Bürgerschaft ›düsseln‹ auch manchmal Rache, aber mehr gegeneinander als miteinander«, hatte der Regierende geseufzt. »Zu siebzehnhundert ziehn sie hier auch dann und wann heraus; aber – mort de ma vie! Respekt wie eine Garnison in einer eroberten Festung habe leider nur immer ich allein; denn gegen mich allein laufen alle die verfluchten Molesten am Ende doch aus! Du erinnerst dich des braven Pudels, meines Ponto von Bovenden? Wo ist die Zeit, wo er so wenig als ich wusste, auf der Weender Straße, was uns an unsern Wiegen gesungen worden war? Nämlich dass ich ihn hier an diesem Tische in die Liste einzutragen hatte! ... O alte Burschenherrlichkeit, wie rasch warst du vergangen! ... Drei Taler jährlich war die freie kanine Seele durch öffentlichen Magistratsbeschluss taxiert. Ich habe Mathildes Mama im Verdacht, dass sie es war, die mich schon nach einem halben Jahr von dem vectigal oder tributum befreite. Sie behauptete freilich, nur den Ratten im Hofe Gift gelegt zu haben; ich aber hätte ihn in jeglicher Beziehung lieber euch in Göttingen belassen sollen. Es war übergenug schon, dass sein Herr nach Wanza ins Philisterium hereinmusste.«

Es war, wie gesagt, Abend geworden, und ein schlechtes Talglicht glimmte in der Wohnung des Bürgermeisters Dorsten auf dem Schreibtische. Mit einem andern in der Hand trat der weise Seneka aus seiner Kammer und rief:

»Jetzt, Grüner, fidel wie zwei aufgewickelte Igel auf der Mäusejagd! Wir lassen es pure darauf ankommen, wie *ihr* Befinden ist. Faucht sie uns an wie eine Katze, was sie, beiläufig, dann und wann freilich auch gediegen leistet, so rollen wir uns ruhig zusammen, schieben uns und verbringen den Rest des Abends im Bären –«

»Dorsten?!«, stammelte einfach der Neffe der Frau Rittmeisterin und setzte sich auf den nächsten Stuhl; er hatte aber die volle Berechtigung zu seinem Erstaunen, denn *so* war ihm der Freund noch nimmer gekommen. Er hatte große Toilette in seiner Kammer gemacht, trat im Frack herfür und ruhig und groß vor den zwischen den Fenstern hängenden Spiegel. Ohne auf das Erstarren des jungen Gastfreundes zu achten, fuhr er fort:

»Halte mir 'nen Augenblick mal das Licht!«

Und der Freund tat's, im vollen Sinne des Wortes, mechanisch. Der andere aber zog die Manschetten aus den Ärmeln, rückte den Halskragen zurecht, reckte die beiden derben Schultern in dem festlichen schwarzen Ehrenkleide, dass die Nähte krachten, nahm den hohen schwarzen Hut unter den Arm und sprach mit ruhiger Melancholie:

»Deinetwegen, Grüner! ... Ich imponiere auch *ihr* am meisten – *so!* Der Eindruck wird jedenfalls den Abend über ausreichen, wie ich hoffe; und auch mich hält das sterilschäbige Gewand der Erinnerungen wegen, die sich daran knüpfen, in angemessener Stimmung. Zweimal fiel ich in ihm durchs Examen, und Bürgermeister von Wanza bin ich auch in ihm geworden.«

»Ich hätte das nie für möglich gehalten!«, stotterte der Student.

»Siehst du, das ist im Grunde auch ihre Meinung. Ein anderer würde sich auch einfach lächerlich in dem lächerlichen Futteral vorkommen; ich dagegen habe meine höchsten tragischen Anwandlungen drin; und, auf Ehre, mein Junge, ich spendiere den Effekt nicht für jedermann und jede Gelegenheit. Ich erwarte und trage in demselbigen nur die Krisen des Lebens und brauche mir also, was die Abnutzung betrifft, fürs Erste noch lange kein neues bauen zu lassen. Dir, Knabe, nutzt es heute Abend nur, dass du ihr ganz und gar wiederkommst, wie du heute Morgen gingest. Gehen wir?«

Es war, da die Frau Rittmeisterin auf Pünktlichkeit hielt, in der Tat die höchste Zeit geworden; und zehn Minuten später vernahm der Student zum andernmal den schrillen Klang der Türglocke des Hauses am Markte über seinem Kopfe.

»Was kann mir denn eigentlich passieren?«, fragte er sich. »Spitziger als heute Morgen kann die hübsche alte Hexe doch nicht werden. Höchstens bringe ich den Mädchen eine Schnurre mehr mit nach Hause.«

»Jeses, Herr Bürgermeister!«, rief das hübsche junge Dienstmädchen, das wir schon zweimal den Kopf in die Tür stecken sahen.

»Mathilde schlug einfach die Tür zu, nachdem sie als kluge Jungfrau uns auf dem Treppenabsatz mit ihrem Lämpchen beleuchtet hatte«, grinste der Bürgermeister. »Ich habe schaudernd sie im Verdacht, dass sie mich schon seit geraumer Zeit so spanisch um elf Uhr morgens erwartet. Dann würde sie mir wahrscheinlich nicht die Pforte vor der Nase zuklappen; aber – Jüngling, Jüngling, ich benutze die Gelegenheit hier auf der Treppe gleichfalls, dir gut zu raten. Sollte man auch dir einmal täglich mit der Mahnung im Ohr liegen, dir einen eigenen Hausstand zu gründen, da du so gestellt seist, so sieh dich unbedingt nach einer von den Törichten in diesem Erdentale um. Ich mache es auch so.«

»Da sind die Herren, Frau Rittmeistern«, sagte das Liesle, und von ihrem Sofa aus, hinter ihrer Lampe und Teemaschine weg, erwiderte die Tante Grünhage:

»Schön! Nur heran! Wenigstens so ziemlich zur richtigen Zeit.«

Mit der Hand über den Augen, ihr Strickzeug im Schoße, besah sie einen Augenblick lang um die Lampe herum ihre jungen Gäste, hob ein wenig die Augenbrauen und sagte ruhig:

»Es freut mich, dich zu sehen, Bernhard; der – andere aber geht sofort noch einmal nach Hause und zieht einen ordentlichen Rock an; Komödie werden wir heute Abend nicht spielen, obgleich du dir wahrscheinlich nach gewohnter Art deine Rolle drin zurechtgemacht hattest, mein Sohn Ludwig.«

»Ich versichere –«

»Leuchte dem Herrn Bürgermeister auf der Treppe, Liesle, dass er wenigstens in unserm Bereiche nicht den Hals bricht über seine Narrenzipfel.«

»Auf Ehre, hochverehrte –«

»Du setze dich, Neffe Grünhage, und nimm vorlieb. Alles, was es gibt, steht auf dem Tische; jeder von den zwei Herren bekommt eine Flasche Rotwein, eine Zigarre ein jeder beim Abschied auf den Weg. Bleibe nicht zu lange aus, Dorsten; ich hatte wirklich Lust, heute Abend wieder einmal ein verständiges Wort mit der Menschheit zu reden.«

»In fünf Minuten bin ich als vernünftiger Mensch wieder zurück!«, rief der Bürgermeister aufgeregt, entzückt. »O Mama, der Herr segne Sie! Ich habe es ja dem Burschen hier gleich gesagt, dass Sie es gemütlich mit uns im Sinne hätten. Hurra!«

Sie hörten ihn die Treppe hinunterspringen und aus dem Hause stürzen; und während einer Viertelstunde waren Neffe und Tante nun zum zweiten Mal miteinander allein, und in dieser kurzen Zeit schon erfuhr der Neffe so vieles mehr von der Tante, dass er sich noch viel weniger als am Morgen sofort darin zurechtfinden konnte. Aber eines wurde ihm von Augenblick zu Augenblick klarer und stand bald unerschütterlich fest: Der weise Seneka hatte vollkommen recht und durfte es dreist in den schnurrigsten oder pathetischsten Redensarten der Welt versichern:

Die Alte war wahrhaftig gar so übel nicht! ...

»Ich will es nur gestehen«, sagte sie lächelnd; »den ganzen Tag über bin ich dich närrischen Jungen nicht aus dem Sinn losgeworden. Ich bin mir so lange Jahre durch die einzige meines Namens gewesen, und ich habe freilich den Marten zuerst eine Weile groß drauf angesehen, als er mir heute Morgen von seinen nächtlichen Begegnungen Meldung tat.«

»Ich versichere –«, stotterte der Student, ungefähr so wie vorhin sein guter Freund, doch die Greisin unterbrach ihn sofort:

»Da gib dir nur keine Mühe; das ist mir jetzt, als wäre ich ganz und gar persönlich bei dem Wanzaer Nachtwandeln mitgegangen und hätte auch noch mal einen jungen Narren bei des Alten Laterne aus mir gemacht, um meine Naseweisheit an der Welt, das Kirchhofsgitter von Sankt Cyprian nicht ausgeschlossen, zu reiben. Wenn man mit der Nase erst mal im Ernst an das letztere gedrückt ist, so – nun, ich will mir meine Tasse Tee nicht darüber kalt werden lassen, dahingegen dir einigen andern guten Rat für unsern fernern angenehmen Verkehr nicht vorenthalten. Nämlich vor allen Dingen merke dir, mein Sohn, Brillen lasse ich mir von andern womöglich nicht aufsetzen, sondern gucke am liebsten durch die Meinige, wenn ich mir nicht dann und wann Marten Marten seine borge. Alles andere lieber, als sich gutwillig übertölpeln lassen durch Wehmut, Rührung oder Unverschämtheit! Und wenn ich mir selber nach Möglichkeit klar geworden bin, so fahren gewöhnlich auch die übrigen nicht am schlechtesten bei diesen kühlen Grundsätzen. Da war zum Exempel – sieh, bist du schon wieder da, lieber Ludwig? – dieser jetzt hier in Wanza sozusagen den Pfropfen auf der Flasche spielende Burgemeister Dorsten – na, bleib nur hier und setze dich! –, seine Großmutter war eine geborene Tewes, und sie und ich, wir stammen beide von der Universität Halle an der Saale. Von seinem Ururgroßvater, der auch seinerzeit ein berühmter Professor an der Universität da gewesen ist, hat der närrische Bursch sicherlich das dumme Zitieren aus den alten Römern und das lange Sitzen im Bären, aber von seiner Mutter, die ihn auf ihrem Sterbebett hier in Wanza mir auf die Arme gelegt hat, die absolute Unfähigkeit zu begreifen, dass bis zum Jüngsten Tage allhier auf dieser Erde zweimal zwei niemals drei oder fünf, sondern immer nur vier machen, bis – ich mich seiner annahm, wie ich es versprochen hatte.«

»Das verhält sich so, Grünhage«, sprach der Regierende mit ruhiger Gravität.

»Freilich verhält sich das so, Neffe Grünhage«, fuhr die Tante mit dem gleichen Ernste fort; aber dass auch er bei seiner Heimkunft als überzählig Mitglied der menschlichen Gesellschaft zu mir kam, mit einem ganzen Kasten voll Brillen, die er mir aufzuprobieren gedachte, das – hält er heute eigentlich selber nicht mehr für möglich.«

»Merke dir jedes Wort deiner Frau Tante, Neffe Grünhage; – der weise Seneka –«

»Hätte den durchs Examen gefallenen Herrn studiosus juris Dorsten sicherlich nicht auf seine noch mögliche Brauchbarkeit im menschlichen Leben studiert, sondern sich höchstens bis an die Grenzen der Möglichkeit von ihm anpumpen lassen und ihn sodann seinem weitern Schicksal überlassen, mein Sohn. Was aber tat die Rittmeisterin Grünhage?«

»Sie nahm ihn, duckte ihn, beschränkte ihn eine geraume Zeit auf das Allernotwendigste, wies ihm ein Gemach hier im Hause nach hinten hinaus an, verweigerte ihm meistens den Hausschlüssel und machte ihn fürs erste zum Registrator bei seinem Vorgänger auf hiesiger Sella curulis. Grüner, ich sage dir, es war ein schauderhafter Durchgang, und ohne den Meister Marten hätte ich es auch nicht ausgehalten.«

»Grade wie ich zu meiner jungen Zeit hier in Wanza, nur in anderer Weise!«, rief die alte Dame mit wahrhaft kindlich glücklichem Lachen. »Es hat noch kein Mensch allein dem andern zu seinem Wesen und Behaben in dieser Welt verholfen. Die Verantwortlichkeit wäre auch wirklich wohl ein bisschen zu groß! Jaja, Neffe Bernhard, der Alte, der Nachtwächter von Wanza, der euch in letzter Nacht zu euerm Kinderspaß durch Wanza bis an die Kirchhofsmauer mit seiner Laterne leuchtete und dem närrischen Menschen da mit zu hiesigem Bürgermeisterposten geholfen hat, hat auch mir zu meinem Posten im hiesigen Gemeinwesen verholfen und es möglich gemacht, dass ich den beschwerlichen Durchgang überlebte. Er ist hier von der Wipper, du, mein Kind, kommst von der Aller, ich und des Burgemeisters Großmutter sind von der Saale her, und des Burgemeisters Ururvater, von dem er das Zitieren hat, soll von der Weser gewesen sein; und wie alles Wasser ineinanderläuft, so sitzen wir drei jetzt hier um diesen runden Tisch. Dass wir alle bergunter gelaufen sind und weiterlaufen, davon habt ihr jungen Männer wohl noch keinen Begriff; mir aber ist es ziemlich behaglich so in diesem Augenblick; und nun, Neffe Grünhage, erzähle uns ein wenig mehr von – euch zu Hause.«

Und der Student hatte bis zu diesem Momente nimmer eine Ahnung davon gehabt, was alles sich von der Lüneburger Heide in Wanza an der

Wipper berichten ließ, und wie interessant im Fluss der Erzählung und unter dem Nicken und aufmunternden Lächeln der Tante Grünhage sein Vaterhaus ihm selber werden könne.

»Nur weiter«, sagte die Tante hinter ihrem Strickzeuge und hatte gewöhnlich hinzuzufügen: »Und du halte gefälligst den Schnabel, Dorsten.« Und jedes Mal hatte dann der Regierende eine Bemerkung gemacht, die ihm ganz und gar zur Sache zu gehören schien. Schade war es auch, dass der alte Physikus und die vier Mädchen nicht dabei waren, um es mit staunenden Ohren zu vernehmen, wie sie zum ersten Mal in ihrem Leben von dem »albernen Bengel«, ihrem Sohn und Bruder, reinewegs ins Poetische gezogen wurden. Oh, »unsere Alte« hätte wenigstens neben der Wanzaer Tante im Sofa sitzen sollen, um zu erfahren, wie sich zwischen dem Eichsfelde und der Goldenen Au der Gifhorner Torf wieder in die blühendste Erika verwandeln konnte! Was da an der Aller ganz brüderlich und schwesterlich und vor allen Dingen ganz naturgeschichtlich auf dem Kriegsfuße, wenn auch dem vergnüglichsten und neckischsten, verkehrte, das wurde jetzo ganz unmenschlich idyllisch heraufbeschworen, wie sich Dorsten ausdrückte, um sofort wieder zur Ruhe verwiesen zu werden. Und das Merkwürdigste war, dass die liebliche Schilderung im Großen und Ganzen doch der Wahrheit ziemlich nahekam. Es war ein gutes Haus, das des Doktor Grünhage in der Lüneburger Heide, und es konnte des Guten nicht zu viel davon gesagt werden; auch nicht einmal von dem Sohne des Hauses.

»Die Mädchen müssen wirklich ganz nette Bälger sein«, brummte der Bürgermeister von Wanza, und die Frau Rittmeisterin sprach:

»Ich spendiere noch eine Flasche, wenn ich dir dadurch den Mund stopfen kann, Dorsten. Übrigens guck einmal aus dem Fenster und sieh zu, was es eigentlich für Wetter ist. Mir scheint, es hat sich seit einer Stunde geändert.«

»Bewölkt und windig, Frau Tante«, sagte der Bürgermeister, die Gardine zur Seite schiebend.

»Auf meinen Rheumatismus kann ich mich immer verlassen«, meinte die Tante. »Nun, es war eine recht hübsche Reihe angenehmer Herbsttage, und wir wollen dem lieben Gott für alles dankbar sein. Es ist meine feste Überzeugung, dass es sich zwischen heute und morgen ins Regnen gibt; und was willst du da in dem feuchten Thüringer Walde, Neffe Bernhard? Was meinst du, wenn du dafür ein paar Tage länger, als du dir vorgenommen hattest, hier fest in Wanza klebst und dir den Ort unter meiner Führung und bei meiner Laterne ein wenig bei Tage besiehst?

Kommst du dann wieder nach Hause, so würdest du vielleicht eher wahrheitsgetreu erzählen können, wie du die alte Frau an der Wipper gefunden hast. Und die Mädchen zu Hause werden sich auch freuen, wenn sie hören, dass die Tante Sophie keine Grünhagen frisst, wenn sie gleich in ihrer grünen Jugend nur mit knapper Not und mit Beihilfe des Nachtwächters von Wanza dem Schicksale entging, von einem aus der Familie gefressen zu werden.«

»Oh!«, riefen sowohl der Student wie der Bürgermeister.

»Entschuldigt mich für einen Moment, liebe Jungen«, sprach die Frau Rittmeisterin sodann, erhob sich, humpelte zur Tür hinaus und kam erst nach einigen Minuten zurück, nahm ihren Platz auf dem Sofa wieder ein und ihr Strickzeug wieder auf.

»Ich habe Luise hingeschickt, deine Siebensachen von dem närrischen Kerl da abzuholen. Schon des Anstandes wegen halte ich es für besser, dass du für die paar Tage mein Gast bist, mein Sohn.«

»Oh!«, stotterte der Stammhalter der Familie Grünhage; doch die Tante fuhr, mit der Hand über die Augen ihn noch einmal sich besehend, fort:

»Du hast in diesem Augenblick eine gewisse Ähnlichkeit mit deinem Herrn Vater, wie er vor fünfzig Jahren in Halle im Winkel stand und seine Tränen verschluckte. Morgen früh schreibst du an ihn und teilst ihm mit, dass du das fünfzigjährige Jubiläum meiner Ankunft in Wanza mitfeiern würdest. Wundern wird er sich wohl ein wenig, wenn ihn dein Brief auf das Datum bringt. Und außerdem schreibst du ihm, dass er mir seine Fotografie und die deiner Schwestern schicke. Jaja, junge Leute, so wächst aus dem Spaß der Ernst heraus, und der Grünspecht hier wird nicht bloß deshalb nach Wanza gekommen sein, um samt dem Bürgermeister des Ortes seinen Spaß in einer lustigen Nacht mit dem Nachtwächter der Stadt getrieben zu haben, sondern er wird in ernste Erfahrung bringen, wie es vor einem halben Jahrhundert den verwandten Menschenkindern ging, die damals jung waren und vielleicht auch einen Augenblick lang geglaubt hatten, diese Erde sei nur ein Vergnügungsgarten zum Lustwandeln. Jetzt aber, Meister Ludwig, sollst du dir weiter keinen Zwang mehr antun. Räsoniere dreist drauflos; ich habe sowieso mit dir noch genauer zu beratschlagen, was wir in der Nacht vom achtundzwanzigsten auf den neunundzwanzigsten dieses Monats auch von Stadt wegen mit dem Meister Marten Marten anfangen, um ihm und uns einen Spaß zu machen.«

»Eben ruft er draußen, Mama!«, stöhnte der regierende Bürgermeister heimtückisch-kläglich. »Programmmäßig wäre die Sitzung vollständig zu Ende, Frau Rittmeistern! Alte Leute gehen pünktlich zu Bette, und auch jungen ist das sehr dienlich. Zehn Uhr, Tante Grünhage!«

»Dummes Zeug!«, rief die alte Dame ärgerlich; Freund Dorsten aber stieß den Studenten unterm Tische mit dem Knie an, was nur heißen konnte.

»Nun, wie findest du sie bei genauerer Bekanntschaft?«

Die Greisin aber hatte ihr Strickzeug in den Schoß fallen lassen und das Kinn auf die Hand gestützt. So blickte sie weg über ihren Teetisch und die zwei jungen Leute wie in weite Ferne. Es sah ihr wahrlich niemand an, dass sie sich eben in der Erinnerung in die trostloseste Epoche ihres Lebens zurückversetzte. Der selige Rittmeister hinter und über ihr an der Wand blickte aus seinem Rahmen ebenfalls wie in eine weite Ferne hinein. »Schändlich kommun, aber das Werk eines bedeutenden Künstlers. *Der* Mann ist auch vordem nicht ohne die bestimmtesten Gründe seines Schöpfers in die Welt gesetzt worden; herausgefunden hat sie aber noch keiner!« pflegte Dorsten, über die Visage in Öl grinsend, hinter vorgehaltener Hand zu flüstern. Und – schändlich kommun sah der Verewigte aus, was aber, wie so häufig in der Welt, ihm nur zugutekam und es unbedingt nur beförderte, dass er eine Hauptperson in der fernern Unterhaltung des Abends war und das überhaupt in dieser Geschichte bleibt.

Neuntes Kapitel

Das Wetter schien sich in der Tat ändern zu wollen. Im Schornstein löste sich der Ruß und rasselte hinter der Ofenwand nieder. Der feuchte Nordwestwind aber, der sich plötzlich erhoben hatte, trug nochmals von einer entferntem Straßenecke den Pfiff und Stundenruf des Nachtwächters Marten Marten herüber. Auf ihren Rheumatismus nahm die Tante Grünhage keinen Bezug mehr, aber ins Erzählen kam sie und hörte fürs erste damit nicht auf. Die beiden jungen Männer hüteten sich wohl, sie zu unterbrechen; nur mit dem Knie stieß dann und wann der Bürgermeister den Freund von Neuem unter dem Tische an.

»Der gute alte Kerl!«, seufzte die Frau Rittmeisterin. »Fünfzig Jahre merke ich nun allnächtlich auf seine Stimme, und je mehr mir mit den Jahren der Schlaf abhandengekommen ist, desto genauer passe ich ihr auf. Ich kann mir die Stadt Wanza ohne ihre Glocken, aber nimmer ohne seinen Wächterruf vorstellen, und das hat seine guten Gründe. Wir sind jetzt einmal in das Schwatzen hineingekommen; du, Neffe Bernhard, hast mir von dir und deinen Angehörigen viel Nettes und Behagliches erzählt, und Dorsten hat schon lange gedacht: ›Was hat denn die Alte, dass sie nicht schon längst dazwischengefahren ist und ihren Senf dreingegeben hat?‹ Da will ich dir denn in der Kürze und unaufgefordert zu wissen tun, wie ich eigentlich in eben euere nette Familie hineingeraten und zu meinem Namen und Titel gelangt bin. Es ist sehr verständig von deinem Vater gewesen, dass er dir wenig oder gar nichts darüber mitgeteilt hat, sondern dich auf gut Glück die Verwandtschaft an der Wipper hat ansprechen lassen. Und ehrlich gesprochen, es lüstet mich wirklich einmal, vor euch jungem Volk diese alte verquollene Schublade aufzuziehen; Kinder und Enkel habe ich ja nicht, die mir meine Lebensschicksale so bei kleinem abschmeicheln und hinterm Rücken wegtragen konnten. Aber Respekt bitte ich mir aus, und keine Zitate und Studentereien, Ludwig. Ruft Marten die Elfe, so gehen wir wirklich zu Bett, und der Junge aus der Heide hier unter dem Dache seines Onkels Grünhage. Kurios ist es, und 'ne Ahnung habe ich bis heute Morgen wahrhaftig nicht davon gehabt! – Achtzehnhundertneunundsechzig schreiben wir heute. Da hat auch die jüngere Menschheit in Deutschland den Krieg ziemlich nahe gesehen, und die Kanonen von Langensalza wollen einige sogar hier in Wanza vernommen haben; andere sagen freilich, es sei nur die Aufregung gewesen, und das glaube ich auch, denn ich habe nichts gehört und verstehe mich doch noch aus meinen Kinderjahren darauf ganz gut. Nämlich mit meinen Kinderjahren reiche ich, wie ihr wisst, noch ziemlich in die Zeiten zurück, wo das Kanonieren um einen her eigentlich gar nie aufhörte, bis die Schlacht bei Waterloo endlich fürs erste Mal Stille in der Welt machte. Ja, das will ich meinen, das war damals für die Menschheit nicht so ein rascher Übergang, wie es bis jetzt für euch gewesen ist: heute Frieden, morgen Krieg und übermorgen wieder Frieden. Ne, ne, wer damals in den Tumult hineingeboren worden war, der wurde wenig gefragt, ob ihm die Musik gefalle oder nicht; und ich habe das als klein Mädchen in meiner Eltern Hause ebenso gut in Erfahrung gebracht wie mein verstorbener Mann, der freilich noch ein wenig mehr aus der Tiefe in dem Wirbel und Trubel der Zeit in die Höhe kam. Achtzehn Jahre war ich alt, als er mich anno neunzehn freite, das heißt mich aus meiner Eltern Hause wegnahm und hierher brachte; und das will ich euch vor allem sagen, dass er von anno sechs an bei allem Weltlärm und Blutvergießen und Gepolter mitgeholfen hat und, wie er sagte, das Fell dazu hatte, was kein Wunder war. Sein Fell war der Kriegsrock, und der war ihm von Jungensbeinen an auf dem Leibe festgewachsen, und als preußischer Junker ist er von Auerstedt aus dem Oberst Blücher, der damals noch nicht Generalfeldmarschall war, nach Lübeck nachmarschiert und hat tapfer da geholfen gegen die Franzosen, hat aber auch mit kapitulieren müssen. Dann ist er übergeben worden mit allen Provinzen und Menschen an das Königreich Westfalen und den König Hieronymus und hat dem König seinen Eid geleistet und hat zuerst in Spanien gestanden unter dem Chevalier Winckler, aber dann im zweiten Kürassierregiment unter dem Oberst Bastineller, und mit dem ist er in Russland gewesen und überhaupt in seinem Esse und Vergnügen, denn ihr müsst euch ja nicht einbilden, dass jeder es zu jeder Zeit gleich fertigbringt, ein guter deutscher Patriot zu sein, zumal damals, wenn man von Natur aus nichts weiter war und sein konnte als ein guter Soldat und Kriegsknecht wie mein verstorbener Mann, der kein größer Pläsier kannte, als wenn er heute in Hispanien halb gebraten wurde und morgen an der Beresina zu drei Vierteln verfror. Der König Hieronymus hat ihn sehr gut behandelt, und so hat er ihm den Eid gehalten, den er als sein Reitersmann und Offizier geschworen hatte. Und als es anno dreizehn mit dem Königreich Westfalen schiefging, hat er ausgehalten beim Jerome und ist mit ihm nach Frankreich gegangen und hat noch bei Quatrebras und Waterloo gegen uns gestanden und sich bis an seinen Tod niemals was Böses oder Schlechtes dabei gedacht. Ja, das kommt euch heute nun wohl wunderlich vor, dass es damals auch solche Leute gegeben hat? Aber es gab ihrer und gar nicht wenige. Sie waren eben nur Soldaten, und in ihrer Art hielten sie auf ihre Ehre und ertrugen das Ihrige darum ebenso tapfer und grimmig, als das nur ein deutscher Patriot auf seine Weise und Ansicht tun konnte. Aber für die alten Napoleonssoldaten ist damals auch in Frankreich eine unangenehme Zeit gewesen, und so ist denn der Herr Rittmeister Grünhage im Jahre sechzehn hierher nach Wanza gekommen und hat sich in dieses Haus wie in einen Waldwinkel und wie als wilder Einsiedler hingesetzt und seinen Spaß mit dem Orte getrieben. Ja, seinen Spaß! Denn mit freundlichen Augen haben ihn die Leute des Ortes, von denen manche doch auch einen Sohn oder sonst Verwandten gegen ihn verloren und überhaupt viel Drangsale erduldet hatten, nicht angesehen. Er aber pfiff auf sie – in seiner Weise, wie ich für mein Teil nachher als seine Frau mit erfahren musste. Wahrhaftig, er kümmerte sich nur zu seinem Pläsier um Wanza. Wer ihn biss, den biss er wieder, aber so höhnisch, dass es doppelt wehtat. Und zuletzt wartete er auch gar nicht einmal auf den andern, sondern biss zuerst. Hätten sie nicht Furcht vor ihm gehabt, so hätte er es gar nicht ausgehalten! Keinen Pfennig konnte er ausgeben, ohne dass es hieß: ›Wo hat der französische Räuber ihn gestohlen?‹ Und hierzu sprach der Neid wohl viel mit; denn die meisten in Deutschland hatten damals wirklich nicht viel einzubrocken. O so mag niemals wieder eine junge deutsche Frau zu

Markte gehen mit ihrem Korbe wie ich damals; aber auch dabei hat mir Marten Marten geholfen und mir nicht bloß den Korb nach Hause getragen.

Nun werdet ihr fragen: ›Tante Grünhage, wie kamst du denn eigentlich dazu, dass du deines verstorbenen Mannes Frau wurdest und hier jetzo in seinem Hause als altes Weiblein und seine Witwe auf dem Sofa sitzest?‹ Dabei bin ich nunmehr bei meinem heutigen Schubladenaufräumen angelangt. Nämlich mein seliger Vater ist ein guter Bekannter von meinem verstorbenen Mann von Kassel her gewesen; wenn er auch wohl an die zehn Jahre älter sein mochte. Und er ist ein geschickter Musikant erst am Kurfürstlichen und sodann am Königlichen Theater in der Hofkapelle gewesen. Und weil er auch dem Jerome gegeigt hatte, hat er nach der Befreiung seine Stelle verloren, obgleich er seinesteils immer ein guter Deutscher und Patriot und Kurhesse gewesen ist, trotz seiner Freundschaft mit dem Leutnant Grünhage vom Zweiten Kürassierregiment Oberst von Bastineller. Wir sind also mit wenigem Hausrat und sonst gar keinem Vermögen auf einem Leiterwagen im Frühjahr vierzehn von Kassel nach Halle an der Saale verzogen, meine Eltern mit mir und mit einem Bruder von mir, der aber im Jahre siebzehn verstorben ist. Da haben wir kümmerlich gelebt in Halle. Jeder Student, der die Flöte oder Geige lernen wollte – und was die Flöte angeht, so wollten das damals freilich viele (es war einmal Mode) –, ist uns als ein Trost willkommen gewesen; aber die Bezahlung war schlecht, und auch sonst hat die edle Kunst Musika meinem armen Vater nicht viel abgeworfen. Aber damals ist mein Verhältnis mit meinem verstorbenen Mann angegangen. Ich war noch ein ganz kleines Mädchen und lag mit meinem Bruder in der Kammer neben der Wohnstube im Bett, und in der Stube saßen durch manche liebe lange Nacht mein seliger Vater und der Herr Rittmeister Grünhage aus Wanza und rauchten und sprachen, oder mein Vater musste dem Gast bis nach Mitternacht auf der Violine vorspielen. Und auf alles habe ich oft, wachend mit angstvollem und verwundertem schlaflosem Herzen, horchen müssen; denn wie der Rittmeister Grünhage konnten wohl wenige erzählen aus ihrem Leben, dass man nicht wusste, ob man lachen oder weinen, sich ärgern oder sich graueln sollte. Und wie ich mich meistens auch grauelte, lieb war es mir doch nicht, wenn meine selige Mutter vom Tische aufstand und sagte: ›Die Kinder können euch hören!‹, und kam und die Kammertür zumachte. Ich könnte nun auch noch viel und viel ausführlicher hiervon erzählen; aber – wozu?! Ich könnte noch anderes erzählen aus den Jahren von fünfzehn bis neunzehn, wenn ich deine älteste Schwester heute Abend an deiner

statt mir hier gegenüber hätte, Bernhard; aber euch zwei jungen Mannsleuten wäre doch nicht viel damit gedient. Kurz, ich bin während dieser
Zeit aus einem zwölfjährigen Kind ein achtzehnjährig jung Mädchen
und quickes Ding geworden, worüber ich mir von euch zwei Narren
jetzt alles Räuspern und Stuhlrücken verbitte. Keiner von euch säße so
fett und wohlgenährt da, wenn er sein lebelang sich mit der Kost in meines Vaters Hause hätte begnügen müssen. Von Jahr zu Jahre ging es
kümmerlicher drin zu, und meine selige Mutter hatte immer kummer-
volle, rot verweinte Augen, und mein seliger Vater ging nur einher wie
einer, der nicht ein und aus weiß. Nur wenn der Herr Rittmeister auf Besuch kam, lebten wir für einige Zeit auf, und so sah jeder seinem Kommen entgegen und wartete auf ihn, und ich auch, denn auch ich wurde
dann satter als sonst. Wie er meinem Vater unter die Arme griff als richtiger Freund, weiß ich heute. Dass ich ihm meines Wohlbehagens wegen
dankbar war, weiß ich auch; aber wie ich mich damals sonst gegen ihn
verhielt, das weiß ich auch heute noch nicht. Ich hatte Furcht vor ihm
und – junges Volk, ich erzähle euch ernst von meinen Lebensnöten und
Tränen! – manchmal auch einen Ekel; aber ich sah ihn gern! ... Dass er
mich zu täppisch neckte und ärgerte, vergalt ich ihm durch Grobheit,
und er lachte, wie ein Landsknecht von dreißig Jahren lacht, wenn er mit
einem Konfirmandenmädchen sich einen unschädlichen Spaß im Vorbeigehen machen will. Wenn ich mich vor ihm in einem Winkel des
Hauses verkroch, so kam ich doch immer wieder zum Vorschein, ohne
dass ich viel gerufen wurde; und so kam auch die Zeit, wo ich nicht
mehr abends dem Herrn Rittmeister von meinem Bettchen aus zuhörte,
sondern mit am Tische blieb und die Aufwartung besorgte, wenigstens
bis gegen zwölf Uhr. Hätten wir nur weniger Kummer um das tägliche
Brot gehabt! Und dazu hatten wir, wie ich euch schon erzählt habe, im
Jahre siebzehn meines Bruders Begräbnis zu besorgen, und auch dazu
hat mein verstorbener Mann meinem Vater das Geld geborgt und hat
keinen Schuldschein dafür annehmen wollen. Nach dieser Zeit ist er
immer häufiger in Halle gewesen, und nun ist mir zuerst aufgefallen,
dass die beiden Männer durch ihren Tabaksrauch oft verstohlen auf
mich sahen; und auch auf die Blicke meiner seligen Mutter habe ich allgemach mehr achtgeben müssen. Sie hielt mich oft angstvoll im Auge,
und dann hatte jedes Mal der Herr Rittmeister sich mit seiner Rede an
mich gewendet und auch wohl seinen Arm auf meine Stuhllehne gelehnt
oder mir über das Haar gestrichen. Mein Vater blinkte dazu nur von Zeit
zu Zeit kurz auf; und dann sah er nach meiner Mutter hin, wenn die einen Seufzer ausstieß. In den Tagen ist auch meine Freundschaft mit dei-

ner Großmutter Tewes, der vornehmen Professorentochter unserm Hause gegenüber, angegangen, Dorsten. Wenn wir in der Schule uns nicht viel umeinander bekümmert hatten, so fingen wir nunmehr einen Verkehr über die Gasse miteinander an. Sie hatten einen Kranz für den toten Bruder geschickt, und ich bedankte mich dafür eines Sonntags auf dem Wege von der Kirche nach Hause; und von da an haben wir als gute Freundinnen unsere Mädchenangelegenheiten zusammengetragen und miteinander viel verstohlenen Rat gehalten. Aber weder hat sie mich noch ich sie von einem unserer Lebensschicksale am Rock zurückgehalten. Sie ist nur sehr böse geworden und hat geschluchzt und mit dem Fuße aufgestampft, als ich ihr zu Pfingsten achtzehnhundertneunzehn die Nachricht hinübertrug, meine Mutter habe mich zwischen ihre Kniee genommen und mit dem Kopfe auf meiner Schulter mir gesagt, der Herr Rittmeister Grünhage habe gestern Abend, nachdem ich zu Bett geschickt worden sei, bei dem Vater und ihr angefragt, ob sie mich ihm zur Frau geben wollten, er wolle gut für mich in meinem Leben sorgen! ... Meine Mutter hat geschluchzt, Lucie Tewes hat geschluchzt; aber mein Vater hat gar nichts gesagt, und das war das schlimmste, denn er redete am deutlichsten mit jedem seiner Schritte durch die Stube, und wie er nach den Stubengeräten tastete in seiner Unruhe. Ich aber habe *gemusst!* Und das Müssen ist mir wie im Traum gekommen, aber mein ganzes Leben lang eine Wirklichkeit gewesen. In der Nacht nach Pfingsten neunzehn bin ich eine Braut geworden durch meines Vaters Geige! Er hat mich in jener Nacht und der einzigen Bedenkzeit, die mir vergönnt war, in mein ehelich Leben hineingespielt. Ich konnte *das* aus seiner Kammer her über meinem Kopfe nicht anhören und aushalten! ... Wir konnten alle nichts dafür, dass es so sein musste; und, liebe Jungen, was hat es denn auch viel geschadet heute? Dass ich nicht zugrunde gegangen bin durch unsern Hunger und die Zuneigung meines verstorbenen Mannes und des Vaters Geigenspiel in der Pfingstnacht und der Mutter Wehmut am Hochzeitsmorgen, das habt ihr ja heute Abend, wie ich hier auf dem Sofa mit meinem Strickzeug sitze, vor euch! Es hat wohl schon eher ein achtzehnjährig jung Mädchen einen tapfern Soldaten und halbwilden Menschen von dreißig Jahren gefreit und ist mit dem Leben davon- und in ein hohes Alter gekommen. Und dass ich mir halb wie ein Opferlamm vorkam, tat damals gradesoviel wie heute noch in der Mädchen Gemüte zu einem weinerlichen Ja! Ich habe ja gesagt und den einzigen treuen Helfer unseres Hauses geheiratet und habe mich von meinem Mann hierher nach Wanza bringen lassen; und – Neffe Bernhard, dein Herr Vater hat mir auf der Hochzeit den Kleidersaum abgetreten als blutjunger Scholare; wiedergesehen aber habe ich ihn nicht, und mein verstorbener Mann, sein Bruder, ist nur einmal lachend aus dem Bären nach Hause gekommen und hat gesagt: ›Das hat der edle deutsche Narr und Sammetrock nun davon! Sie haben ihn mit den übrigen Pinseln fest, und er mag sich nun nach seinem Belieben das deutsche Vaterland hinter Schloss und Riegel in seiner Kasematte schwarz-rot-gold an die Wand malen.‹ – Auf meiner Hochzeit ist er leider Gottes schon zu Tränen gebracht, und eine herbstliche Hochzeit ist's, weiß Gott, gegen Michaelis neunzehn geworden in Halle. Es war eigentlich nur eine Männerhochzeit und die paar Frauen, die dabei waren, und ich mit, zählten sozusagen gar nicht. Mein Mann war unbändig vergnügt und mein seliger Vater recht lustig, aber vergnügt, glaube ich, war er nicht. Um Mitternacht mussten wir in den Wagen, denn Eisenbahnen gab es damals noch nicht; und jetzt noch sehe ich meine Mutter, wie sie beim Schein der Laternen mit vor der Posthalterei stand und mir nachblickte, kümmerlich alt geworden, bleich, aber ohne Tränen; denn die hatte sie vorher ausgeweint. – ›Hast du auch warm, mein Kind?‹ das ist das letzte Wort, was ich von ihr vernommen habe. Bei ihrem Sterbebett habe ich nicht zugegen sein können. – – Da ich drin bin, muss ich euch auch wohl von dieser Reise von Halle nach Wanza Bericht geben. Lieber Bernhard, ich will das aber doch lieber keiner von deinen Schwestern wünschen, dass sie einmal so als dummes, junges weichlich Kind mit einem fremden Mann und harten Kriegsmann in die Herbstnacht hineinfahren muss. Mein verstorbener Mann hatte mit dem Postillon gesprochen, und der hatte gelacht und schlug auf die Pferde, und wir fuhren wie Lenore bei Bürger. Heute höre ich noch den Wind in den Pappelbäumen und meinen Mann singen! Französisch und spanisch und italienisch, und wer weiß was sonst noch! Er hielt mich dazu fest im Arm, und das war recht gut; denn ich war wie in einem Schwindel, und immer war's mir, als jagte was neben dem Wagen – Reiter oder Gespenster – wie bei Bürger. Und jeder Postknecht sagte dem andern, was für ein lustig Paar er in dieser Nacht zu fahren habe, und mein Mann sah auch immer aus dem Wagenfenster und sprach zu ihnen, und jedes Mal fuhren wir dann schneller, und der Postillon fing an, auf seinem Bock in sein Horn zu blasen, vorzüglich durch jedes nachtschlafende Dorf, in dem nun alle Hunde wach wurden und sich gern in den Speichen verbissen hätten, doch mehr aus Ärgernis als aus unbändigem Spaß. Die Wege damals waren auch nicht zu vergleichen mit den Chausseen, die euch jetzt zu langweilig und beschwerlich sind. Mit der körperlichen Not, Drangsal und der geistigen Bedrängnis aber kam ich allgemach in solch einen Taumel und Traum, dass mir alles zuletzt ganz gleichgültig wurde und als ob's mich gar nichts angehe. Wir stiegen auch aus unterwegs und übernachteten ein paar Male. So kamen wir über Querfurt und Artern; und bei Frankenhausen unter dem Kyffhäuser brach uns einmal das Rad, und wir wurden in den Graben geworfen. Mein Mann zog mich halb ohnmächtig aus dem Schlamm; oh, ich könnte ihn malen, wie er dann lachend auf dem Grabenrand stand und mir das Blut von der Stirn wischte; denn ein Glassplitter von dem zerbrochenen Wagenfenster hatte mich zu allem Übrigen tüchtig geritzt. ›Vive l'empereur!‹, rief er über das Feld hinaus. ›Kümmere dich nicht drum, Mädchen!‹, schrie er. ›Die Kürassiere der großen Armee und ihre Weiber müssen was ausstehen können. Vive l'empereur!‹ – Glaubt aber ja nicht etwa, ihr deutschen Studenten, dass er den alten Barbarossa in seinem herbstlich vernebelten Zauberberge mit dem Kaiser meinte, den er hochleben ließ. Aber der Raben flatterten freilich genug über uns, als wir an dem dunkeln Nachmittage da an dem Grabenrande standen. Bei Sondershausen sah ich die Wipper zum ersten Mal und hätte auch in ihr, nämlich bei Großen-Furra, ein zweites kaltes Bad genommen, es ging aber diesmal noch glücklich ab; aber mit meinen Kräften war ich allmählich so völlig fertig geworden, dass ich wie eine Tote in meiner Wagenecke lag und nichts mehr von dem hörte, was mir mein Mann zusprach. Als er mich endlich doch wieder aufschüttelte, hielten wir wieder still, und zwar hier in Wanza auf dem Posthofe. Sie leuchteten mir wieder mit der Laterne ins Gesicht, und es regnete leise. – ›Wir sind zu Hause, junge Frau!‹ rief mein verstorbener Mann; aber ich war nicht imstande, etwas zu antworten. Da hörte ich zum ersten Mal das Horn und die Stimme Marten Martens. Er rief die zwölfte Stunde, und zwar in der Nacht vom achtundzwanzigsten auf den neunundzwanzigsten September achtzehnhundertneunzehn. Und, horcht, er ruft eben jetzt wieder. Wie spät ist es denn eigentlich in der heutigen Nacht, liebe Jungen?«

Zehntes Kapitel

»Elf Uhr, Mama«, sagte der Bürgermeister von Wanza mit einem Ton und Ausdruck, die augenblicklich nichts von seiner gewöhnlichen außergeschäftlichen, burschikosen Possenhaftigkeit an sich hatten. Der Neffe Grünhage aber saß ganz stumm und geduckt, machte nur große Augen und blickte wie scheu auf die greise Erzählerin und Tante.

»'s ist die Möglichkeit, wie die Zeit hingeht!«, rief die Frau Rittmeisterin. »Eben neunzehn, jetzt neunundsechzig! Eben zehn, jetzt elf und im nächsten Moment zwölf! Da guckt man auf und wundert sich immer von Neuem, obgleich es für die Menschheit im Einzelnen wie ganzen eigentlich nicht im geringsten mehr ein Thema zum Verwundern zu sein brauchte. Nun, Kinder, hab ich euch närrischerweise von meiner Hochzeit erzählt, so will ich auch noch eine halbe Stunde dranwenden und es euch malen, wie ich in dieses Haus einzog und es darin hergerichtet fand für meinen festlichen Empfang als junge Hausfrau und Herrin, deinen Schwestern und vorzüglich euerer Alten erzählte ich freilich lieber davon, Neffe Bernhard.«

Es war, als ob die Alte von der Wipper jetzt nach fünfzig Jahren in der Erinnerung an diesen Empfang zusammenschaudere; doch war das nur ein kurzer Übergang, und fast lustig sprach sie weiter:

»Wäre ich nicht so sehr kaputt gewesen von der Reise und allen sonstigen Erlebnissen, so wäre ich wenigstens froh gewesen, endlich da zu sein. So aber war mir allgemach alles einerlei geworden, und auf ein wenig mehr oder weniger Ungemach kam es mir bei meinem Eintriumphieren in Wanza nicht weiter an. Fürs erste hob mich mein verstorbener Mann mit einem Schwunge aus dem Wagen und stellte mich auf einen spiegelnden Pflasterstein inmitten der Pfützen auf dem Posthofe. Alles Frauenvolk rundum lag natürlich in den Federn, und ich stand wieder nur unter den Mannsleuten, die mich alle anstierten und angrinsten, aber doch vor meinem Manne Angst oder dergleichen zu haben schienen. Sie hielten sich im Kreise von ihm ab und taten ihm auch sonst unaufgefordert keine Handleistung. Er tat leise einen kaiserlich-französischen oder königlich-westfälischen Fluch, aber grinste auch gegen sie und fragte grob, ob sie ihm wenigstens eine Laterne mit auf den Weg nach Hause geben könnten. – Nein! Hieß es. Die sie hätten, brauchten sie selber, um die Pferde in den Stall zu ziehen und auch sonst. – Jeder wendete uns den Rücken, und ich schlief, an die Schulter meines Mannes gelehnt, sah dabei aber alles doch wie im Fieber. Da – wie in diesen schlimmen, schlechten Traum hinein, höre ich es: ›Zwölf ist die Glock!‹ mit einem Hornstoß und einem Liedervers; doch den unterbrach mein Mann, denn er trug mich durch die Regenpfützen unter das Tor und rief: ›Kamerad, leih *du* mir deine Laterne, dass ich samt meinem jungen Weib nicht den Hals breche in euerm gottverfluchten Wanza auf dem Wege nach Hause. Es wäre schade darum diesmal; halte hoch deine Leuchte und betrachte dir das arme Ding! Auch das gönnen die Halunken dem Rittmeister Grünhage nicht, Sergeant Marten. Sieh sie an, Kriegskamerad; wir kommen weither, und ich muss sie mir nach Hause tragen, sonst möchte auch dich meinetwegen der Teufel mit deinem Lichte holen.‹ – Nun humpelte Marten Marten richtig näher heran. Er trug damals noch eine Kugel von Ligny in der Hüfte. Sie haben sie ihm erst ein paar Jahre später herausgeholt, oder sie ist eigentlich ganz von selber gekommen. Und zum Nachtwächter hatten sie, ich meine diesmal die Wanzaer und nicht die Doktoren, ihn auch dieser Kugel wegen und aus patriotischem städtischem Stolz auf seine Tapferkeit und sein Eisernes Kreuz gemacht. Von anno dreizehn an war er sozusagen als Junge mit dabei gewesen, nachdem er von dem Vetter Erdmann Dorsten aus dem Hause abgeholt worden war, was du dir aber besser und genauer von ihm selber erzählen lassen kannst. Kriegskameraden waren sie also richtig – er und mein Mann; nur dass sie von den verschiedenen Parteien kamen, und mein Mann im Anfang in Wanza höchstens unterm Nachtwächter, wie er sagte, traktiert wurde. – Recht widerwärtig sah er in der Nacht zu Michaeli neunzehn, wie die andern, auf den Rittmeister; aber aus Neugier wahrscheinlich sah er dann doch auch mich an, und – ich sage es ihm heute noch auf den alten grauen Kopf zu, ihr beiden dummen Jungen! – da hat er sich auf der Stelle in mich verliebt, und ich habe ihn am Bande gehabt mein ganzes Leben lang hier an der Wipper; und obgleich er nur ein armer Nachtwächter war und nichts weiter geworden ist im Laufe der Jahre, habe ich ihn auch in mein Herz geschlossen, und die Wertschätzung währet heute noch und ist in der Zeit höchstens aus Silber zu Golde geworden. Und da herein hat mein verstorbener Mann sich niemals mischen dürfen und gottlob auch niemals dreingemengt. Dann und wann ist er ja ein bisschen schwatzhaft, der Marten; also wenn ihr ihm im richtigen Momente mit einer Frage darüber kommt, wird er wohl auch nicht gerade hinter dem Busche halten bleiben. Fürs Erste aber spricht er jetzt noch in diesem meinem Rapport wie vor fünfzig Jahren und sieht mich an bei seiner Laterne und sagt leise: ›Verflucht!‹, und dann sagt er nach einer Weile: ›Herr Rittmeister, meine Ronde geht wohl bei Ihrem Hause vorbei, also wenn Sie mitkommen wollen, so können Sie's. *Frau Rittmeistern*, wir könnten Ihnen auch wohl zwischen uns tragen, wenn's Ihnen bequemer wäre. Den Mantelsack nehme ich gleich auf, und den Koffer und die andere Bagage kann ich ja morgen früh bringen, Frau Rittmeistern.‹

So war ich zum ersten Mal hier in Wanza die Frau Rittmeistern genannt worden, und sie nennen mich heute noch so in Ehren, obgleich es ein westfälischer Titel ist. Und richtig, die beiden Kriegsmänner nahmen den Nachtwächterspieß zwischen sich und legten den Mantelsack drauf, und darauf setzten sie mich und trugen mich so durch Wanza, und ich hätte wirklich nicht gehen können! ›Une – deux! Au pas, camarade! So sind wir auch noch in keine Schlachtlinie eingeschwenkt – was, Sergeant? *Das* Gepäck haben wir sonst weitab hinter der Front gelassen. Na, vive l'empereur, Sophiechen; gleich sind wir zu Hause und – zum wenigsten im Trocknen. Verdammt, da fängt es von Neuem an, zu regnen.‹

Der junge Meister Marten ächzte, er hinkte unter der Last, die ich ihm in meiner Ohnmächtigkeit mehr machte, als wohl sonst nötig war. Ich schob sein Ächzen darauf, aber er fluchte auch dazu leise und ebenso arg wie der Herr Rittmeister. Und »Vivat Vater Blücher!« rief er und schüttelte dabei seine Laterne, dass die Schatten und das Licht wie toll um uns tanzten. – Ach ja, liebe Jungen, es war ein Glück, dass Wanza nicht Berlin oder Paris war, sondern dass wir bald vor meines Mannes Haustür angelangt waren. Ich blickte nach den Fenstern und sah kein Licht; – es war niemand vorhanden, uns zu empfangen, – kein Mädchen oder eine alte Frau, mir ein freundlich oder auch nur ein mürrisch Wörtlein zu sagen. Mein Mann brachte den Hausschlüssel mit und riss die Tür auf – die Nacht und ein eisiger, kalter, dumpfiger Hauch schlugen mir entgegen, schlimmer als der Regen in der freien Straße. Das Haus hatte so auf mich gewartet seit Wochen – es war da und wartete auf mich und meinen Mann; ich aber – ich hätte fast aufgeschrien auf der Schwelle vor heller, purer Angst, und ich hielt mich, um nicht zu sinken, am Arme Marten Martens!«

An dieser Stelle machte die Tante eine Pause, und Dorsten *musste* sich Luft machen, und wenn der Tod darauf gestanden hätte. Er musste!

Mit der einen Faust im Haare stöhnte er:

»Tante Grünhage, ich will alles tragen, aber dies erträgt die Menschheit in mir nicht länger. Entweder Sie erlauben mir, dass ich den Seligen da an der Wand umwende, oder dass ich ihm und Ihnen den Rücken zudrehe. Ich kann die ölige, lächelnde, insolente Söldlingsvisage nicht länger mir so gegenüber aushalten! Da hört ja alles auf! Umgedreht muss was werden; und meinen städtischen Nachtrat Marten begreife ich nicht, dass er nicht schon damals, vor fünfzig Jahren, sofort, ohne langes Besinnen – jemandem den Hals umgedreht hat. Uh, und ich hätte dann mein damaliger Vorgänger im Amt sein sollen, wenn der Meister Marten in *der* Nacht so vernünftig gewesen wäre!«

»Sein Jubiläum sollst du als jetzt Regierender mit auf die Beine bringen helfen; und der ganze Magistrat und ganz Wanza, wie es kribbelt und wibbelt, soll mir womöglich dabei Vivat rufen«, sagte die Tante Sophie. »Ich bin sonst ja nicht für laute Festivitäten, und wie's der Alte nehmen wird, kann ich auch nicht sagen; aber einerlei – ich will den Tag einfach großartig haben, und dass man noch bei Kindeskindern davon spricht, Dorsten.«

»Hier sitzt der Grüne, der Neffe, Mama; der kann Ihnen von Göttingen her davon erzählen, dass Kinder und Kindeskinder dort in der Hinsicht den weisen Seneka zu würdigen wissen. Und noch dazu Burgemeister von Wanza! Das Faktum ist eigentlich zu ideal, Grüner! ... Tante Grünhage, ewiges Schweigen verschlingt mich auf Ehre, wenn ich Ihnen nicht alles auf die Beine bringe. Wünschen Sie auch eine allgemeine Illumination?«

»Einen Narren wünsche ich weder aus mir noch aus dem Meister Marten Marten machen zu lassen«, sprach die alte Dame sehr würdig und ernsthaft. »Wo ich dich als Helfershelfer gebrauchen kann, mein Sohn, werde ich es dir schon zu wissen tun. Merke es dir, die Rittmeistern Grünhage feiert das Fest, auch wenn sie dich und das Nest zum Vivatrufen herbeordern würde, *ganz in der Stille*. Verstanden, mein Sohn?«

Der Bürgermeister von Wanza zog den Kopf zwischen die Schultern und legte wie der Gott Horus sich die Hand auf den Mund. Die Greisin, sich an den Studenten wendend, fragte:

»Und du, du scheinst mir da auf deinem Stuhle eingeschlafen zu sein. Verlangst du nach dem Bett, oder willst du kurz den Schluss von der Beschreibung hören, die ich euch zwei törichten Jungen hier vortrage, weil dein Name und deines Vaters Gruß die Asche von den Kohlen gestört haben?«

Der Angeredete fuhr auf, aber wahrhaftig nicht aus dem Schlafe.

»Tante, liebe Tante Sophie!«, rief er, scheu und doch hastig mit beiden Händen nach der Hand der Greisin fassend. »Ich fuhr ja eben noch mit dir, ich kam mit dir hier an – ich habe noch keinen Menschen so erzählen hören wie dich –, was soll ich dir sagen?«

Die Frau Rittmeisterin fuhr dem jungen Mann leicht mit der Hand über den Kopf, schüttelte lächelnd das Haupt und berichtete wirklich weiter, als ob keine Unterbrechung stattgefunden habe.

»›Was zitterst du, Frau?‹ sagte mein verstorbener Mann. ›Wir sind zu Hause, und das gute Leben geht an. Dieu de Dieu, ich hab's mir an manchem Wachtfeuer und auf manchem Schlachtfelde mit dem Frost bis in die Knochen hinein vorgenommen, es in ruhigeren Tagen auch einmal so zu haben wie die Pekins in ihren vier Wänden und mit ihren Madamen! Jetzt hab ich meinen Willen: Mein Haus und mein Weib, und nun wollen wir zusammen probieren, Sophiechen, was für ein Pläsier dran ist!‹ – Er trug mich über die Schwelle und gab mir einen Kuss und den großen, feuchten Hausschlüssel. – ›Es soll dich keiner hindern, dich einzurichten nach deinem Gout, Mädchen. En avant avec la lanterne, sergent! Leuchte weiter, Kamerad, bis wir unser eigen Licht angesteckt haben, und dann scher dich bis auf Weiteres zum Henker und zähle meinetwegen den Philisternachtmützen ihre Schnarchstunden ab. Hier herein; und nimm's nicht übel, Frauchen, 's ist für diese Nacht das einzige Gelass, in welchem wir 'nen Tisch und Stuhl et cetera finden. Magst dir morgen alles nach deinem Geschmack einrichten, ma belle, und eine schlechte Nacht geht bei zwei vergnügten Herzen bald vorbei!‹ – Er öffnete die Tür linker Hand unten im Hausflur, und Marten hielt wiederum seine Laterne hoch. Draußen schlug der Regen heftiger an die Fensterläden. Ein Tisch wie aus einer Wachtstube, ein paar Holzstühle, der kalte schwarze Ofen, der mir wie ein aufgerichteter Sarg vorkam! Um den Ofen herum viel leere Flaschen, im Winkel eine Flinte mit Bajonett und ein Reitersäbel an der Wand, von der die Tapeten in Fetzen hingen! Dazu wegen der wochenlang verschlossen gewesenen Läden ein noch schlimmerer Moder- und Schimmelgeruch als auf dem Hausflur! Ich fiel in meinem durchnässten Mantel auf den Stuhl neben dem Tische und legte den Kopf auf die Arme und fühlte meine Schultern zucken und erstickte bald an meinem Schluchzen. – Mein verstorbener Mann stand vor mir, und ob ich ihm jetzt zum ersten Mal leidgetan habe, weiß ich nicht; nach einer stummen Weile räusperte er sich nur, als wolle er was sagen, sagte aber nichts, sondern fing nur an, mit starken Schritten in der Stube auf und ab zu gehen und immer einen von den Stühlen mit dem Fuße auf einen andern Platz zu stoßen. – Der Nachtwächter von Wanza hatte seine Laterne auf den Tisch gestellt und die Hände gefaltet. ›Großer Gott, Frau Rittmeistern‹, sagte er, ›ich muss weiter auf meiner Ronde bei meiner Seelen Seligkeit. Es ist meine erste Amtsnacht in der Stadt, und was sollen die Herren vom Rathause dazu sagen, wenn ich hier meinen Ruf versäume und Ihnen doch nichts helfen kann, als dass ich Ihnen die Lampe da anstecke? O doch! Ich will Ihnen noch das Feuer im Ofen anmachen, und wenn ich auch mein Brot darüber verliere. Und wenn der Herr Rittmeister will, so kann ich ja auch morgen mit dem frühesten wieder hier sein und sonst im Hauswesen helfen. O gütige Frau Rittmeistern, nehmen Sie doch mal den Kopf von den Händen und weinen Sie nicht so. Ich bin auch aus Wanza, und es ist doch ein recht hübscher Ort, und auch sind sonst ganz gute Leute drin, und im Sommer ist's recht grün und schön warm – viele Gärten und guter Ackerboden; – es muss ja, Gott weiß es, jeder Mensche das Seinige aushalten!‹ – ›Nun höre einer diesen verdammten Kerl, wie er mit meinem jungen Weibe spricht!‹ brummte mein Mann. ›Aber recht hat er, Fiekchen; und nun guck auf und mach kein Gesicht um die alberne Inkommodité. Es wird sich ja wohl mit der Zeit ein Chic in die Liederlichkeit bringen lassen. Bist nun mal ein Soldatenweib, und morgen mit dem frühesten gehen wir meinetwegen an ein Armeereinemachen und 'ne Sündflutsaufwäsche – sapristi, und leben nachher wie ein Turteltaubenpaar in der Rosenhecke weiter. Allons, Marten, mon brave, morgen früh mit der Reveille guck nach, wenn du Lust hast, ob die Frau Rittmeisterin noch am Leben ist oder ob, wie's jetzt ihre feste Meinung ist, der Satan sie wirklich mit Haut und Haar und Haube über Nacht geholt hat aus ihres Mannes Mörderhöhle!‹ – Liebe Jungen, und nun ist es mir auf einmal gewesen, als sähe ich nun doch in diesem Augenblick zum ersten Mal ganz klar in mein künftig Schicksal. Und es ist mir gewesen, als hätte ich nichts mehr zu verlieren, als gehörte mir nichts mehr, nicht der Rock, den ich trug, und nicht die Hand, in der meine Stirne lag. Und da ist es wie eine tolle Freude über mich gekommen: So hast du dich ja auch um gar nichts mehr zu kümmern in der Welt! Deine Eltern haben dich weggegeben, dein Mann hat dich nur wie ein Tier; also sei noch weniger und werde womöglich wie ein Stück Holz, das nichts fühlt und empfindet. Da habe ich mit einem Ruck das Gesicht aufgehoben und meinen verstorbenen Mann und den Nachtwächter Marten angesehen und gesagt: ›Es ist gut!‹ Ich bin auch aufgestanden und bin zu dem armen hinkenden Menschen, der nichts weiter war als ein armseliger Invalide und Nachtwächter, hingegangen und habe gesprochen: ›Ich will es als meines Mannes Frau annehmen, dass Sie ihm sein Hauswesen in Ordnung bringen wollen, und wenn ich dazu helfen kann, so will ich es tun; denn ich habe alle Zeit für mich und weiß nichts, was ich für mich vornehmen könnte, wenn es wieder Tag geworden ist.‹ – Da hat mein verstorbener Mann mich über die Schulter mit einiger Verwunderung angesehen, und dann hat er dem Meister Marten gewinkt, dass er gehe; und der ist auch gegangen, hat mich aber dabei fortwährend angesehen und weder seinen Spieß noch seine Laterne ruhig dabei in Händen gehabt. Mit meinem verstorbenen Mann aber habe ich in dieser meiner ersten Nacht in Wanza nicht weiter verhandelt. Er hat den Wandschrank unten in der Stube linker Hand aufgeschlossen und eine Flasche und Lebensmittel daraus hervorgeholt und mir zu essen angeboten. Die Esswaren waren aber alle verdorben während seiner Abwesenheit in Halle zu seiner Hochzeit; ich aber hätte auch ohne das keinen Bissen davon genießen können. Aber einen Totenschlaf habe ich nachher geschlafen; und etwas Ähnliches, einen ruhigen Schlaf, wollen wir jetzt, fünfzig Jahre nach jener Nacht, hoffentlich gleichfalls tun. Richtig, da ruft Marten Marten die Zwölfe! Dass er dabei nicht mehr in sein altes Horn tuten darf, ist von dem hochweisen Magistrat eine so dumme Neuerung, dass ich mich wirklich jetzt so kurz vor dem Bette nicht mehr darüber ärgern darf. Leuchte dem Herrn Burgemeister ausm Hause, Liesle; und du, Neffe Grünhage, komm, ich will dir dein Quartier in dem Hause deines verstorbenen Onkels anweisen.«

Elftes Kapitel

Sie war auch um Mitternacht noch frisch auf ihren alten Beinen und zeigte dieses behänd genug auf den beiden ziemlich steilen Treppen, die in den Giebel des Hauses Grünhage hinaufführten. Und wirklich bis unter das Dach des Hauses leuchtete sie ihrem jungen Gaste und Verwandten, geleitete ihn über einen sehr reinlichen, doch ganz leeren Bodenraum, öffnete dann eine niedrige Tür und meinte lächelnd:

»Du wunderst dich wohl, mein Kind, dass die Alte aus dem Märchen in ihrem Zauberschloss kein besser Nachtquartier für dich hat? Es hat aber alles seine Gründe, und einen Riegel schiebe ich nicht hinter dir vor, und zum Fettmachen und Abschlachten füttere ich dich auch nicht, sondern nur solange, als es dir bei der Tante an der Wipper gefällt. Und was sonst das Gastgemach betrifft, so wirst du dich vielleicht morgen früh nicht mehr über die Unhöflichkeit aufhalten. Siehst du, Luise hat alles wenigstens nach Möglichkeit behaglich gemacht! Dies hier ist die Stube, und nebenan unter dem Dache steht dein Bett. Hu, der Wind wird immer ärger! Geh mir nur mit dem Lichte vorsichtig um, und dass du mir nicht etwa gar noch ein Buch aus deinem Ranzen holst und im Bette liesest. Gute Nacht, Neffe Bernhard, und träume etwas recht Angenehmes in der ersten Nacht unter dem Dache deiner Tante Grünhage. Höre nur, da ist auch der Regen auf den Ziegeln; aber auch bei dem Lärm schläft es sich ganz gut, wenn der Mensch nur ein gutes Gewissen und sonst keine Schmerzen mit zu Bette nimmt.«

Sie strich dem jungen Verwandten zum zweiten Mal mit der Hand über die Stirn und war gegangen. Der Student hörte sie die Treppe hinabhüsteln; – es klappte noch einmal eine Tür, dann war es still im Hause, und nur der Wind und der Regen ließen sich von draußen weiter hören.

Annähernd mit den Gefühlen jenes Schlauesten unter den Rolandsknappen des alten Musäus sah sich der Gast jetzt doch das Losament genauer an. Mit seinem Leuchter in der Hand stand er in einer vollständig leeren Giebelstube. Vollständig leer bis auf einen alten Lehnstuhl und ein Tischchen am Fenster. Er leuchtete in die Kammer und verwunderte sich, als er doch ein frisch aufgeschlagen Bett, einen Waschtisch und zwei Stühle unter dem schräg abfallenden Dache erblickte.

»Hm«, sagte er und versuchte, die Sache von der gemütlichen Seite aufzufassen, »ihr Wort habe ich wenigstens, dass ich nicht für den Bratspieß oder den Backofen bestimmt bin; und – krumm auf einem Sofa ist gerade auch kein Vergnügen, zumal wenn man den weisen Seneka aus dem weichen Bett nebenan in seinen Rückenschmerz hineinschnarchen hört!«

Gähnend entkleidete er sich, saß aber doch noch einige Zeit auf seinem Bettrande und murmelte zwischen Schlaf und Wachen:

»Zu Hause liegt natürlich alles längst in den Federn, wenn sie nicht zufällig den Alten auf die Praxis herausgeläutet haben, was ich nicht wünschen will und was der graue Egoist selber sich gleichfalls nicht wünscht, trotz seiner großen Familie. Aber was unsere Alte wohl sagen würde, wenn sie mich hier so mitten in den neu aufgefrischten Familienbeziehungen sitzen sähe? Beim Zeus und allen übrigen Göttern jeden Ranges, diese Tante Sophie mit ihren Blitzaugen und weißem Haar, diese Frau Rittmeistern von Wanza ist ein Prachtweib, und unser lieber verstorbener Onkel Grünhage war ein Rüpel und Räkel ersten Ranges! Ich glaube, ich habe den ganzen fidelen Abend durch nicht ein einzig Mal den Mund aufgemacht, so habe ich mich meines respektabeln Familiennamens geschämt. Und wie sie dies alles erzählte! Bis an mein Ende höre ich den verruchten königlich-westfälischen Condottiere sein ›Vive l'empereur!‹ unter unserm Kyffhäuser brüllen und sehe die arme Kleine von anno Karl Sand und Kotzebue blutend mit geritzter Nase, triefend vom Grabenwasser und Landregen an der Heerstraße stehen! Und dann der Meister Marten! ... Famos! Dem steigt noch mehr als ein Schoppen ganz speziell in der Stille; und morgen suche ich unbedingt seine ganz genaue Bekanntschaft zu machen. Und dieser Dorsten! Das will auf hundert Seniorenkonventen das erste und letzte Wort gehabt haben, und keine abfallende Renonce verzieht sich je höflicher ins Mauseloch als er, wenn sie, die Tante Sophie, ihn ersucht, gefälligst das Maul zu halten. Es ist ganz einfach riesig, und ich sitze hier –«

Es war ihm, als höre er noch einmal durch den Regen und Wind den Nachtwächter von Wanza in der Ferne die Stunde rufen, – mechanisch hob er die Beine ins Bett und zog die Decke über sich hin. »Also – ich werde es mit der Zeit – morgen früh erfahren, weshalb sie mich hier bei den Katzen, Ratzen und klappernden Dachziegeln untergebracht hat.

Dass sie ihre Gründe hatte, brauchte sie mir nicht einmal zu versichern. Nun also, morgen früh werden wir –«

Er schlief, und es träumte ihm sonderbarerweise nicht von dem Meister Marten Marten, sondern von lauter andern Nachtwächtern, mit denen er dann und wann im Leben in Konnex und leider auch zuweilen in Konflikt geraten war. Als er erwachte, nahm ihn grade der Bürgermeister von Wanza wegen einer eklatanteren nächtlichen Ruhestörung in seiner Amtsstube auf dem Rathause zu Protokoll und redete ihm dringend ins Gewissen. Der kalte Schweiß stand ihm dabei zwar nicht auf der Stirn, aber er war sehr erbost über die kolossale Unverschämtheit des weisen Seneka und ersten Chargierten der Caninefatia:

»Kerl, was fällt dir eigentlich ein?« und damit saß er aufrecht in seinem Bett, rieb sich die Augen und starrte umher. Der Traum war abgebrochen, und der Träumer kam nicht mehr dazu, seinem guten Freund Dorsten die Versicherung zu geben, dass die Tante Grünhage ihm – dem weisen Seneka – nicht ein einzig Mal zu viel das ewige Räsonieren untersagt habe.

Zuerst sah er sich nun bei Tageslicht in den ihm von der Tante angewiesenen Gemächern um und erblickte nichts Bemerkenswertes. Kahle, weiße Wände ohne allen Schmuck und Zierrat, sein nächtlich Lager, zwei Stühle und ein Waschtisch bildeten die Ausstattung der Dachkammer. Er blickte durch die offene Tür in das andere Zimmer und sah es leer und öde wie am gestrigen Abend; nur am Fenster stand noch ebenfalls wie gestern Abend der große alte Lehnstuhl mit der abgeblassten Stickerei an Sitz und Lehne aus dem vorigen Jahrhundert, und davor storchhaft auf einem Beine stehend das kleine Nähtischchen mit dem dunkelgrünen aufgezogenen Nähkissen. Wer alles in der Nacht spukhaft auf diesem Stuhl und vor diesem Tischchen gesessen haben konnte, kam dem Studenten augenblicklich nicht in den Sinn; er sah fürs Erste noch darüber hinweg und aus dem Fenster ins Wetter. Da stand er freilich überrascht von der Aussicht, die sich ihm bot.

Ein erklecklicher Teil der herbstlichen Gärten, der Giebel und rauchenden Schornsteine der Stadt Wanza samt einem Teil des Laufes der Wipper lag vor ihm, doch meistens um ein ziemliches tiefer als das Haus der Frau Rittmeisterin, und so glitt das Auge weiter südwärts, und Thüringens Berge erhoben sich vor ihm aus dem Morgennebel, und der Septemberwind trieb das Gewölk vor ihnen hin; nur hier und da lag ein Sonnenblick auf einem Hügel oder einer Fläche, auf einem Walde oder auf einer Kirchturmspitze. Der schönste Sommermorgen hätte ihm die

Aussicht aus seiner Dachstube nicht voller von Wundern und Gelegenheiten zu Fantasien in der Nähe und Träumen ins Weite zeigen können; und es spricht für ihn – den Neffen Bernhard Grünhage aus der Lüneburger Heide – mehr als irgendetwas von dem, was sonst bis jetzt in dieser Geschichte von ihm verlautete, dass er auf der Stelle rief:

»Da haben wir's schon heraus! Dies gehörte natürlich noch zu der heillosen Geschichte von gestern Abend! Selbstverständlich hat sie hier ihren Schlupfwinkel und Versteck vor dem königlich-westfälischen Ungetüm, meinem Herrn Oheim, gehabt! Hier hat sie gesessen in ihrer Ehe, wenn sie es nirgend anderswo im Hause aushalten konnte; und die Berge sind ihr zum Troste gewesen an manchem katzenjämmerlichen Tage. 's ist klar, und es freut mich wirklich, dass sie mir so viele Feinfühligkeit bei der kurzen Bekanntschaft zugetraut hat, um mir ihren Lieblingsplatz im Hause anzuweisen. Und mit Marten Marten werde ich so rasch als möglich Freundschaft schließen. Er muss mir das Genauere erzählen! Jetzt aber – mit möglichster Behändigkeit in Rock und Hosen; – das ist eine wundervolle alte Frau, und ein sehr schlechter Witz wäre es, irgendwie ihre Hausordnung zu stören. Oh, das ist eine Tante für unsere Alte, und sie müssen sich kennenlernen!«

Mit möglichster Raschheit begab er sich an das Werk seiner Toilette und hatte es kaum beendet, als an der Tür geklopft wurde und die Tante mitten im Zimmer stand, sich mit freundlicher Gelassenheit erkundigend, wie er geschlafen habe. Sie setzte sich dabei sofort in dem Stuhle am Fenster nieder, und der Neffe wiederholte sich im Innern:

»Es ist kein Zweifel! Vom Jahre neunzehn an hat sie, bis der Herrgott ein Einsehen hatte und ihr ihren verrückten Landsknecht vom Halse und nach Sankt Cyprian schaffte, keinen ruhigern Fleck auf Erden gehabt als diesen Sitz unterm Dache! Natürlich hat den versoffenen grauen Satan auch das Podagra für seine Sünden gezwickt, und an Treppenklettern war gottlob nicht zu denken.«

»Nicht wahr, eine hübsche Aussicht auf die Hainleite und den Thüringer Wald?«, fragte die Tante Grünhage, lächelnd nach den Bergen hinübersehend.

»Famos!«, stotterte der Neffe, und ohne auf ihn weiter zu achten, fuhr die alte Dame fort:

»Wenn eine deiner Schwestern mich auch einmal besuchen wird, so bekommt sie das Stübchen; aber wir putzen es ihr dann ein wenig besser heraus. Dann werde ich ihr vielleicht einiges mehr von diesem Stuhl und Plätzchen erzählen und von dem, was alles sich darauf simulieren und im guten und bösen zurechtlegen lässt, sowohl im Sommer, wo die Erde grün und der Himmel blau ist, wie jetzo im angehenden Herbste, wo der Wind über die Welt pfeift und die Berge mit Wolken verhängt und es rasch abwärts hineingeht in den Winter. Du aber, Freund Bernhard, kannst mir jetzt fürs Erste deinen Arm geben. Der Kaffee wartet unten, und ich habe ein wenig heizen lassen.«

Es ist von diesem Morgen, was das Haus der Frau Rittmeisterin Grünhage betrifft, nicht weiter viel zu erzählen. Der junge Mensch aus der Heide suchte seltsamerweise verstohlen doch am meisten nach Spuren des westfälischen Panzerreiters drin, fand aber wenig noch vorhanden. Das Bild in der Wohnstube und der schwere Säbel, der in der Stube unten linker Hand immer noch an der Wand hing, schienen schier das Einzige zu sein, was von seinem wilden, wüsten Aufenthalt in der Welt und diesem stillen, altjungferlichen Hause am Markte zu Wanza als Wahrzeichen zurückgeblieben war.

»Und riechen sogar müsste man ihn von Rechts wegen aus jedem Winkel her«, meinte der Neffe kopfschüttelnd. »Ich muss unbedingt heute noch mit Marten Marten Freundschaft schließen, und Dorsten muss mir dazu verhelfen.«

Die Tante kümmerte sich an diesem Morgen um den jungen Verwandten gar nicht. Sie ging ihren Haushaltsgeschäften nach und erklärte nur:

»Punkt ein Uhr wird gegessen. Dafür, dass du mit deinem Besuche mir eigentlich ziemlich ungeschickt in die große Wäsche fällst, kannst du ja nichts. Meine Bibliothek findest du im Wohnzimmer an der Wand hinter dem Efeugitter.«

Der junge Gast besichtigte die Bibliothek auf dem Hängebrettchen hinter dem Sessel der Tante Sophie; er rauchte in dem herbstlichen Garten hinterm Hause eine Zigarre, und um elf Uhr schlich er sich aus einem offenen Pförtchen dieses Gartens um die Ecke und erforschte auf Nebenpfaden den Weg zu seinem Freunde Dorsten.

»Der Herr Bürgermeister ist auf dem Rathause, wenn er nicht im Ratskeller sitzt – wie gewöhnlich«, lispelte Fräulein Mathilde Türschlager mit schnippischem Hohn; und nach dem Kapitol von Wanza lenkte der Neffe Grünhage fürder seinen Schritt. Wanza aber kannte heute den Neffen noch in ausgedehnterem Maße als gestern und sah ihn mit proportionierlich gesteigerter Teilnahme an und ihm nach. Er aber fühlte das, fühlte es zu seinem höchsten Unbehagen und drückte sich so dicht als möglich an den Hauswänden hin, was ihm von verschiedenen, die

Menschheit ganz genau kennenden Leuten als ein entschiedenes Symptom von gewissenlosester Erbschleicherei ausgelegt wurde.

Auf der Rathaustreppe sprach Hujahn, der Magistratsdiener, mit ruhiger Würde:

»Der Herr Burgemeister befinden sich in ihrem Büro und mundieren.«

»Ich störe doch sonst keine Verhandlung, Sitzung oder dergleichen?«

»Glaube ich nicht«, erwiderte Hujahn, schritt durch einen langen dunkeln Gang dem Studenten voran, öffnete eine altersschwarze Tür und sprach:

»Gehen Sie nur dreiste herein, Herr – Grünhage.«

Was der Herr Bürgermeister eben mundiert, das heißt gesäubert oder ins Reine gebracht hatte, bleibt in alle Ewigkeit zweifelhaft. Als der Student in das städtische Amtszimmer eintrat, stand der Exsenior der Caninefaten auf einer Bockleiter an einem Schriftenständer, jedoch nicht etwa um einen neuen Aktenstoß herunterzuholen, sondern einfach auf der Fliegenjagd.

Nur einen kurzen Blick warf er aus der Höhe auf den Besucher herab, fuhr mit hohler Hand weitaus im Bogen über die Wand hin und brummte im befriedigten Bass:

»So! ... Endlich! ... Entschuldige, mein Sohn, ich hatte meinen Kopf grade auf dieses fette Exemplar von blauem Brummer gesetzt. Aber wie sagt Ottilie? Das Jahr klingt ab. Der Wind geht über die Stoppeln – und wie lange wird's dauern, so wird das Geziefer in Wahrheit so rar geworden sein in der Welt, dass wir uns bald wohl im bittern Ernst auf den Anstand begeben müssen für des Tages notdürftige Leibesnahrung.«

Aus einer Art von einfenstrigem Klosett neben seiner Amtsstube holte er ein Glas mit einem bis jetzt noch recht wohlbeleibten Laubfrosch, sah mit der ruhigen Gelassenheit des Weisen zu, wie das gefräßige Vieh das Ergebnis seiner morgendlichen Geschäftstätigkeit einschnappte, hielt das Glas dem Freunde dichter unter die Augen und sprach mit sonorer Melancholie:

»Vom Hunde auf den Frosch! O Ponto von Bovenden, edelster aller Verbindungsköter, deine Manen umschweben diese Urne. Du aber, o Grüner, hättest du es vordem je für möglich gehalten, dass dein Freund und Bruder jemals darauf reduziert werden würde, sich einen Laubfrosch halten zu müssen für seine innigsten gemütlichen Gefühle und seine sporadischen domestikalen Neigungen?«

»Lucius Annäus Seneka in seiner Schrift De clementia –«

»Bleib mir vom Leibe mit dem verruchten alten Schmöker. Habe ich ihn euch vordem etwa nicht genug zu euerm frivolen Spaße vorgeritten auf der Kneipe?« brummte der Weise düster.

»Dann würde ich heiraten!«, sagte der Freund lachend. »Mathilde sah wirklich recht angenehm aus und war ungemein liebenswürdig, als ich mich eben bei ihr nach dir erkundigte und sie mir lieblichen Tones mitteilte, dass ich dich wahrscheinlich – wie gewöhnlich – nicht hier oben, sondern unten in deinem Ratskeller beim Frühschoppen treffen würde.«

»Ich will dir mal was sagen, mein Junge«, sprach der Bürgermeister von Wanza. »Bedenke wohl, dass *ich* es bin, dem Rutenbündel und Beile hier in Wanza an der Wipper vorangetragen werden! Rede mir noch *ein* Wort von der Person, und ich klingle und lasse dich durch Hujahn abführen! Übrigens kannst du dir allmählich eine Zigarre anzünden und mir endlich Bericht geben, wie du die Nacht zugebracht hast bei der Semper Augusta, deiner und meiner lieben Tante Grünhage!«

Ehe der Student imstande war, auf diese Frage Antwort zu geben, schob des ehrbaren Rates reitender und gehender Diener das graue Haupt, die rote Nase und den gelben Rockkragen in die Tür und meldete:

»Herr Burgemeister, Marten steht hier draußen.«

Der Neffe der Frau Rittmeisterin sprang auf von dem Amtsstuhl des Wanzaer Konsuls, und Freund Dorsten rief lachend:

»Habe mir ihn selbstverständlich gestern Nacht noch auf heute Morgen sofort herzitiert, Grünhage. Soll hereinkommen, Hujahn.«

»»Zu Befehl, Herr Burgemeister.«

Zwölftes Kapitel

Er kam herein; und nun ersuche ich meine Leser, jetzt einmal mit mir zu überlegen, wie viele unserer besten Bekannten wir uns in Wahrheit je ganz genau angesehen haben? Viele sind's sicherlich nicht. Wir leben auch in dieser Beziehung meistens in einer Selbsttäuschung, verlassen uns darauf, dass wir ja »Augen im Kopfe« haben, und merken es selten, wie wenig wir im Grunde diese Augen gebrauchen oder gebrauchen können.

Und wie wir sehen, so werden wir gesehen! Ach, es stimmt wohl nichts die gute Meinung, die man von seiner Persönlichkeit, seinem Selbst hat, philosophisch-melancholisch so tief herunter als diese unumstößliche Wahrheit: selbst die Liebe, die Freundschaft machen es nicht möglich, dich genau zu besehen! – Es ist aber eine wenn auch trübselige, so doch recht nützliche Erkenntnis für manche etwas zu hochgespannte gute Meinung und Ansicht des das Beste über sich denkenden Erdensohnes. Und andernteils liegt auch keine geringe Beruhigung für ebendenselben gekränkten Erdensohn in dem Achselzucken, mit dem er unter Umständen sagt: »Was wissen sie denn eigentlich von dir?«, damit abschwenkt und im unerschütterten Bewusstsein seines Wertes mit zu den Sternen emporgerichteter Nase weiterwandelt. Wir aber sind auf diesen tiefsinnigen Kapitelanfang einfach durch ein Wort des Wanzaer Bürgermeisters gekommen, der seinem Freunde Grünhage eben zuflüsterte:

»Jetzt wollen wir uns den alten Hahnen doch mal ganz genau betrachten. Seit gestern Abend ist mir wenigstens das ein wahres Bedürfnis.«

»Mir auch!«, rief der Student, und –

»Uns *auch!*«, sagen *wir*. Gestern Morgen während seiner Unterhaltung mit der Frau Rittmeisterin haben auch wir noch viel zu flüchtig über ihn weg- und an ihm vorbeigesehen.

Das linke Bein zog er immer noch ein wenig nach, obgleich die Kugel von Saint-Amand nicht mehr drin festsaß. Man hat wohl schon früher seinen Spaß über lahme Nachtwächter und dergleichen gehabt; aber die Stadt Wanza konnte sich ruhig des Ihrigen wegen auslachen lassen; sie hatte doch den richtigen Mann getroffen.

Hier stand er nun vor den beiden jungen Leuten, mit einem Gesicht wie der Maserpfeifenkopf in der Brusttasche seiner Zotteljacke – freilich ein alter Hahn, dem in mehr denn vierundsiebzig Lebensjahren jede Witterung bei Tag und Nacht zu kosten gegeben worden war. Zu den Riesen gehörte er grade nicht. Er hatte unter den Jägern bei Leipzig und bei Ligny mitgetan, und das dunkle, scharfe Auge, das damals hinter Busch und Baum, im Graben und in dem Qualm der brennenden Dörfer dazugehört hatte, das hatte er behalten wie die Frau Rittmeisterin ihr helles, blaues, klares. Und sowohl Dorsten wie der Neffe Grünhage fanden jetzt noch mehr als eine Ähnlichkeit zwischen dem Meister Marten Marten und der Tante heraus, vor allem übrigen die unbeugsame Lebensheiterkeit, die nicht ohne Kampf mit dem Wind und Wetter dieser Welt erworben worden war, aber nun auch, wie ein warmer Rock ihnen fest auf dem Leibe saß und ihnen, wie die Frau Rittmeisterin sich ausgedrückt haben würde, erst in ihrem letzten Stündlein vom Freund Hein mit dem Fell über die Ohren gezogen werden konnte. Praktisch gescheit sahen sie auch beide aus, Marten Marten und die Tante Sophie. Mit der Fotografie oder derartigen modernen Kunststücken war beiden nicht recht beizukommen; aber da existiert in Neu-Ruppin ein Mann, der könnte es vielleicht.

Einem Kinde, welchem der Nachtwächter von Wanza an der Wipper, Marten Marten, mit seiner Laterne abends in der Gasse begegnete, musste er unbedingt wie aus dem Bilderbuche oder dem Monde herausgeschnitten vorkommen. Dem musste er in den Traum folgen wie irgendein anderer Held der Kindheit: der eiserne Heinrich, Robinson Crusoe, der treue Johannes, Sindbad der Seefahrer, der Doktor Allwissend und vor allen Dingen, wie ein greiser grüblerischer Zauberer, der alle Künste aller vier kunstreichen Brüder in seinem Wissen und Können vereinigte.

Und wer der alten Bildermacherfirma zu Neu-Ruppin einmal einen Gefallen tun kann, der tue es auch um des Meisters Marten willen! Seit der Mitte des achtzehnten Jahrhunderts weiß sie allein, wie eine Schlacht, ein preußisch, österreichisch, türkisch oder französisch Regiment zu Fuß und zu Pferde aussieht. Sie allein hat es heraus, wie man ein Theater aufbaut und mit Figuren bevölkert; sie allein weiß Bescheid mit dem Fuchs- und Gänsespiel, mit allen Naturgeschichten in Wald und Feld und überhaupt mit dem glorreichen bunten Guckkasten, *Welt* genannt. Was weiß das altkluge Volk auf der Höhe seines ästhetischen Kunstgeschmacks davon, *wie bunt* die Welt dem richtig sehenden Auge sich darstellt?! ...

»Neu-Ruppin bei Gustav Kühn! Wie von einem Bilderbogen!« murmelte der Bürgermeister von Wanza, seinem philologischen Freunde den Ellenbogen in die Seite stoßend. »Setzen Sie sich, Vater Marten.«

»Dieses würde sich doch wohl nicht recht schicken, Herr Burgemeister.«

»Nun höre ihn einer!«, rief Dorsten lachend. »Wie der Mann aus dem Monde, dem das lange Stehen mit Dornbusch, Hund und Laterne endlich zu viel geworden ist, steht er hier vor uns, und gestern Abend ist bis Mitternacht bei der Frau Rittmeisterin nur von ihm zu seinem Lob und Preis die Rede gewesen, und jetzt ziert er sich so! Schieb ihm meinen Kurulischen unter, Grünhage. Fürs Erste sind wir noch nicht mit Ihnen fertig, bester Herr Nachtrat.«

»Von mir haben Sie gestern Abend bei der Frau Rittmeistern geredet?«

»Wie die Extrapost, in welcher der böse Feind das arme Seelchen und damals wahrscheinlich ganz allerliebste Kreatürchen, unsere jetzige brave Tante Sophie, hierher nach Wanza brachte, auf hiesigem Posthofe bei Sturm und Unwetter ankam und wie Sie, Marten, und der helle Satan und westfälische Kürassier die junge Frau auf der Hellebarde zwischen sich nach Hause trugen. Wenn Ihnen Ihr linkes Ohr gestern Nacht nicht fortwährend geklungen hat, so begreife ich das nicht. Fragen Sie nur den Jüngling und Neffen da, wie Ihr Lob gesungen worden ist.«

Der Alte, auf dem Rande des Stuhles, den ihm der Student hingeschoben hatte, sitzend, schüttelte den Kopf.

»Es ist lange her, und man sollte wohl meinen, dass endlich Gras drüber gewachsen sein könnte, meine Herrens; aber es wacht immer doch von Neuem wieder auf. Je ja!«

»Nur über den biedern Westfälinger ist bis jetzt, Gott sei Dank, Gras gewachsen. Die Frau Rittmeistern, meine Tante, und der Meister Marten Marten aber feiern in ein paar Tagen den Anfang ihrer Freundschaft im Jahre achtzehnhundertneunzehn; und – wir möchten mitjubilieren, Meister Marten!« rief der Student, die Hand des Greises fassend. »Und mir müssen Sie Ihrerseits von dem Onkel Grünhage erzählen. Seit gestern Abend liegt der Familienname wie eine Last auf mir, und ich wohne bei der Frau Rittmeisterin, und sie hat mich in der Giebelstube einquartiert, wo der Lehnstuhl und das Nähtischchen stehen. Die Aussicht aus dem Fenster ist vortrefflich; aber nach den Geschichten vom vergangenen Abend ist der Blick über Wanza und auf den Thüringer Wald doch nicht das Ganze. Sie aber wissen von dem Ganzen, Meister Marten, und ich habe es meinem Vater versprochen und meinen Schwestern, dass ich ihnen einen ganz genauen Bericht über die Wanzaer Tante nach Hause bringe; und der alten Frau ist es recht, dass auch Sie mir von ihr erzählen, und Sie müssen mir erlauben, dass ich Sie besuche und mir –«

»Mir noch einmal Wanza beim Lichte Ihrer Laterne besehe«, lachte Dorsten, der Bürgermeister von Wanza. »Übrigens sind dieses meines Erachtens Privatangelegenheiten, die durchaus nicht hier in diese nur den kommunalsten Angelegenheiten gewidmeten Räume gehören. Ich bitte dich, mir zu verzeihen, Grünhage«, fuhr er im geschäftsmäßigsten Tone fort, »wenn ich dir bemerke, dass du total vergessen zu haben scheinst, wo du dich augenblicklich befindest. Nachtwächter Marten!«

»Herr Burgemeister?«, fragte der alte Mann, in demselben Moment neben dem »kurulischen Sessel«, auf welchem der Vorsitzende des Magistrats wie selbstverständlich Platz nahm, aufrecht stehend wie im Jahre dreizehn an einem Beiwachtfeuer vor einem dem Kaiser Napoleon gegenüber die Vorpostenkette abreitenden Wachtoffizier.

»Ihr vollständiger Name?«, fragte der Bürgermeister, in einem sehr antiquarisch aussehenden Schriftenkonvolut blätternd.

»Martin Johann Anton Marten hat ihn mir meine Mutter in mein Gesangbuch geschrieben. 's wird also wohl so recht sein!«

»Wann geboren?«

»Ja, das ist wohl noch schwieriger ganz genau herauszukriegen. So ums Jahr siebzehnhundertfünfundneunzig meine ich, Herr Burgemeister. Haben Sie es in den Papieren da, so würde es mir selber kurios sein, es zuletzt noch in Erfahrung zu bringen. Dass die Kirchenbücher von St. Cyprian anno achtzehnhundert mitsamt der damaligen Pfarrei verbrannt sind, haben Sie ganz gewiss in den Akten und Kostenberechnungen. Meine Mutter wird Tag und Jahr wohl gewusst haben; aber ich bin ja schon als unmündig Kind durch ihren Tod von ihr gekommen, und nachher hat sich niemand mehr darum gekümmert. Das wäre auch wohl zu viel verlangt gewesen.«

»Hm, lieber Alter«, brummte Dorsten, gänzlich aus seinem Amtstone herausfallend, »es soll manche Leute geben, die viel darum geben würden, wenn sie ihren Geburtstag nicht wüssten und ihn also auch nicht zu feiern und sich an ihm zu ärgern brauchten. Was ich sonst über Sie und Ihre Familie im Städtischen Archive finde, lässt freilich manche Lücke unausgefüllt, genügt aber doch, um uns allgemach weiter und in der Verhandlung zum Zwecke zu führen. Im Jahre achtzehnhundertsieben hat man eine Witwe Wilhelmine Matten, geborene Rapmund, auf kommunale Kosten beerdigt. Ich kann nicht sagen, dass die Leichenkostenrechnung hoch ist, aber in den Akten haben wir hier Schreiner, Träger und Totengräber bis zu zwei Groschen für das Einlegen der Leiche in den Sarg –«

»O Herr, das ist ja wirklich und wahrhaftig meine selige Mutter gewesen!«, rief der Greis. »Ach, lieber Herr, das ist so lange her – o Herr Burgemeister, lassen Sie mich mal den Namen der alten Frau – o nein, sie muss als eine ganz junge Frau gestorben sein! –, lassen Sie mich mal ihren Namen geschrieben sehen! – Das wacht nun so auf, und ich bin derweilen ein so uralter Kerl geworden, und wir armen Leute leben immer so in den Tag hin! Wenn mir übermorgen in der Kirche der Herr Pastor ihren Namen von der Kanzel zuriefe, könnte es mir nicht heftiger in die Knochen fahren als eben jetzo, wo Sie ihn mir nennen, Herr Burgemeister!«

Mit zitternder Hand nahm der Alte das gelbe, mit vergilbter Tinte ausgefüllte Formular der Armenverwaltung von Wanza, das ihm der augenblicklich regierende Bürgermeister mit ungewohnter Zartheit zureichte. Der Meister Matten wischte sich mit dem Ärmel über die Stirn und buchstabierte den Namen der im Jahre sieben auf öffentliche Unkosten begrabenen Frau und das, was in der Rechnung dazugehörte.

»Ja, es wird wohl meine Mutter gewesen sein«, sagte er, das Dokument zurückgebend. »Ich danke Ihnen, Herr Burgemeister; es ist sicher ganz richtig so, wenn es mir auch nur ganz dunkel ist. Dass ich nachher auf Stadtkosten aufgewachsen und mildtätig erzogen bin, weiß ich genauer.«

»Haben wir dazu ziemlich deutlich schwarz auf weiß. Eine recht mildtätige und ungemein nette Erziehung ist es sicherlich gewesen. Passen Sie mal auf, Marten Marten! Du kannst auch ein wenig mit Achtung geben, Grünhage; die Geschichte wird von jetzt an historisch wie kulturhistorisch merkwürdig.«

Er räusperte sich und las:

»Protokoll de dato den Zwölften Mai achtzehnhundertundneun. Erschien im Termin der Scharfrichter und Abdeckermeister Gottfried Moritz Rasehorn und erklärt von Neuem zu Protokoll, dass er, wie er schon vorgetragen, mit dem ihm von hochlöblicher Stadtgemeinde zugewiesenen Burschen Marten Marten nicht zu Verständnis, Nutzen und Räson zu kommen vermöge, sintemalen der Junge, verlogen, faul und widerspenstig, jedwede Pflicht und Schuldigkeit, Gehorsam und Dankbarkeit hintansetze, boshaft vergesse und das Gnadenbrot und Unterkommen nicht verdiene, was ihm die Stadt bei besagtem Meister G. M. Rasehorn ausgemacht habe. Gibt auf Befragen, was jetzt wieder mit dem Jungen vorgefallen sei, zu Protokoll, dass besagter junge Marten Marten seit dem vergangenen Tage mitsamt Reitenden Försters Eulemann blindem und kollerigem Gaul vom Anger verschollen sei, mit besagtem Eigentum diebisch abgeritten, und bis jetzo nicht über sein Verbleiben besagtem Meister G. M. Rasehorn Kunde geworden sei. Bittet also letzterer ehrerbietigst, wo die jetzigen schweren und gefährlichen Zeitläufte es möglich machten, mit aller Macht den Ausreißer und des Herrn Reitenden Försters Gaul zu verfolgen, einzuholen und besagtem Meister G. M. Rasehorn zu beliebigem und zweckdienlichem Verhalten zurückzuerstatten oder besagten Jungen Marten Marten von seinen Händen zu nehmen und eine andere Unterkunft auch Erziehung zum gemeinen Nutzen, wenn angängig, auszumachen. In pleno Senatu, Wanza, am 12. Mai 1809.«

»O ihr Herren, ihr Herren«, rief der alte Mann, beide Hände zu der gebräunten Balkendecke, die vor sechzig Jahren schon auf die Abfassung des eben verlesenen Schriftstückes herabgesehen hatte, emporhebend, »ihr lieben jungen Herren, dieses ist so wahr und wahrhaftig hier auf dieser Stelle dem Schreiber in die Feder gesagt worden, wie ich jetzo hier stehe und mit bebendem Herzen es ruhig angehört habe! Vom Schindanger bin ich damals auf des Herrn Reitenden Försters zum Abstechen hergegebenem Braunen in die weite Welt hineingeritten, um aus meiner Wut und meinem Elend herauszukommen. Zu dem Schinder hatte mich die Stadt als Lehrling aus dem Armenhause gegeben. Die Zeit ist mir immer gewesen, als hätte ich einen Mord darin begangen; und nun kocht das wieder auf wie ein Topf, der vom Feuer gehoben gewesen ist und jetzt wieder auf die Kohlen geschoben wird. Von gefährlichen Zeitläuften spricht die Schrift und der Meister Rasehorn? O Herr Burgemeister, lassen Sie auch das Papierstück mich in meine alten Hände nehmen! Sie reichen das leicht her, aber mir wiegt es heute noch wie ein Berg. Der Knecht hatte mich an diesem elften Mai morgens mit der Sonne mit dem Gaul nach dem Anger voraufgehen lassen; er wollte nachkommen mit dem Messer. Nun ist es mir, als passierte es jetzt erst. Ich war eben wohl erst vierzehn Jahre alt, aber doch schon wie toll in meinem Grimm bei Tage und meinen Tränen bei Nacht. Und da, auf dem Schindanger mit der hellen Gottessonne über mir und dem Wind von den Bergen her, ist es wie eine Verrücktheit auf den Jungen, nämlich auf mich, gefallen, und ich bin auf dem dummkollerigen Gaul des Herrn Reitenden Försters freilich durchgegangen, mit dem Diebsruf hinter mir, wie hier der Schreiber geschrieben hat. Von dem Herrn von Schill ist damals alles Land ringsum gerüchtweise voll gewesen; und ich dachte mir, wenn einer dich wieder ehrlich macht, so ist der das, und nimmt er dich mit als seinen schlechtesten Knecht und am liebsten in den blutigen Tod, so ist dir geholfen jetzt und für alle Zeit. Es waren wohl nur Gerüchte, dass uns der Herr Major von Schill mit seinen Reitern auf dem Marsche nach Bayern hin zu dem Erzherzog von Österreich, der von da ihm entgegenkommen sollte, so nah sein sollte, ganz wie neulich bei Langensalza, aber es gab sie doch jeder von Mund zu Munde weiter. Der Herr von Schill mit seinen Husaren war wohl von Preußen gegen die Wipper zu ausgerückt, aber er war doch nur bis Köthen gekommen, wo er den Herzog, der mit dem französischen Kaiser in *einem* Bett schlief und ihn, den Herrn Major, einen Räuberhauptmann und seine Leute eine Räuberbande geschimpft hatte, von Haus und Hof gejagt hatte. Aber dann war er gleich nach Bernburg rechts abgeschwenkt und gegen Stralsund weiter, allwo sie ihm am letzten Tage des Monats den Kopf abgeschnitten haben. Das ist ein heldenmütiger Ritt gewesen, von dem heute noch gesungen wird; aber, meine Herren, nun denken Sie an mich einmal, an meinen Ritt auf meinem tollen Gaul hinter dem Schill und seinen Husaren auf der Suche. Eigentlich ist es zum Lachen, aber doch wieder mehr als bloß zum Lachen. Und des Herrn Försters Eulemann Braunem muss ich es lassen, er ging mit dem Kopfe zwischen den Beinen, aber auch wie toll durch das grüne Land, über Weg und Steg, dass der Staub wirbelte und die Steine flogen, gleichsam als wolle auch er in einen ehrlichen Tod jagen. Unser Herr Schill hätte mich sicher mitreiten lassen, wenn ich ihm so gekommen wäre; doch es konnte ja nicht sein. Den ersten Tag hielt sich das Vieh unter mir, und in der Nacht lagen wir in einem Walde; am andern Morgen aber knickte der Braune unter mir zusammen und schleuderte mich mit dem Kopf gegen einen Wegweiser, von dem ich nicht mehr ablesen konnte, wohin er zeigte. Da habe ich in einem Dorfe zwischen Kelbra und Wallhausen in einem Kuhstalle wochenlang ohne Besinnung gelegen, und der Bauer, der den barmherzigen Samariter an mir spielte, hat wohl wenig Löbliches von mir denken müssen, denn was ich in meiner Unbesinnlichkeit geredet habe, das hat nur vom Abdecker, von der Diebsjagd und den Franzosen geklungen. Aber das Leben hat zuletzt doch die Oberhand in mir behalten und der Bauer mich als Pferdejungen bis in das Jahr zehn. Gut habe ich es nicht gehabt, aber mir doch keine bessern Tage gewünscht; denn hier ging mir doch keiner meiner Schulkameraden aus dem Wege und rief mir über die Hecke sein ›Schinder, Schinder, Schinderknecht!‹ zu, wie es mir in Wanza als mein Schicksal gegeben war. Heute ist auch dieses anders, und die Menschen sind auch hierin vernünftiger geworden; aber damals war's wirklich schlimm. Herr Burgemeister, nehmen Sie mir das Blatt wieder ab; seit ich es halte, ist die alte Angst, dass mich ein Wanzaer auf meinem Bauerhof wiedererkenne, wieder auf mir und nimmt mir hinterm Pfluge den Atem und in der Nacht den Schlaf! Ach, gütiger Himmel, meine Herren, und aus der ewigen Angst ist damals auch richtig die pure Wahrheit geworden. Der alte Schinderruf ist mir von Neuem in die Ohren geklungen, und sie haben mich wegen Pferdediebstahl mit einem Strick um die Handgelenke nach Wanza zurückgeliefert! Es brauchte weiter nichts dazu, als dass der Freiknecht, dem ich von seinem Anger mit seinem unglückseligen Eigentum durchgegangen war, von unserm Meister mit dem Arzneikasten durchs Land geschickt wurde, und das hat sich nach Gottes Willen so gemacht, wie ich heute wohl sagen kann, zu meinem Besten; aber damals habe ich mich doch auf den Boden geworfen, und sie haben mich aus meinem Stalle unter den Pferdehufen weg mit Gewalt herausschleifen müssen und auf einem Karren nach Kelbra, wo ich wenigstens halbwegs wieder zu Vernunft gekommen bin und habe zu Fuße gehen können nach hiesiger Stadt zurücke.«

»Da bin ich auch um grade zwei Menschenalter zu spät zum Bürgermeister hiesigen Ortes gemacht worden; aber so geht's immer!«, brummte der jetzt Regierende; der Neffe der Frau Rittmeisterin Grünhage aber fuhr sich über die Stirn wie gestern Abend, als die Tante Sophie in ihrer Erzählung bis zu dem Punkte gekommen war, wo sie in ihrem Hause am Markte die Arme auf den Tisch und den Kopf auf die Arme legte, und wo der Nachtwächter von Wanza seine Laterne auf den Tisch neben sie hinstellte, um ihr das erste Feuer auf dem Herde in ihrem jungen Haushalt, das heißt im Ofen, anzuzünden.

Dreizehntes Kapitel

»Ehe einer alles, was so in unserer deutschen Bevölkerung, oder was man sonst deutsche Nation nennt, zerstreut liegt, herausgeholt hat, wird mehr als einer hoffentlich noch oft genug als trübseliger Epigone ruhig sich an der Nase nehmen lassen können. Erzähle dies mal der Welt, Grüner, wie der Alte hier es eben uns vorgetragen hat, und lass dich gelassen einen Nachgeborenen nennen oder erwidere dem zu persönlicher Bemerkung sich Meldenden noch gelassener: Schafskopf!« sprach der Bürgermeister von Wanza, die Frage anknüpfend: »Na, wie findest du diese Wanzaer Geschichten?«

»Sie müssen uns weiter von sich erzählen, Marten«, rief der Student. »Achten Sie gar nicht auf uns und was einer von uns sagen mag! Wir reden nur, wie wir es heute verstehen.«

»Dann sehen Sie gütigst jetzt einmal nach, ob Sie nicht noch einen Namen in Ihren Akten finden, Herr Burgemeister«, sagte der Nachtwächter. »Nehmen Sie es nicht für ungut; es muss nämlich der Ihrige sein! Derselbige spielt in der Geschichte hiesiger Stadt wohl schon länger honorabel mit; aber in meiner Geschichte handelt es sich diesmal nur um einen gewissen aus Ihrer Familie, Herr Burgemeister.«

»Ein Justitiarius Dorsten hat hier ein ander Protokoll unterzeichnet«, sagte Dorsten, wie zögernd ein neues vergilbtes Faszikel aufnehmend; doch der Greis schüttelte den Kopf:

»Das brauchen Sie mir nicht weiter in die Hand zu geben. Ich weiß schon, was es ist. Es wird nur mein damaliger Kriminalprozess sein, und der Herr Justiziar seliger hat nur seine Pflicht und Schuldigkeit getan, als er mich von wegen meines Pferdediebstahls vom Schindanger ins Loch stecken ließ. Nein, der, den ich hier meine, war der Herr Kandidat Erdmann Dorsten und war nur ein paar Jahre älter als ich und, wenn ich mich nicht irre, Ihr richtiger Großonkel, Herr Burgemeister. Ihre Frau Großmutter kam ja bald nach der Frau Rittmeistern aus Halle an der Saale, und deren Tochter, Ihre selige Frau Mutter, hat seinen Brudersohn geheiratet. Er aber hatte auf die Theologie studiert und ist dabei ein merkwürdig feiner Poete gewesen, wie ich weiß; aber Gedrucktes gibt es nicht von ihm, und an der Elster, am Ranstädter Tor bei Leipzig ist er mir im Arme gestorben, und ich habe seine Brieftasche und Uhr nachher hier in Wanza seiner Verwandtschaft, das heißt seiner lieben Braut, Fräulein Thekla Overhaus, abgeliefert.«

Der Bürgermeister von Wanza hielt sich jetzt den Kopf mit beiden Händen.

»Bleiben Sie mir mit meinem Stammbaum vom Leibe, Marten!«, rief er. »Ich sage dir, Grünhage, wie zu Anfang dieses Säkulums die Welt und hiesige Umgegend mit lauter Dorsten bevölkert gewesen sind, davon ist ganz das Ende weg. Ich werde jedes Mal konfus wie ein Hammel mit der Drehkrankheit, und die Welt geht mir absolut im Nebel unter, wenn ich mich so an einen von uns erinnern soll. Gott sei Dank, dass ich augenblicklich wenigstens der Einzige von der Sorte bin.«

»Sagen Sie das nicht, Herr Burgemeister«, rief der Alte. »Es waren ganz ordentliche Leute unter der Familie.«

»Und sicherlich gehörte zu den letztern der eben von Ihnen heraufbeschworene Onkel Erdmann. In den Akten habe ich ihn nicht; aber eine dunkle Erinnerung dämmert mir freilich jetzt, dass ein junger und, wie die Sage meldet, ungeheuer begabter, also völlig aus der Art geschlagener Dorsten bei Leipzig den Tod für König und Vaterland gestorben ist.«

»Das ist so, Herr Burgemeister«, sprach der Greis ernst, »ich habe ihn gekannt und sterben sehen! In Ihrer Frau Tante Hause, Herr Grünhage, was nachher im Jahre siebzehn der westfälische Rittmeister Herr Grünhage kaufte, als er sich hier in Wanza besetzte, ist die Giebelstube; in der wohnte der Herr Kandidat –«

»Meine Tante hat mir in vergangener Nacht in der Kammer nebenan ein Bett angewiesen.«

»I, sehn Sie mal!«, rief der Meister Marten. »Dann hat sie es gut mit Ihnen im Sinne und traut Ihnen ein verständiges Herze zu. Es ist auch ihr Unterschlupf gewesen durch lange schlimme Jahre. Sie hat auch davon Ihnen wohl schon gesprochen, junger Herr?«

»Ich habe es selber herausgefunden, Marten«, rief der Student, dem Greise leise die Hand nehmend und ihm den andern Arm um die Schultern legend.

»Das freut mich, Herr Studente«, sprach der Alte. »Doch um weiterzureden, so hat mich Herr Erdmann in dieser Stube ihm von meinem tollen Ritt zum Herrn von Schill erzählen lassen, will sagen, mich des genaueren danach ausgefragt. Ins Prison ist er mit mir gegangen durch Wanza, als ich doch hineinmusste, und hat gesagt: Junge, heule nicht ärger auf deinem Ehrengange wie andere Leute. Sitzen musst du, auf dass dem Gesetze sein Recht werde; aber ach Gott, wenn nur das ganze edle deutsche Volk, vom Schinder jetzt gejagt und gefangen, so froh sitzen und singen könnte wie du, armer Narre. Höre, Martin, jetzt besuche ich dich, bis du frei wirst; aber ist die Zeit da, so hole ich dich ab.« – Meine Herren, und dieses ist alles also geschehen, und seine liebe Braut ist auch mit ihm zu mir in den Teichtorturm gekommen und hat mir immer beim Kommen und Abschied die Hand gegeben. Es ist das Fenster linkerhand über dem Teichtore, wo ich hinter dem Eisengitter meine Strafe für meine Tollheit absaß. Besuchen Sie mich nur einmal in dem Turme, Herr Studente. Er ist jetzo meine städtische Dienstwohnung; und ich kann Ihnen das Loch zeigen, wo man damals die Vagabunden und sonstigen Übeltäter einsperrte und wo Herr Erdmann und Fräulein Thekla Overhaus zum Besuch zu mir kamen. Je ja, anjetzo haben sie den armen Sündern ein besser Quartier im Kreisgerichtsgebäude zurechtgemacht; ich aber habe aus meinem Prison von anno zehn einen Taubenschlag gemacht, und den Tierchen gefällt es ganz gut drin.«

»Sicherlich werde ich Sie besuchen und mir alles ganz genau zeigen lassen, Meister Marten!«, rief der Student. »Erzählen Sie aber weiter.«

»Davon könnte nun eigentlich Fräulein Thekla Ihnen viel besser berichten«, sagte der Alte lächelnd. »Sie werden sie ja dann und wann bei der Frau Tante antreffen oder vielmehr die Frau Tante bei ihr. Sie spricht auch ganz gern von der alten Zeit und dem Turm, obgleich sie so großes Herzeleid bald darauf erfahren musste, dass sie es bis heute noch nicht verwunden hat, wenn es heute ihr freilich nur so sein wird, als habe sie vor langen Jahren in einem traurigen Buche davon gelesen, wo sie denn jetzt selber wie ein Buch so schön davon reden kann.«

»Diese Braut deines Großonkels lebt auch noch, Dorsten?«, rief Grünhage.

»Hat sich bis auf die Augen ganz gut konserviert und hat auch die Brieftasche und die Uhr vom Ranstädter Tor noch in ihrer Kommode. Es ist eine Kuriosität diese Uhr, die am neunzehnten Oktober achtzehnhundertdreizehn, Punkt ein Uhr, grade als die hohen Verbündeten in Leipzig einzogen, stehen geblieben ist. Manchmal kommt es einem vor, als sei die alte Jungfer gleichfalls in der nämlichen Stunde, an dem nämlichen Tage und in dem nämlichen Jahre stehen geblieben. Na, du wirst ja sehen. Die Brieftafel wird sie dir aber nicht zeigen. Marten sagt, es seien allerlei Verse darin durch Blutflecke ausgelöscht. Ich habe schon alle Künste angewandt, aber vergebens; die Alte lässt kein profanes Auge von heute drüber.«

»Ja«, sagte der Meister Marten Marten, »das ist so, junger Herr. Es ist ihr höchstes Heiligtum, und sie will es mit in ihren Sarg haben. Eines von den blutigen Liedern ist aber in dem Teichtorturme gemacht und handelt von meinem Ritt zum Herrn von Schill. Ich verstehe wohl nichts davon, aber ich denke doch, es ist eigentlich schade, dass es niemalen gedruckt in den Büchern herumgehen kann; denn da wäre ich jetzt auch wohl als Nachtwächter in Wanza ein berühmter Mensche, und für des Herrn Reitenden Försters Eulemann blinden Dummkollerigen wäre es gleichfalls eine hohe Ehre.«

Der Bürgermeister von Wanza lachte; aber sein Freund lachte nicht. Der ging ein paar Male in dem Amtszimmer auf dem Rathause in Wanza hin und her, lüftete an seiner Krawatte und kam wieder zu dem grünen Tisch mit dem verstaubten Aktenbündel. Der Nachtwächter sah ihn freundlich an und sagte:

»Wenn Ihnen meine Historien in Wahrheit nicht langweilig sind und weil mich der Herr Burgemeister, mit allem Respekt, doch nur um sie heute Morgen allhier aufs Rathaus beordert hat, so will ich weitergehen mit den Papieren hier auf dem Tische. Es ist mir nämlich jetzt selber zu kurios, dass da so vieles hier auf dem Rathause von mir altem Menschenkinde im Fach gelegen hat und für die Ewigkeit aufgeschrieben ist zu seiner Zeit, wo ich es freilich selber habe manchmal schreiben sehen, freilich ein paar Male auch mit dummkollerigen Augen und halb blind vor Tränen und Menschenelend.«

»›Anbei ein Paket mit gleichlautender Adresse‹, sagt gewöhnlich der weise Seneka, wenn er an den jungen Menschen, den Lucilius, schreibt, und schiebt eine Redensart aus dem Epicurus in den Brief, ehe er an die Freimarke leckt. Nehmen Sie hin, Marten«, sagte Dorsten und reichte dem Greise abermals ein Dokument aus seinem Leben.

»Das ist ja doch Herrn Erdmanns Handschrift!«, rief der Meister Marten verwundert. »Die kenne ich, wie ich ein Weizenfeld von jedem andern bestellten Acker unterscheiden kann!«, rief er und versuchte zu lesen, brachte es aber nicht mehr fertig. »Es ist zu klein. Er schrieb immer so 'ne feine Hand; aber ihr Herren, liebe Herren, ich könnte es doch nicht lesen!«

Das Blatt zitterte wirklich zu sehr in seinen Händen, und der Herr Bürgermeister nahm es zurück und sagte, gegen den Studenten gewendet:

»Es ist eine Zuschrift meines Herrn Großonkels an den hiesigen Magistrat von damals, in welcher er für sämtliche bei dem Meister Rasehorn in Betreff des Jungen mit Namen Martin Johann Anton Marten für Unterkunft, Atzung, ruiniertes Handwerkszeug, Kleidung usw. auf gelaufene Kosten aufkommt und erbötig ist, besagten ›Knaben‹ von der Stadt Händen zu nehmen, besagten Meister Rasehorn in allen vernünftigen Dingen schadlos zu halten und (wie er hochlöblichem Magistrat mit ziemlicher Ironie unter die Nase reibt) wo irgend möglich, dem Gemeinwesen zu Nutz, der Stadt Wanza an der Wipper aus dem Stadtkinde Martin Marten trotz allem doch noch einen wohlgesinnten Mitbürger heranzuziehen. – Bürgermeister, Rat und Bürgerschaft haben hierauf hin sofort grinsend ihre Hände in Unschuld gewaschen und das unglückselige Geschöpf Marten Marten vom Teichtorturm aus cum omnibus appertinentiis, mit allem gegenwärtigen Besitz und allem, was von Zukunftshoffnungen an ihm hing, dem Herrn Kandidaten Erdmann Dorsten eilfertigst überwiesen und das Geschäft so rasch als möglich schriftlich abgemacht. Dass nachher ein jeglicher vom Rathause mit erleichtertem Herzen nach Hause und erhöhtem Appetit zu Tische gegangen ist, glaube ich, ohne dass ich es hier schriftlich in den Akten habe. So schlimm ist der Mensch nicht, dass er sich nicht erleichtert fühlen sollte, wenn er die Verantwortlichkeit für irgendeinen Menschenjammer mit Anstand auf die Schultern eines gutwilligen andern hat abladen können. Was meinst du, Grüner?«

»Der noble Mensch, der Kandidat Dorsten, hat Sie doch sofort persönlich vom Turm abgeholt?«, fragte der Student den Greis, der jetzt ganz zusammengefallen auf dem Stuhle saß, mit gesenktem Kopfe und den Händen auf den Knien.

Er sah aber langsam auf und sagte leise:

»Nein. Er ging erst auch zu Tische. Er aß nämlich damals im overhausschen Hause. Es war an dem Tage Jahrmarkt und Viehmarkt in Wanza; und nachmittags so zwischen drei und vier Uhr, als der Trubel in der

Stadt am größesten war und alle Bürger und die Bauern vom Lande auf dem Markte und in den Straßen und die Honoratioren an ihren Fenstern, da ist er mit Fräulein Thekla gekommen. Und ich bin zwischen ihnen gegangen durch Wanza, und sie haben mich jeder an einer Hand gehalten, durch die Menschenmenge hin und an den Häusern vorbei. Liebe Herren, es waren damals die zwei stolzesten Herzen in Wanza, und auf diese Weise dachten sie mich am leichtesten wieder ehrlich zu machen bei den Leuten nach meiner Dienstzeit auf dem Schindanger!«

»Und es wurde so?«, rief der Student mit fliegendem Atem und nassen Augen; aber der Greis schüttelte wiederum den Kopf:

»Ach, Herre, junger Herre; da kennen Sie doch die Leute noch schlecht! *Das* hat knapp und mit Mühe das Jahr dreizehn fertiggebracht! ... Wenn auch wohl die Verständigen sich bedachten und sich sagten: ›Was kann der Junge dafür?‹, so war das doch nichts gegen die Menge, die sich gar nichts vernünftig überlegte. Meister Consentius der Stellmacher und Meister Melzian der Schneider haben es wohl auf Andringen des Herrn Kandidaten mit mir probiert; aber der Geruch steckte mir mal im Rocke, und es waren allemal immer die Jungen und die Gesellen, die ihn herausrochen und mit mir in Worten und Sticheleien anbanden, bis ich mit der Faust darauf antwortete. Der Herr Burgemeister hat ganz recht, sein Vorfahrer und der löbliche Magistrat von damals konnten wohl froh sein, dass sie mich auf das freundlichste und nicht bloß stolzeste Herz in Wanza abgeladen hatten. Der Herr Erdmann hat mir auch das Messer aus der Faust reißen müssen, als der letzte Lump unter mir lag, der mich bei dem Meister Bünning einen Schinder geheißen hatte; und da hat seine liebe Braut gesagt: ›Es hilft nichts, Erdmann; und der Heilige Krieg lässt noch immer auf sich warten; – jetzt tu ihn zu uns; mein Vater wird ihn als Ausläufer in sein Geschäft nehmen, und ich kann ihn da auch besser unter Augen behalten.‹ – So bin ich zum Herrn Kaufmann Overhaus als Hausdiener gekommen, und unter den Augen von Fräulein Thekla Overhaus und Herrn Erdmann bin ich zu einem wirklichen Menschen geworden, bis die Zeit erfüllet war und alles rundum aufbrach gegen die Franzosen –«

»Und das ganze deutsche Volk sich wieder ehrlich machte!«, rief der Student.

»So wird es wohl sein«, meinte der Greis lächelnd. »Zum Henker war ihm die Freude an sich selber freilich durch eine ziemliche Reihe von Jahren gewesen. Wie der Herr Kandidat in einer Nachmittagspredigt von den Wanzaern Abschied nahm und von seiner Giebelstube im jetzigen Hause der Frau Rittmeistern herunterkam und mich, ganz wie er es versprochen hatte, von dem overhausschen Kornboden abrief, das wird Ihnen Fräulein Thekla viel besser erzählen, als ich es kann. Ich will nur noch sagen, dass mehr als ein Wanzaer Bürgerssohn auf dem Marsche oder in der Schlacht, ohne sich zu zieren oder zu ekeln, aus meiner Feldflasche einen guten Schluck getan hat; und dass mein lieber Herr Erdmann seinen allerletzten Trunk auf Erden auch daraus getan hat, dies habe ich wohl schon gesagt. Der teure, liebe Herr hat leider Gottes nur bis ans Ranstädter Tor bei Leipzig mit uns kommen dürfen. Den Totenbrief, den ich damals, so gut ich's vermochte, nach Hause schreiben musste, den haben Sie nicht unter den Papieren hier, Herr Burgemeister, aber Fräulein Thekla hebt ihn heute noch auf bei ihren andern Andenken in der Kommode. Er hat mir denn wohl auch nachher ein bisschen mit zu meinem jetzigen Ruhe- und Nachtwächterposten verholfen; denn die Overhaus waren anno achtzehn und neunzehn noch ein viel vermögend Geschlecht in hiesiger Stadt. Zum Besinnen auf ein feines Briefschreiben bin ich aber damals nicht gekommen, selbst wenn ich's sonst hätte prästieren können. Die Herrens wissen's ja selber viel besser als ich, wie es damals zugegangen ist. Bei Tag und Nacht weiter – nicht aus den Kleidern – in Schweiß und Blut – vorwärts und rückwärts und wieder vorwärts durch den französischen Winterdreck und Schnee und Regen bis zum ersten Mal hinein in ihr Paris! Und wie als wenn mir damals mein Dienst beim Meister Rasehorn gutgetan und mir die Haut hörnern gemacht hätte: Keine Kugel, kein Kolben oder Reitersäbel hat mir was angehabt. Das war mir erst für das sakramentsche gluhe Nest Sankt Amand, was, wie Sie wissen, zu der großen Bataille bei Ligny gehörte, aufgespart. Da legt's mich hin zu den andern in den Brand und Qualm, und ich konnte nur sagen: ›Siehste, Marten, nun nimm dir ein letztes gutes Exempel an deinem Herrn Erdmann, deinem liebsten Herrn und einzigen Freund und rechten Lehrmeister.‹ – Aber, meine Herren, gerecht muss der Mensch immer sein, Prügel haben wir damals gekriegt, dass sich kein Mensch zuerst, und der alte Blücher auch nicht, recht besinnen konnte, wie es eigentlich zuging, und so haben es denn eben auch nur französische Menschenkinder sein können, die mich unter dem brennenden Gebälk und übrigen Schutt vorgezogen haben und mich aufsparten für Wanza und bis an den heutigen Tag zum Nachtwächterdienste. Aber rückwärts und vorwärts ist's wiederum in der Weltgeschichte gegangen, wie es auch heutzutage noch geht; und ich will's doch keinem zärtlichen Gemüte und Leibeszustande wünschen, so von einem Verbandplatze auf den andern geschleppt zu werden! Erst in dem Lustschlosse Laeken bei Brüssel habe ich das nichtsnutzige Bein für eine längere Zeit ruhig ausstrecken dürfen; aber in Deutschland habe ich doch auch noch langweilig genug im Spital gelegen, bis ich im Jahre achtzehnhundertachtzehn nach Wanza heimhumpeln durfte.«

»Das Heimweh kann ich mir aus eigener Erfahrung ganz genau vorstellen!«, brummte der gegenwärtig in Wanza regierende Bürgermeister.

»Nein, Herr Burgemeister«, sagte der Meister Marten, »es war kein Heimweh; es war Krankheit und Kummer und Verlassenheit von meinem Herrn Erdmann Dorsten, und es war, weil ich doch noch mit Fräulein Thekla von unserm Bräutigam und sieghaft Gestorbenen sprechen musste. Sonst hatte ich nichts in der Stadt zu suchen und wäre wohl ebenso gern unterwegens in einem Graben liegen geblieben. Ich will lieber nicht wünschen, dass einer von denen, die neulich aus Böhmen auf der Eisenbahn oder sonst als invalid heimgekommen sind, so wenig Sehnsucht mitgebracht hat als ich zu meiner Zeit aus Flandern. Allen Siegereinzug hatte ich ja auch verpasst, und so erwartete mich nur Fräulein Thekla in ihrem schwarzen Kleide, und auch nicht am Tor, sondern in ihrer stillen Stube, und ihre selige Frau Mutter ging zuerst hinein und sagte: ›Kind, Marten ist da; willst du jetzt mit ihm sprechen, oder soll er wiederkommen –‹«

»Denn er bleibt jetzt in Wanza!«, sagte Dorsten, und zwar leisern Tones, als wie bis jetzt sonst irgendwo in diesen Blättern von ihm angewendet wurde.

»Sie haben auch das vor allem Übrigen freilich wohl schriftlich da in Ihren Akten und Papieren, Herr Burgemeister!«, rief Meister Marten Marten ganz vergnügt und munter. »Je ja, er blieb jetzo in Wanza, der närrische Tropf, und zwar mithilfe seiner Freunde! Es war ihm selber ein Wunder, wie viele es doch gab, die es ganz gut mit ihm meinten! Zuerst freilich mussten sie noch eine ziemliche Weile an mir herumkurieren; doch da lag ich wie ein Kind im overhausschen Hause, und kein krankes Kind konnte es besser haben. Lassen Sie uns nur nicht auch davon noch anfangen, denn dann kommen Sie fürs Erste noch nicht zum Mittagsessen, meine Herren! Fräulein Thekla saß immer an meinem Bett und ließ sich erzählen von Tag zu Tag von ihrem Bräutigam und wie viel Freude er in seinem Kriegsjahre dreizehn gehabt hatte bis zu seinem edeln Tod. Da sollte ich jedes Wort noch wissen, was mein lieber Herr und Freund auf dem Marsche oder im Biwak gesprochen hatte. Und, wie es so kommt, wenn einer einen so recht aus zu Tode betrübtem und doch freudigem Herzen ausfragt und, sozusagen, zum Erzählen selber mithilft: Ich habe auch alles noch gewusst, so gut es eben ein solch armer unerfahrener Bursch, als ich damals war, bei sich aufbewahren kann. Währenddem haben die Doktors die Kugel in meiner Lende immer noch vergebens gesucht, und als sie sie gar nicht finden konnten, die Sache endlich aufgegeben, das Loch heilen lassen und gemeint: ›Da ist weiter keine Hilfe, Marten; probiere Er's und laufe Er meinetwegen zu – Er wird nicht der Einzige sein die nächste Zeit hindurch, der mit einem Stück Blei im Leibe herumzulaufen hat.‹ – Dies habe ich mir denn gern sagen lassen, und mit dem Laufen ist's auch allgemach immer besser gegangen. Anfangs am Stock und nachher am Spieß –«

»Und mit dem Horn, um, wenn das Wetter umschlug und es mal stärker im Pedal kniff, die Wehmut hineinzututen«, sagte Dorsten. »Sub dato 25. September 1819 habe ich Ihre Bestallung zum hiesigen Wächter nächtlicher Ruhe und Ordnung laut Magistratsbeschluss von meinem Amtsvorgänger (ich habe außer ihm aber auch noch ein halb Dutzend anderer vor mir gehabt, Grünhage; und es scheint also ein merkwürdig ungesunder Posten zu sein) zu den Akten gegeben.«

»Stimmt ganz genau, Herr Burgemeister. Von Michaelis neunzehn an habe ich meinen Dienst angetreten und bis heute, wo wir neunundsechzig schreiben, nach besten Kräften versorgt. Gestohlen ist wohl dann und wann, ohne dass ich's hindern konnte; aber ich glaube, doch nicht mehr als unter einer andern Regierung. Dummheiten sind auch wohl vorgekommen. anno dreißig und achtundvierzig hat es nächtlicherweile allerhand Lärm in den Straßen gegeben. Von Bränden, Ungewittern und wie oft ich außeramtlich den Doktor oder die Hebamme herausgeläutet habe, brauche ich gar nicht zu reden. Alles kommt immer wieder, wenn es dem Menschen auch noch so neu scheint.«

»Aber eines kam doch nur einmal vor während Ihrer Amtstätigkeit, Meister Marten!«, rief der Neffe Bernhard Grünhage.

»Und das wäre, lieber junger Herre?«

»Dass mein seliger Onkel, der Rittmeister Grünhage, meine Tante Sophie, seine junge Frau, von Halle an der Saale nach Wanza an der Wipper brachte!«

»Da haben Sie recht«, sagte der alte Mann. »Es mag so was wohl auch häufiger passieren in der Welt; aber ich habe nur ein einziges Mal dabei helfen können; und es war ein Glück, dass ich gleich am andern Morgen Fräulein Thekla dazurufen konnte. Mit meiner Hilfe wäre wohl wenig auszurichten gewesen.«

»Du, es wird sofort drei Viertel auf eins schlagen. Kommst du eine Minute nach eins zur Suppe, so isst du am Katzentisch, wenn sie dir nicht die Tür ganz vor der Nase zuschlägt«, sprach Dorsten mit der Uhr in der Hand. »Ich mache dich als Freund darauf aufmerksam, mein Sohn. Sie aber, alter Freund, fordere ich hiermit auf, sich mal etwas – recht Hübsches zu wünschen: die Frau Rittmeisterin Grünhage hat mir den Wunsch ausgesprochen, das Datum des fünfzigjährigen Jubiläums Ihres Amtsantrittes recht vergnüglich zu feiern; und amtlich, Nachtwächter Marten, habe ich Ihnen hierdurch mitzuteilen, dass Bürgermeister, Rat und Bürgerschaft der Stadt Wanza keineswegs abgeneigt sein werden, sich nach Gebühr zu beteiligen. Sollten Sie also, Nachtwächter Marten, speziellere Wünsche für den besagten Tag haben, so bin ich gern bereit, dieselben in der heute Nachmittag um vier Uhr stattfindenden Magistratssitzung vorzutragen und zu befürworten. Dixi.«

»Das heißt, Meister Marten, er will gesprochen haben«, rief der Student; »aber für das, was er und ich und meine Tante Grünhage und so viele andere nach dem, was ich jetzt gehört habe, zu sagen haben, dafür lassen sich so leicht keine Worte finden. Unbedingt aber rechnen Sie mich mit zu denen, die Ihnen vom ganzen Herzen gern auch einen Gefallen tun möchten!«

Der Greis blickte fast ängstlich und jedenfalls nicht wenig erstaunt von einem der beiden jungen Menschen auf den andern.

»O du liebster Himmel, es ist wohl nur Ihr Spaß? Was sollte ich mir so spät am Tage auch wohl noch Besonderes wünschen?«

»Unser Spaß ist es gar nicht, sondern der allerbitterste Ernst von uns, Wanza und Umgegend. Also, frisch von der Leber weg, Marten! ... Oder wollen Sie ein paar Tage Bedenkzeit?« rief Dorsten.

Da wiegte der alte Knabe den Oberkörper hin und her wie ein jung Mädchen, das in der Tat einen Herzenswunsch auf der Seele hat, aber am liebsten ihn mit Gewalt erraten lassen will. Seine Mütze zerrieb er fast vor Verlegenheit in den harten knöchernen Händen.

»Na denn, Herr Burgemeister, einen Wunsch habe ich freilich diese letzten Jahre mit mir herumgetragen; aber, Herr Burgemeister, Sie sind selber schuld daran, wenn ich mir herausnehme, Ihnen damit zu kommen. Zu erfüllen steht das, was ich freilich lieber als alle Festivitäten und unverdienten Ehren möchte, ja doch wohl nicht, und Sie werden nur sagen können: ›Marten, Sie sind und bleiben ein närrischer Kerl!‹«

»Das sind und bleiben Sie freilich«, lachte der Bürgermeister von Wanza; »aber grade deshalb mit will Wanza wissen, wodurch es Ihnen für Ihre fünfzigjährige treue Dienstführung einen Gefallen tun kann. Heraus damit!«

»Mein altes Horn möchte ich wieder in meinem Dienst blasen dürfen, und wär's auch nur für eine einzige Nacht!« platzte der Alte heraus. »Der Magistrat hat gewisslich seine Gründe gehabt, und Mode mag es auch schon lange nicht mehr gewesen sein; aber mir ist doch eigentlich meine halbe Seele damit genommen worden, und ich gehe seit der Zeit, da ich nur pfeifen und rufen darf, als ein halber Mensch herum. O lachen Sie nur, meine Herren!«

Es lachte keiner von den beiden, selbst Dorsten nicht. Der seufzte nur, legte die Hände auf den Rücken und starrte seinen Freund an:

»Was sagst du dazu? ... Na, eines weiß ich genau, Marten. In Ihre Personalakten gehört dies auch, und zwar als das Beste von Ihnen, was bis dato drin steht!«

Aber bei dem Greis war das Eis völlig gebrochen, und er fand in sich kein Hindernis mehr, seinen letzten innigen Lebenswunsch dem nüchternen modernen Tage gegenüber so fließend als möglich zu begründen. Der Student fand ihn gottlob rührend dabei, und der Regierende setzte sich und hörte ihn stumm an.

Da stand er vor den zweien, der Meister Marten Marten, jeder Zoll ein Nachtwächter.

»Sehn Sie mal«, sagte er, »es ist ja wohl Eigentum der Stadt, das Horn; aber abgefordert hat es mir keiner als mal Putferkel, der städtische Schweinehirte, und dem hätte ich es nicht hingegeben und überlassen, und wenn's mich zu dem Dienst mein Leben gekostet hätte. Nachher ist es in Vergessenheit geraten bei der Kommune, obgleich ich doch glaube, dass die ältern Leute in der Kommune in schlaflosen Nächten sich doch noch dran erinnern. Und so hängt es immer noch über meinem Bette im Teichtor, Herr Burgemeister, und wenn es sprechen könnte, so würde es ganz andre Dinge erzählen als wie ich heute, ohne dass ich weiß wie, eben von mir gegeben habe. Gut fünfundvierzig Jahre habe ich es blasen dürfen ohne eine Reparatur auf die Stadtkasse. Und der, der es vor mir geblasen hat, hat es auch schon von seinem Vorfahrer überkommen. Wohl mehr als hundert Jahre hat Wanza in der Nacht darauf gepasst. Fragen Sie nur die Frau Rittmeistern, fragen Sie Fräulein Overhaus, fragen Sie den alten Rat Lammberg in der Schützenstraße, der auch schon über die Neunzig ist. Aber Sie können auch jüngere Leute, junge Frauen und dergleichen fragen, ob sie sich aus ihren Nächten nicht auch noch auf des Meister Marten altes Tuthorn besinnen! ... Herr Burgemeister, womit ich ein Jubiläum verdient haben sollte, weiß ich nicht; aber wenn Sie und die Stadt und die liebe Bürgerschaft mir in dieser Michaelinacht dieses Jahres neunundsechzig wirklich und wahrlich eine Freude antun wollen, so lassen Sie mich mein altes Tuthorn wieder blasen und setzen Sie es wieder ein in sein altes gutes Recht! Ich weiß es ja ganz gut, wie sich die Welt mit ihren Gewohnheiten ändert und dass es eigentlich nur eine Schrulle von mir ist; aber – Sie haben einen alten Mann gefragt, und so müssen Sie es auch nicht übel nehmen, wenn ein alter Mann, und einer, den Sie gar zum fünfzigjährigen Jubilanten machen wollen, von sich aus Antwort gibt. Mit meinem Lohn, Behausung und Deputaten hier in meinem Amte bin ich ja nach aller Notdurft versehen und kann mir wirklich nichts denken, was ich mir noch dazuwünschen könnte, als vielleicht, wenn die Zeit da ist, einen guten Tod und einen ordentlichen Nachfolger im Amte.«

»Ein Uhr! Herrgott noch mal – die Sitzung ist geschlossen!« rief der Wanzaer Bürgermeister, die den Meister Marten Marten, den städtischen Nachtwächter, betreffenden Aktenstücke zusammenraffend und den staubigen Bindfaden von Neuem drumknüpfend. »Wie du dich bei deiner Tante entschuldigen wirst, überlasse ich dir, Grüner. Gottlob, mich erwartet bis jetzt noch nicht Mathilde heiß mit der kalt gewordenen Suppe. Noch gehe ich nach dem Bären zum Essen; – und wenn wir uns heute Abend daselbst treffen, so wird mir dies sehr erfreulich sein, Grünhage. Was Sie anbetrifft, Nachtwächter Martin Marten, so wissen Sie, dass heute Nachmittag um vier Uhr Magistratssitzung stattfindet. Ich werde jedenfalls darin Ihr korruptes Gelüste zu Vortrag bringen. Geben Sie mir aber erst die Hand, ein famoser Kerl sind und bleiben Sie, und solange ich Bürgermeister in Wanza bin, tute ich mit Ihnen in *ein* Horn. Hujahn, die Klappe zumachen! Nicht wahr, Hujahn, Sie sind auch imstande, heute mal wieder allerlei bei Ihrer Gattin auf den Herrn Burgemeister zu schieben?«

Der Neffe der Frau Rittmeisterin Grünhage stürzte vom Rathause nach dem Hause am Markte in weiten Sprüngen. Es war diesmal nicht seine Schuld, wenn die Tante ein wenig auf ihn gewartet hatte in ihrer Gastfreundlichkeit.

Vierzehntes Kapitel

»Ausgeguckt hat die Frau Rittmeistern schon längst nach Ihnen«, sagte Luise, mit der dampfenden Suppenschale in beiden Händen, vor ihm her die Treppe emporsteigend. »Seit der selige Herr, den ich aber Gott sei Dank nicht mehr gekannt habe, nicht mehr regelmäßig zu spät kommen kann, holen wir die Pünktlichkeit in allen Dingen auf Erden hübsch nach. Besinnen Sie sich also nur ja auf eine recht passende Entschuldigung, Herr Grünhage.«

»Ich gebe es auf mit der Familie!«, sprach die Tante von ihrem Sofa hinter dem gedeckten Tisch aus. »Es ist nicht anders – es ist ein angestammter, eingeborener Grünhagescher Familienzug. Selbstverständlich trotz aller guten Vorsätze vom Frühschoppen – was?«

Mit beschwörend entgegengestreckten Händen rief aber der Student:

»Vom Rathause, teuerste Tante! Und ich kann wahrhaftig nichts dafür! Dorsten hatte den Meister Marten hinzitiert und hat mit uns alte Akten durchblättert. Vom Jahre siebzehnhundertfünfundneunzig an, Marten Martens Lebensakten! Und ich habe auf Ehre während der Zeit keine Glocke schlagen hören können. Wir haben wundervoll Philosophie der Geschichte von Wanza getrieben, vom Ende des vorigen Säkulums an bis zum heutigen Tage und sogar noch weiter; denn wir haben den Alten natürlich auch nach seinen Wünschen für die Michaelisnacht und seinen fünfzigjährigen Ehrentag ausgeholt. Ich würde schon längst hier sein, wenn nicht grade das letztere eine so schwere Arbeit gewesen wäre. Endlich haben wir's herausgekriegt – er hat einen Wunsch! – und was für einen wunderbaren! O liebe Tante, ich bin überzeugt, du wirst dich gleichfalls wundern.«

»Jetzt schrei nur nicht so, denn ich höre noch ganz gut; und rege dich nicht weiter auf, denn das ist ungesund so kurz vor dem Essen. Was übrigens deinen und meinen guten Freund Dorsten angeht, so will ich hoffen, dass er bei euerer Verhandlung nicht allzu sehr nach seiner Art den Hanswurst herausgekehrt hat, denn das passt mir in diesem Fall am allerwenigsten. Und was meine Verwunderung über Marten Marten anbetrifft, so will ich es abwarten; denn so leicht setzt mich der Mann nicht mehr in Verwunderung durch seinen Verstand in den Dingen dieser Welt, ihr Grünschnäbel. Augenblicklich ist mir jetzt noch das Merkwürdigste, dass ich noch einmal mit einem Grünhage am Mittagstische sitze; aber dessen ungeachtet erzähle mir nur von euern Verhandlungen auf dem Rathause – aber der Reihe nach. In deinem Organ hast du nicht viel von deinem verstorbenen Onkel – es mag aber wohl auch euer fremdländischer Lüneburger-Heide-Dialekt mit schuld dran sein.«

Der Student erzählte nun wirklich, und möglichst der Reihe nach, aber der Frau Rittmeisterin eigentlich in keiner Beziehung etwas Neues, bis auf Marten Martens Wunsch, in seiner Jubelnacht noch einmal der zweiten Hälfte des neunzehnten Jahrhunderts sein altes treues Horn vorblasen zu dürfen. Ehe er dazu kam, der Tante auch hierüber Bericht zu erstatten, sprach sie ihm erst ihre Ansicht in Betreff des Übrigen aus.

»Ich bin wahrscheinlich selber schuld daran«, sagte sie lächelnd, »dass ihr junges Volk auf einmal solch ein Interesse für diese alten Violen habt. Ich weiß auch eigentlich gar nicht, was mir gestern Abend einfiel, dass ich euch so treuherzig in meine ›Potpourrivase‹ die Nase stecken ließ. Sieh einmal, dort auf dem Schrank steht noch eine von der Art; euere Generation weiß nichts mehr von der Mode, und nur so einer alten närrischen Tante kann es einfallen, ihren Herrn Neffen auf die Rosenblätter, Resedablüten, den Waldmeister, Thymian und sonst das Gemengsel riechen zu lassen. Und in meinem Topf vom gestrigen Abend waren noch nicht einmal so wohlduftende Kräuter und Blumenblätter; – aber so ist die Jugend von heute: Da geht sie sofort hin und schlägt in den Papieren und Akten nach über die alten Geschichten, die alten Violen, und nachher kommt sie und wirft der alten Frau über ihrem angebrannten Braten große Worte von Philosophie der Geschichte, oder wie es heißt, an den Kopf. Philosophie der Geschichte von Wanza? Wenn du mir so kommst, so will ich dir nur bemerken, mein Kind, dass ihr gestern Abend an diesem selbigen Tische und heute Morgen auf euerm Wanzaer Rathause doch wohl ein wenig mehr studieren konntet als bloß Wanzaer Stadtgeschichten und Spießbürger-Historien.«

Der Student schob sowohl seinen Teller wie seinen Stuhl zurück, wahrscheinlich um mehr Raum zu gewinnen für das, was er hierzu zu sagen hatte; aber die Tante winkte ihm begütigend mit der Gabel über den Tisch:

»Sei nur still, mein Junge. Ich weiß schon, was du sagen willst. Es ist nicht so schlimm gemeint. Ich bin dir doch wohl rasch genug mit meinen alten Lebensviolen herausgerückt, und du kannst mir's auf mein Wort glauben, dass ich mir die Nase, die ich drauf riechen lasse, vorerst ziemlich genau ansehe. – Jaja, ich weiß es, dass du eben auf dem Rathause mit meinem närrischen Mündel, dem Dorsten, nicht bloß über Wanzaer Historien dich amüsiert hast. Der Bürgermeister hat dir da ein Bilderbuch aufgeschlagen, das man nicht bloß durchblättert und wieder zuklappt.

Wer weiß; – manchmal probiert man die Spritzen und denkt dabei an nichts, aber in der nächsten Nacht schlägt die Flamme wirklich schon aus dem Dache. Ich gucke jeden Tag auch in die Zeitung, und danach hat der Franzos schon wieder einmal den Schnabel merkwürdig weit offen in der alten Hoffnung, dass ihm das deutsche Volk wieder mal gutmütig als gebratener Kapaun hineinhüpfe. Das war so 'ne Lieblingsredensart von meinem verstorbenen Mann, deinem westfälischen Onkel. Da hängt er an der Wand. Ja, sieh ihn dir nur noch einmal an. Mit solchen Bildnissen und Redensarten kam er immer und vorzüglich dann am liebsten, wenn er Thekla Overhaus ärgern wollte, was jedes Mal der Fall war, wenn er sie mit mir zusammentraf. Also von Thekla ist auch die Rede gewesen? – Nun natürlich! Die gehört wohl von Rechts wegen in Marten Martens Geschichte, die Weltgeschichte und die Philosophie von der Weltgeschichte. Den Porzellantopf dort auf dem Schranke, die ›Potpourrivase‹, brachte sie mir im Jahre zwanzig als Geburtstagsangebinde. Wenn du Lust hast, können wir ihr – Fräulein Overhaus meine ich – heute Nachmittag einen Besuch machen. Bleib nur sitzen – ich halte erst Mittagsruhe; und jetzt, während ich hier mit dir spreche, habe ich doch ununterbrochen darüber simulieren müssen, was mir an Martens Stelle zu meinem fünfzigjährigen Nachtwächter-Jubiläum noch eine Freude machen könnte, und nicht das geringste ist mir eingefallen. Also – heraus damit, mein Sohn; was hat sich der alte Mann von euch Jungen noch ausbitten können, was er von der Rittmeisterin Grünhage nicht längst, ohne zu fragen, sich holen konnte?!«

Der Neffe Grünhage fuhr mit dem seltsamen Wunsche des Greises heraus; aber die Tante Sophie zuckte weder die Achseln, wie er doch ein wenig erwartet hatte, noch lachte sie gar oder sagte wenigstens: Das sieht dem alten Kinde ähnlich. Sie sagte einfach und ruhig:

»Das musste er freilich auf dem Rathause und bei den Stadtverordneten anbringen. Dazu kann er leider die Erlaubnis nicht bei mir sich holen. Ja, das ist wahrhaftig ein Wunsch, den er noch auf dem Herzen haben konnte; und was mich anbetrifft, so tute ich da wahrlich mit ihm in *ein* Horn.«

»Ich habe auf dem Rathause nicht über den Meister Marten gelacht oder nur gelächelt; aber du wirst mir zugeben, liebe Tante –«

»Gar nichts gebe ich dir zu; und zu bedanken habe ich mich auch nicht, weil du so gut gewesen bist, über meinen besten Freund und den verständigsten Menschen in Wanza dich nicht zu mokieren.«

»Liebste, beste Tante, ich versichere –«

»Da sehe ich ihn stehen vor den beiden jungen neumodischen, gelehrten, ästhetischen Herren, wie er nicht mit der Sprache herauskam und doch so vieles für sich zu sagen hätte. Kind, Kind, ich will euch gewiss nicht das Recht nehmen, in den Tagen zu leben, wie sie jetzt sind, und auf sie zu schwören; aber manchmal meine ich doch, ein wenig mehr Rücksicht auf das Alte könntet ihr auch nehmen. Ich bin nur ein ungelehrtes altes Weib, wenn ich auch überflüssige Zeit gehabt habe, mich mit vielen Dingen zu beschäftigen, an die sonst wir Frauen nicht denken; – eines habe ich jedenfalls gelernt, nämlich mit jedem Menschen möglichst aus seinem Verständnis heraus zu sprechen; und das will ich auch mit dir tun, mein lieber Sohn. Du bist ein Schulmeister oder willst einer werden und kommst mir also hier grade recht. Mit dem Dorsten ist in keiner Weise bei solchen Fragen etwas anzufangen, dem hilft höchstens nur noch eine gute, verständige Frau für sein eigen Leben in der Welt; und wer weiß, vielleicht wäre nach dem, was du mir von ihr erzählt hast, deine Schwester Käthe so 'ne Frau für ihn. Doch davon ist jetzt nicht die Rede, sondern von Martens Wanzaer Tuthorn, das ein hochweiser Magistrat aus ästhetischen Gründen nicht mehr anhören konnte und gradeso für uns altes Volk den Naseweis spielte wie zum Exempel ihr Schulmeister jetzo mit der deutschen Muttersprache. Da lese ich fast alle Woche einmal davon in den Blättern, wie die in Orthografie oder Rechtschreibung, oder wie ihr es nennt, verbessert werden muss; und in Potsdam haben sie sogar einen Verein gebildet, der die i-Tüpfel abschaffen will. Lehren schreibt ihr ja jetzt wohl ohne h und Liebe ohne e und tut euch auf den Fortschritt, wie der Bürgermeister sagt, riesig was zugute. Ja freilich, Riesen seid ihr; aber ein paar in der alten Weise gedruckte Bände von Schiller und Goethe werdet ihr doch übrig lassen müssen, und in denen lesen wir Alten dann weiter. Es ist mir lieb, dass du nicht lachst, mein Junge. Wenn ich auch nur ein ungelehrtes Frauenzimmer bin, so habe ich in meinem Leben Zeit gehabt, über allerhand Sachen nachzudenken, und dein verstorbener Onkel mit seinem ewigen Hohn und Lachen über unsere einheimischen Dummheiten ist mir auch ein guter Lehrmeister gewesen. Es mag an andern Orten vielleicht besser sein, aber hier in Wanza ist jedes Mal, wenn von Geschmackssachen die Rede gewesen ist, grade das Gegenteil herausgekommen und die Welt nur noch ein bisschen nüchterner geworden. Das Nachtwächterhorn hatte aber nicht bloß hier in Wanza, sondern in jedwedem Orte in Deutschland einen guten, treuherzigen Klang. Dafür haben sie nun dem Marten Marten eine schrille Pfeife eingehändigt, um darauf seinen Kummer und die Stunden auszupfeifen. Freilich, freilich, viel richtiger und ästhetischer ist das und mit eurer neuen Orthografie und deutschen Sprachverbesserung ganz im Einklang. Ich bin nur eine alte Frau und kann mich also täuschen; aber – Kind, Kind, scheinen tut es mir doch so, als ob die Welt von Tag zu Tag schriller würde und ihr es gar nicht abwarten könntet, bis ihr sie auf dem Markt, in den Straßen und auf dem Papier am schrillsten gemacht habt. Bist du wirklich schon satt, Bernhard?«

Er war gesättigt! Diesem jungen Philologen und angehenden deutschen Schulmeister war gottlob fürs erste der Appetit gestillt, und zwar nicht allein durch den über alles Lob erhabenen Wanzaer Kalbsbraten nebst Zubehör, den ihm seine Tante Grünhage vorgesetzt hatte. O, sie war wahrlich eine Musikantentochter, die Tante Sophie, und hatte auch die Tafelmusik nicht fehlen lassen.

Viel erregter, als das der Verdauung zuträglich sein soll, sprang der junge Gast vom Stuhle auf und rief in heller Begeisterung:

»Ich gebe dir nochmals mein Wort, Tante Sophie, ich habe nicht über den Meister Marten und seinen Herzenswunsch gelacht, und Dorsten hat's eigentlich auch nicht zustande gebracht. Im Gegenteil! – Und du hast mir aus der Seele gesprochen! Ja, die Welt wird schriller von Tag zu Tag. Das Horn des Meisters Marten Marten haben sie abgeschafft, weil es ihnen viel zu sonor durch die Nacht klang, und aus der deutschen Sprache streichen sie nicht nur hier und da das h oder sonst einen Konsonanten, nein, am liebsten rissen sie ihr jeglichen Vokal aus dem Leibe, um nur den durcheinanderklappernden Klempnerladen, wozu sie doch schon Anlage genug hat, aus ihr fertigzumachen. Wie Johann Balhorn und nach ihm der Kandidat Jobs verbessern sie das Abc-Buch, indem sie dem biedern, ehrlichen Hahn davor die Sporen nehmen, aber ihm ein Nest mit einem von ihren faulen Eiern unter den Schwanz schieben. Und die heutigen Ohnewitzer scheinen sich das wirklich gefallen zu lassen.«

»Das Buch von dem Jobs steht da auf dem Bücherbrett. Es ist das Einzige, welches mir dein verstorbener Onkel hinterlassen hat. Er nahm es immer nach Tisch mit auf das Sofa«, sagte die Tante Grünhage.

»Es lebe das Nachtwächterhorn von Wanza!«, rief der Student.

»Und einmal soll wenigstens Wanza an der Wipper es noch zu hören bekommen, oder ich will nicht die Frau Rittmeistern hier in der Stadt genannt werden. Auch ich werde in diesem Punkte vor kommendem Michaelistage noch ein gutes Wort bei hiesigem hochweisem Rate einlegen. Marten Marten kriegt seinen Willen! Übrigens können wir heute Nachmittag auch mit Thekla darüber sprechen; ich glaube, sie setzt sich trotz ihrer mehr als achtzig Lebensjahre in der Jubelnacht in ihrem Bette aufrecht, wenn Marten Marten sein Horn vor ihrem Fenster bläst wie in den Jahren, wo wir, sie und ich und er, noch jünger waren. Nun aber gesegnete Mahlzeit, liebes Kind. Schreibst du vielleicht heute Nachmittag nach Hause, so grüße von mir. Ich halte jetzo ein halb Stündchen Siesta.«

Sie erhob sich und der Neffe auch.

»Gesegnete Mahlzeit, liebe Tante Sophie«, sagte er auch und kam und nahm ihre Hand und sagte: »Noch eines, bitte! Wir haben noch eines abgeschafft – wir heutigen Spießbürger und Philister nämlich –, etwas, was wir für vorkommende Fälle auch besser im Gebrauch behalten hätten.«

Er küsste der alten Frau die Hand; sie aber gab ihm einen Kuss auf die Stirn und sagte:

»Dummer Junge! ... Na, wie gesagt, grüße heute Nachmittag von mir zu Hause und empfiehl mich dem Schwager Doktor, deinem Herrn Papa.«

Bernhard Grünhage tat das. Von selber war es ihm natürlich nicht in den Sinn gekommen, dass er nun auch bald einmal von Wanza nach Hause schreiben könne. Nun aber schrieb er wie von Universitäten, wenn der Wechsel ausgeblieben war. Er grüßte nicht nur von der Tante, sondern er schilderte sie auch so genau als möglich. Leid tut es uns, dass wir diesen Brief nicht nach dem Doktorhaus in der Lüneburger Heide hinbegleiten können, um den Eindruck zu beobachten, den er auf den Doktor, die Mädchen und vor allen Dingen auf »unsere Alte« machte. Kuriose Geschichten knüpfen sich daran; aber, wie gesagt, wir haben augenblicklich keine Zeit, uns ausführlicher darauf einzulassen. Wir haben fürs erste Fräulein Thekla Overhaus einen Besuch zu machen, und wir wissen, dass sie über achtzig Jahre alt ist. Alles andere, was jüngeres Volk betrifft, darf also ohne zu große Besorgnis verschoben werden; mit dieser Visite jedoch hat's mehr Eile.

Käthe hat wirklich erst ein paar Jahre später, wenn dann die Rede auf unsern Freund Dorsten kam, lächelnd gesagt:

»Der der weise Seneka? ... Puh, der!«

Thekla aber haben wir ebenso wirklich schon im nächsten Jahre, also achtzehnhundertsiebzig, kurz nach Ausbruch des neuen Franzosenkrieges, nach dem Friedhof bei Sankt Cyprian hinausbegleitet.

Fünfzehntes Kapitel

Der Tag blieb regnerisch, doch eigentliche Regenschauer waren nur am Morgen heruntergekommen. Der Nachmittag fand die Gassen des Städtchens im ziemlich abgetrockneten Zustande, und zwischen drei und vier Uhr sah Wanza etwas ganz Neues. Es erblickte seine Frau Rittmeisterin am Arme des Jünglings aus der Fremde, von dem das Gerücht wusste, dass er auch Grünhage heiße, vorgebe, der Neffe der alten Dame zu sein, und mit der ausgesprochenen Absicht in der Stadt sich aufhalte, sie – die arme Alte mit dem gar nicht übeln Vermögen so rasch als möglich zu beerben. Wanza wunderte sich. Es wunderte sich unendlich über die unbegreifliche, bodenlose Naivität, mit der die sonst doch ganz scharfe Frau diesen doch so klar zutage liegenden Absichten anheimgefallen war. Dass der Erbschleicher ein ganz hübscher Mensch sei, gestanden wenigstens die jungen Mädchen von der Wipper hinter ihren Gardinen zu; der junge hübsche Mensch aber sah merkwürdig unbefangen zu ihren Fenstern hinauf, schien große Lust zu haben zu grüßen und war sich unstreitig doch dabei der Ehre und des Vergnügens bewusst, die hübscheste und wohlhabendste Greisin von Wanza an seinem Arm über den Markt und gegen das Teichtor hinzuführen. Die dem Paare begegnenden Wanzaer grüßten höflich zuerst.

In einer der Hauptstraßen der Stadt wohnte Fräulein Thekla Overhaus nicht mehr. Vor dem Teichtore erstreckt sich ziemlich weit ausgedehnt eine Art Vorstadt, bestehend aus den Hütten und Häuschen der kleinsten Leute und der Gemüsegärtner des Ortes. Alle Gassen oder besser Gässchen laufen hier sofort in Feldwege oder Wege zwischen Gartenhecken und Zäunen aus. Im Sommer gibt es nichts Grüneres, im Winter nichts Verschneiteres als diese Gegend; und »der Schmutz ist auch großartig, sobald es nur eine halbe Stunde lang geregnet hat«, sagte die Tante Sophie.

»Wie oft habe ich sie schon gebeten«, fügte sie hinzu, »es doch wenn nicht mir, so doch meinen weißen Strümpfen zuliebe zu tun und zu mir zu ziehen und mein Haus, in dem ich bis jetzt ja doch nur mit den Mäusen, Ratten und Katzen allein gewohnt habe, mit mir zu teilen. Aber da kennst du ihren steifen Sinn und Nacken nicht! Ich habe es denn auch allmählich aufgegeben, ihr damit die Laune zu verderben, und wate, wie's Exempel zeigt, durch jeglichen Sumpf mit Todesverachtung zu ihr, solange es der liebe Gott erlauben wird. Du hast es schon gehört, dass die Overhaus die reichsten Leute hier am Orte waren und lange Zeit mit vollem Rechte die erste Geige spielten; aber wie das so geht, auf die Vergänglichkeit ist alles in dieser Welt gestellt. Es war auch eine volkreiche Familie; und heute ist von der ganzen Schar die Alte allein noch übrig und von dem großen Wohlstande gar nichts. Da sind wir nun, Bernhard, und wenn du dich in Wanza schon einige Male gewundert hast, so kannst du jetzt von Neuem dazu kommen. Siehst du, da sitzt das alte brave Mädchen, barhäuptig bei einer Witterung wie diese, im Winde und unterm Regenhimmel mit seinem Strickzeug und dirigiert seinen Majordomus Marten Marten bei der Hausarbeit. Jaja, von Rheumatismus hat sie nie was gehört, und was die Bedienung und Aufwartung anbetrifft, so kann's keine Prinzess großartiger haben und besser sich wünschen.«

Es war eines der bessern von den bescheidenen Gärtnerhäuschen, das Fräulein Thekla Overhaus mit dem Gärtner und seiner Familie teilte und vor dem sie wirklich allem übeln Wetter zum Trotz eben saß und der Säge, der Axt und den angenehmen Reden des Meisters Marten Marten zuhörte.

»Wir sind es, Thekla«, rief die Frau Rittmeisterin; »ich und mein Neffe. Hier bringe ich dir den jungen Grünhage, von dem dir Marten sicherlich schon Bericht erstattet hat.«

Das alte Fräulein erhob sich von ihrem Schemel, und wie sie da stand mit dem Herbstwind in ihren Haubenbändern und weißem Haar, hatte sie trotz dem Strickzeug in ihren Händen und dem blauwollenen Garnknäuel unter der linken Achsel in der Tat etwas Prinzesshaftes an sich. Und obwohl sie eben gelacht hatte und noch nicht ganz damit fertig war, sah man ihr das Patriziertum des Städtchens wahrlich an; und Marten stand mit der Mütze in der einen Faust und der Holzaxt in der andern auch nicht anders neben ihr als ein etwas eingeschrumpfelter Leibtrabant, der mit seinem Beil nicht nur ihr Holz klein machte, sondern auf ihren Wunsch mit Vergnügen jedweden Widersacher um einen Kopf kürzer gemacht haben würde.

»Marten hat mir freilich schon von dem jungen Herrn gesprochen«, sagte das Fräulein, »und ich freue mich deinetwillen, Sophie!«

»Schön! Dann kommt zu dem übrigen nur rasch ins Haus. Da haben wir die ersten Tropfen schon wieder, und der Nordost weiß es auch sicher, dass die Blätter von diesem Jahre jetzt ihm gehören. Die da macht sich freilich nichts daraus, wie du siehst, Bernhard; höchstens findet sie es sonderbar, dass mich mein Leben mehr verwöhnt und verweichlicht habe als sie das Ihrige.«

»Nun, jeder in seiner Art! Zäh genug sind wir alle zwei gottlob geworden, Rittmeisterin Grünhage.«

»Gottlob!«, sagte auch die Tante; doch Fräulein Overhaus wendete sich zu ihrem Oberhaushofmeister: »Marten!«, und der Nachtwächter von Wanza sprang zu. Er hatte dem feuchtkalten Tage zum Trotz auch in Hemdsärmeln an seinem Sägebock und Hackklotz gestanden, war aber beim ersten Erblicken des Besuchs so rasch als möglich in seine Jacke gefahren, und so bot er jetzt seinem Fräulein den Arm: Niemand hatte dem Studenten mitgeteilt, dass die älteste Jungfer von Wanza seit einigen Jahren vollkommen erblindet sei. Jedermann hatte natürlich das als jedermann bekannt vorausgesetzt, sogar die Tante Grünhage.

Sie traten in das Haus, und ein halbwachsen Mädchen, die Tochter der Gärtnersleute, räumte allerhand Haus- und Gartengerät aus dem Wege, ehe es dienstbeflissen die Tür der Stube »Fräuleins« öffnete und den Nordostwind sowohl heraus- wie hereinließ. Da schloss die Frau Rittmeisterin die Fenster im Zimmer gleich lieber selber und wartete auf keinen andern zur Hilfsleistung.

»Das sind mir Veteranen!«, brummte sie; »ich meine doch, dass ich auch meine Feldzüge hinter mir habe, die mir doppelt angestrichen werden können, was die Abhärtung angeht; aber hiergegen ist ein Kartoffel- oder Biwakfeuer im freien Felde mir lieber. Siehst du, Bernhard, dies ist auch einer von den Millionen Gründen, weswegen sie nicht zu mir ziehen will. Es zieht ihr überall nicht genug bei mir, es ist ihr überall bei mir zu warm; oh, es gehört wahrlich ein recht heißes Herz dazu, um mit ihr zurechtkommen zu können. Na, einerlei; hier sitze ich denn mal wieder, o du – eiserne Jungfrau von Wanza!«

»Wieder einmal ein recht hübsches neues Epitheton, Fiekchen!«, rief das Fräulein lachend. »Dass sie darin groß ist, haben Sie wohl auch schon an ihr erfahren, Herr Studiosus?«

Vor allen Dingen hätte ihr der Herr Studiosus sagen mögen, wie ihm ihr Lachen, ihr aufrecht Haupt, ihre Haube, das graue Kleid, das sie trug, ihre Stube und die reine Luft um sie her imponierten; aber fürs erste hatte die Tante Sophie noch etwas zu sagen.

»Jetzt nennt sie, so wahr ich lebe, den dummen Jungen Sie!«, rief sie. »Sie redet er dich an, Thekla; du aber wartest erst ab, bis er es gleichfalls durch Naseweisheit oder andere Untugenden mal verdient hat, dass du ihn durch Höflichkeit rot anlaufen lässt, wie dann und wann den nichtsnutzigen Menschen, unsern guten Freund Dorsten. Und nun, Marten, wie wär's mit dem ersten Feuerchen im Ofen? Rot anlaufen lassen wir den gleichfalls erst später; aber ein wenig kochend Wasser für den Teetopf möchte ich doch gern haben.«

Und die Dämmerung nahm zu mit dem Wind und dem Regen vor den Fenstern. Marten wusste den kleinen eisernen Ofen wohl zu behandeln; als er vor ihm kniete und in die erste Glut blies, sahen alle nach ihm hin, auch Fräulein Thekla horchte fröhlich auf das Prasseln und Knattern der Tannenspäne. Der Tee kam so richtig wie in dem Hause am Markte auf den Tisch; dem Studenten aber schwand es mehr denn je bis jetzt in Wanza aus dem Begriff, dass er sich mit seiner Existenz bereits im letzten Drittel des neunzehnten Jahrhunderts befand. Die Wunder der Vergangenheit, auf die zu Hause selber niemand recht achtet, häuften sich um ihn her, und er achtete, jetzt in der Fremde, die sich ihm so wunderlich bekannt-behaglich gestaltete, sehr darauf, und fest nahm er sich vor, künftig in der Heimat, das heißt in Gifhorn an der Aller, auch besser aufzupassen – »schon der kulturhistorischen Vergleichungen wegen«, wie er sich lächerlicherweise immer noch in dem bekannten dummklugen Tagesjargon vorredete. Auf was für Redensarten verfällt der Mensch nicht dann und wann, um sein menschlich Interesse an einem Dinge bei sich selber oder gar bei andern zu entschuldigen!

»›Na, wer sattelt nun seinen Hippogryphen zum Ritte ins alte romantische Land?‹ würde unser guter Bürgermeister sagen«, sprach die achtzigjährige Blinde lächelnd. »Wer hebt von meinen Augen den Nebel ... das heißt, was gibt es Neues in Wanza, Fiekchen?«

»Jedenfalls bringst du mich mit deinem alten Wieland und seinem Oberon sofort auf das richtige Feld«, meinte die Frau Rittmeisterin. »Es klingt mit lieblichem Ton das elfenbeinerne Horn, und alle ergreift die wilde Lust zu tanzen; ganz Wanza hebt sich schon auf den Zehenspitzen und probiert die Kniegelenke; aber ein wahres Glück ist es doch, dass mein Herr Neffe hier heute Morgen bei dem Narrenkonvivium auf dem Rathause zugegen gewesen ist, sonst wüsste ich wahrscheinlich noch nicht das geringste von der ganzen Geschichte. Sie sind und bleiben ein alter Narr, Marten.«

»Wovon redest du denn eigentlich, Fiekchen?«

»Nun, von seinem Tuthorn, und was dranhängt. Also dir hat er gleichfalls sein Herz verschlossen gehalten? Natürlich! Und es ist sein einziger Wunsch zu seinem fünfzigjährigen Jubiläum, sagt mein Neffe und nennt ihn ganz im geheimen einen ganz kuriosen Kindskopf –«

»O ganz gewiss nicht, Fräulein Overhaus!«, rief der Student; und das Fräulein rief:

»Jetzt redet ihr Verständigen endlich verständig und sagt deutlich, wovon ihr ins Blaue hinein schwatzt!«

Nun kam die Geschichte heraus, das heißt der Meister Marten Marten schämig und verlegen jetzt zum Wort, um sich wegen der »ihm entfahrenen Dummheit auf dem Rathause« bei seinen zwei Freundinnen zu rechtfertigen; und rührend und komisch zugleich war's, wie sie mit ihrem ganzen Interesse bei der »Torheit« waren. Es gab wahrlich viel großartigste Jubiläen auf Erden, die wohl mit mehr Lärm, aber sicherlich nicht mit mehr Eifer behandelt wurden; und zum zweiten Mal strich mitten in der Rede das erblindete Fräulein dem Studenten mit der Hand über das Gesicht, wie um sich zu überzeugen, ob er sich auch nicht langweile.

»Nicht wahr, wir sind sonderbare Leute hier im Orte, wir ältesten wenigstens?«, fragte sie. »Werde nur auch alt und komme nur auch deinen Enkeln und Neffen und Nachkommen sonderbar in der richtigen Weise vor, junger Mann. Es soll dir erlaubt sein, dann ebenso schwatzhaft zu sein wie wir heute. Also dem Meister Marten habt ihr seine Lebenshistorie, mit eueren Akten auf dem Tische, herausgezerrt? Und meine mit, und die meines seligen Bräutigams auch? Ganz gewöhnliche Geschichten, mein Kind! Kannst auch dergleichen erleben im Frieden und im Kriege. Werde nur alt! Werde alt, recht, recht alt! Wenn du den Kopf oben behältst, tut dir auch das Altwerden nichts. Frage nur den Meister Marten, frage deine Tante Grünhage. Hat dir ja auch wohl schon von sich erzählt?«

»Alte Violen!«, rief die Frau Rittmeisterin. »In deine ›Potpourrivase‹ habe ich ihn riechen lassen. Ich weiß selber nicht, wie ich eigentlich dazu gekommen bin. Es hatte so lange kein Grünhage die Nase bei mir in die Tür gesteckt; und nun kam dieser hier aus der Lüneburger Heide und bestellte Grüße von seinem Herrn Vater, meinem Hochzeitsgast anno neunzehn in Halle an der Saale. Und den Dorsten sah ich wie gewöhnlich nach dem Kellerschlüssel blinzeln und war wie gewöhnlich seiner stummen Sehnsucht gegenüber weichmütiger, als dem Burschen dienlich ist. Und so kam ich ins Erzählen, und dazwischen rief der Meister Marten, und so ließ ich wahrhaftig nicht eher ab, bis ich in der Michaelisnacht hier in Wanza ankam – grade recht zum Jubiläum nach fünfzig Jahren.«

»Mit klingendem Herzen habe ich zugehört!«, rief Bernhard Grünhage. »Meine Schwester Käthe sagt so, wenn sie wieder mal hundert Glocken aus dem Märchenbuch im Ohr gehabt hat. O, ich habe ihr heute Nachmittag davon geschrieben; aber besser wär's, sie säße jetzt mit an diesem Tische und hörte selber! Wenn ich jemanden hierher wünsche, so ist es unsere Alte, meine Schwester Käthe!«

Sie waren sämtlich einverstanden mit dem Wunsche des Studenten, und Fräulein Thekla sagte: »Unsere Alte nannten sie mich vor sechzig, siebzig Jahren auch in meines Vaters Hause; nur mein seliger Erdmann hat das nie getan; er nannte mich nur sein liebes Kind. Weißt du noch, Marten?«

»Gewiss, Fräulein!«, sagte der Nachtwächter. »Aber Fräulein, es ist doch eigentlich schade, dass die Frau Rittmeistern den Herrn Nevöh nur bis zu ihrer Ankunft allhier in Wanza gebracht hat. Meiner Meinung nach kommt da das Beste erst nachher; nur erzählt vielleicht der großen Lobwürdigkeit wegen ein anderer besser davon, zum Exempel Sie, Fräulein! ... Schade, dass ich nicht in mein Horn dazu blasen kann; aber Fräulein, Sie sollten wirklich dem jungen Herrn auch davon Bericht geben, wie die Frau Rittmeistern im Verlaufe der Zeiten es fertigbrachte und Sie, Fräulein, dazu halfen, den seligen Herrn Onkel, den Herrn Rittmeister, zu – zu –«

»Ducken!« sprach Thekla. »Gib dir mit dem Suchen weiter keine Mühe, ein ander Wort gibt es nicht.«

»Na, na!«, sagte die Tante Sophie hinter ihrer Teetasse.

»Und Wanza duckte sie ganz gehörig mit«, fuhr das Fräulein fort, »und es war wirklich die höchste Zeit, dass endlich einmal jemand kam und das alte Nest zurechtrückte. Aber Kinder, seid ihr denn sicher, dass das Kind, der junge Mensch hier, schon versteht, was wir ihm erzählen können?«

»Übertreibe nur recht, altes Mädchen«, meinte die Tante Grünhage, die, statt verlegen und abwehrend zu tun, ganz behaglich still saß und gar nichts dagegen einzuwenden hatte, dass ihr Lob gesungen werden sollte. »Übertreibst du nur ordentlich, wie es sich heute gehört, so wird der Junge ja wohl wieder einmal die Glocken aus dem Märchenbuche läuten hören. Übertrieben wollen sie aber jetzt alles haben, mein Mädchen. Das merke dir, ehe du deinen Psalm über mich beginnst!«

Nun klingt es auch dem Unbefangensten immer ein wenig seltsam, wenn ein achtzigjährig Mütterchen plötzlich noch als Mädchen angeredet wird; aber im gegenwärtigen Falle fand der Jüngste in der Gesellschaft gar nichts Kurioses dabei. Im Gegenteil – der Student von heute kam sich merkwürdig als der Älteste im Kreise vor. Sie waren alle fast ein Jahrhundert *jünger* als er; er aber hatte bis dato nur aus seinen Büchern von ihnen erfahren, und nun blieb ihm nichts übrig, als – die Jungen reden zu hören und mit seiner altklugen Büchererfahrung gleichfalls sehr geduckt dabeizusitzen.

»Zu übertreiben ist hier eigentlich nichts, Frau Rittmeistern«, meinte Marten Marten. »Nur ein paar von unsern begrabenen Wanzaern, die ich vorgestern Nacht dem Herrn Nevöh durchs Kirchhofsgitter zeigen sollte –«

»Oh!«, stöhnte der Student.

»Sollten auch noch ihr Wort dazugeben können. Erzählen Sie dreist und schlankweg dem jungen Herrn von seiner Frau Tante, Fräulein.«

»Mein Wort darf ich doch wohl stellenweise dreingeben, da ich nun einmal noch dabeisitze«, meinte die Tante lächelnd. »Na, nur zu; es soll mich deinetwegen freuen, wenn etwas Nützliches für dich bei der Geschichte zutage kommt, mein Sohn Bernhard.«

Sechzehntes Kapitel

Von draußen herein klang das Geräusch der häuslichen Abendverrichtungen der Gärtnersleute. Harmonisches Getön war wenig dabei; aber in Begleitung des Windes in den Obstbäumen und Stachelbeerbüschen kam doch die richtige Begleitung zu der fernern Unterhaltung am Teetisch von Fräulein Thekla Overhaus heraus. In was für einen Haushalt die junge Frau des westfälischen reitenden Kriegsknechts niedergesetzt worden war, wissen wir, und es war nunmehr des weitern davon die Rede. Die Welt ist immer alles Lärmes voll gewesen, und wenn die Frau Rittmeisterin vorhin meinte, dass sie ihr von Tag zu Tag schriller vorkomme, so – kam ihr das eben nur so vor, und ihrem jungen Verwandten auf ihr Wort hin gleichfalls in der stillen Stunde beim Mittagsessen.

»Guck dir jetzt den Marten genau an, junger Grünhage«, sagte die Blinde; »ich wollte, ich könnte es auch noch. Ein hübsch, fein Ding war sie, deine Tante nämlich, als sie vor fünfzig Jahren hier anlangte, und verdiente wohl einen treuen, ehrbaren Liebhaber – da kichern sie beide! Und der liebe Gott hat es doch alles in allem recht gut gemacht, dass sie heute Abend noch hier sitzen und lachen können.«

»Und eifersüchtig war die schöne Thekla Overhaus aus der Schwarzburger Straße gar nicht!« lachte die Frau Rittmeisterin. »Nur barmherzig und voll Güte sagte sie: ›Da hast du ja noch eine Gelegenheit, dich angenehm und nützlich zu machen, Marten; – geh nur hin und sag: Fräulein

Thekla schicke dich, halb aus Neugier und halb aus Mitleid, um das angefangene Werk der Barmherzigkeit fortzusetzen‹.«

»So ist es, Herr Student«, lächelte die Blinde. »Aber Fräulein Thekla ging damals doch wohl noch zu tief in Schwarz, um nicht ihre Neugier bezähmen zu können. Lass nur mein gutes Herze gelten, Fiekchen! Es fielen mir nur gradeso wie ganz Wanza die Arme am Leibe herunter, als morgens am neunundzwanzigsten September des Jahres neunzehn in meines Vaters Hause Marten Marten seinen Rapport machte und verkündete: ›Der Westfälinger hat sich über Nacht ein jung Weib mitgebracht, und ich habe ihm geholfen, es ihm ohnmächtig in sein Haus zu schaffen!‹ – Alle Teufel!, sagte Wanza und lachte, und ich höre heute noch meinen seligen Vater und meine Brüder und sonstigen Hausgenossen am Kaffeetisch ihren Spaß haben; – ich aber habe: ›O du barmherziger Himmel!‹, gesagt und Marten sobald als möglich von der Arbeit abgewinkt und mir in meiner Stube von der Geschichte genauer erzählen lassen. Und dann habe ich Erdmann gefragt, was wir wohl dazu tun könnten.«

Der Student sah bei dem letzten Worte verwundert und fragend auf; doch die Tante winkte ihm und legte ihm die Hand auf das Knie, was nur heißen konnte: lass sie nur, sie erzählt die Sache ganz richtig.

»Nämlich, lieber Studente«, fuhr die Blinde fort, »wir Overhaus waren damals noch nicht auf mich alte heruntergekommene Jungfer und dies Stübchen vor dem Teichtore beschränkt, sondern wir waren ein großes Haus und eine weitläufige Familie und hielten es als von der göttlichen Vorsehung uns bestimmt, dass wir unsere Nase sofort in allem haben mussten, was hier am Orte und in der Umgegend passierte. War das nicht so, Marten?«

»Das war so, und ich wollte, es wäre noch so, Fräulein«, sagte der Nachtwächter mit einem tiefen Seufzer. »Es war eine gute Zeit damals.«

»Und von der bessern, die gewesen war, sprachen wir damals auch schon; und die, welche wir damals meinten, war erst eben vergangen in Knechtschaft und fremdländischer Willkür; aber – unser Erdmann lebte darin, Marten Marten! Der Sieg, die Freiheit und das Glück machten damals meiner besten Zeit ein Ende, denn sie nahmen meinen Freund hinweg! – Aber wo waren wir doch? Ja so; bei der Nase, die wir in alles steckten, was der Stadt Wanza passierte! Nun denn, weil wir denn unsern Senf zu allem zugeben mussten, so mischten wir uns denn auch sofort ein in den Haushalt der Frau Rittmeisterin Sophie Grünhage. Das heißt, ich mischte mich darein, nachdem ich meinen lieben Toten gefragt hatte, – meine Verwandtschaft wollte natürlich nur wie das übrige Wanza ihren Spaß und Hohn an dem Dinge haben; mir aber half Marten sogleich allzu scharf in das Mitleiden hinein –«

»Und für dieses Mitleid suche ich nun schon fünfzig Jahre nach der richtigen Gegenleistung und finde sie nicht. Du bist nur ganz einfach mein altes gutes Mädchen!« sagte die Tante Sophie leise, ganz leise.

»Nämlich, Herr Studente«, fuhr die Blinde fort, »wenn so ein Nachtwächter für seinen Dienst recht ordentlich passen soll, dann muss er jederzeit Augen und Ohren am rechten Flecke haben, und so kam er denn, wie es sich gehörte, und meinte: ›Gräulich, Fräulein! Sie glauben es nicht, was das junge Geschöpf auszuhalten hat in seinem jungen Ehe- und Wehestand vom Morgen bis zum Abend und vom Abend bis zum Morgen. Sie sagt, sie habe Eltern, aber zu glauben ist das nicht; denn Eltern können ein jung Kind nicht so aufs Geratewohl mit einem Werwolf zusammengekoppelt in die weite Welt schicken. Sie trägt es kein halbes Jahr; und noch dazu meint er, der Herr Rittmeister meine ich, es gar nicht böse, sondern recht gut nach seiner Art; ich zum Exempel komme schon recht gut mit ihm aus; aber der Satan muss ihm die Lust zum Freien eingeblasen haben, um die unschuldige Kreatur zu ruinieren. Mich hat er gedungen zur Hausarbeit, und wenn Sie nichts dagegen haben, Fräulein Thekla, so will ich den Dienst weiter tragen; denn ein ander Frauenzimmer außer seiner Frau will der Unmensch nicht im Hause dulden.‹ – Das wollen wir doch einmal sehen, habe ich damals im stillen gesagt; aber Urlaub von meinem Dienst habe ich dem Marten Marten fürs erste doch gegeben und es für eine Weile noch nur von ferne angesehen. Ein paar Monate später kommt er denn – dieser hier gegenwärtige Marten Marten, Herr Student Grünhage, und lacht und brummt: ›Sie haben befohlen, Fräulein, und Ihnen bin ich mit Leib und Seele verpflichtet, und der Frau Rittmeistern habe ich nunmehr nach Gottes Willen zugeschworen; aber was der Teufel alles verlangt, wenn man ihm den kleinen Finger gegeben hat, das lässt sich an allen zehn Fingern nicht herzählen. Jetzo spiele ich alles dort im Hause und will ja auch alles, ohne zu mucken, weiterspielen; aber – vor einem bewahre mich der gütige Herre Gott, nämlich, dass ich auch noch die Amme und Kindsfrau machen muss. Lieber noch einmal in Sankt Amand unter dem niederbrechenden Brandschutt als jetzo hier in Wanza mit einer königlich-westfälischen Krabbe im Kattunmantel auf der Straße spazieren! Der Frau Rittmeistern wollte ich ja auch das wohl zu Gefallen tun, was ich sonst gewisslich nur unserm Herrn Erdmann und Ihnen, Fräulein, zuliebe getan hätte, wenn es Gott so gewollt hätte, aber – Herrgott, sie wachten express nachts auf hier in Wanza, um mein Horn zu hören und über den freiwilligen Jäger zu lachen, der sich zu 'nem Kindermädchen für den König Hieronymus von Westfalen hatte machen lassen.‹«

Sie lächelten auch um den Teetisch in dem Gartenhause vor dem Teichtore, obgleich der Kandidat der Theologie Erdmann Dorsten, dem der Nachtwächter von Wanza auch diesen Liebesdienst erwiesen haben würde, vor dem Ranstädter Tor erschossen worden war. Der Meister Marten brachte es seinen Jahren und seiner Lederhaut zum Trotz schier noch zu einem Erröten, und die Frau Rittmeisterin musste ihm wirklich mit der Vermahnung an die Freundin zu Hilfe kommen:

»Jungfer Overhaus, hat Sie es wirklich schon vergessen, dass es ein noch ziemlich junger Jüngling ist, dem Sie alles dieses zum Besten gibt?«

»Na, was das anbetrifft!«, brummte aber der junge, kindliche Mensch Bernhard Grünhage vollständig im Ton und Ausdruck seines Freundes Ludwig Dorsten, und Fräulein Thekla kam nun ihm zu Hilfe, klopfte mit dem Teelöffel auf den Tisch und sagte vergnügt:

» *Ich* erzähle; und Sie, Rittmeisterin Grünhage, mache Sie nur die Jungfer Overhaus nicht irre, wie Sie es anno zwanzig probierte. Und du, merke dir, Sohn Bernhard Grünhage, stirb lieber jung, als dass du alt wirst, ohne dir deinen Humor durch die Zeit festhämmern zu lassen. Mit einem wetterfest geschmiedeten Gleichmut magst du meinetwegen gleichfalls achtzig Jahre alt werden und zuletzt dich blind, ohne viel weltlich Besitztum und als einzig Überbleibsel von deiner Familie, vor das Teichtor hinsetzen und Historien aus der Vergangenheit erzählen. – Nun also, mit dem Marten Marten als Wartefrau mit dem Kindermantel um die Schultern war das nur ein blinder Lärm; aber mich brachte es doch mehr auf die Beine als nächtlicherweile ein Feuerjo von demselbigen Marten Marten. Springt man bei dem einen mit beiden Beinen aus dem Bett, so sagte ich mir hierbei: Jetzt greifst du aber mit beiden Händen zu, Thekla! Und – so kam es zum ersten Rendezvous und Scharmützel mit deinem seligen Onkel an deiner Tante Gartenhecke, junger Grünhage, und sehr poetisch machte es sich, im schönsten Frühling achtzehnhundertundzwanzig! Der Marten hatte natürlich das Stelldichein vermittelt, und ich sehe mit meinen dunkeln Augen heute noch den Knicks, den mir deine Frau Tante machte, und das Gesicht wie drei Tage Regenwetter, was sie mir über die Hecke zeigte.«

»Du aber sagtest: ›Mach die Tür auf, Kind; mein Name ist Thekla Overhaus, wir kennen uns schon lange durch Marten Marten, und ich bin gekommen, dir Wanza ein bisschen leichter zu machen; – guten Morgen, Herr Kapitän Grünhage.‹«

»Und das gehörte item dazu, dass mir der Unhold richtig aus dem nächsten Gebüsch auf den Hals kam, um die Romantik zu stören. ›Gnrrr!‹, knarrte er; aber verblüffen ließ sich Thekla Overhaus nicht so leicht, weder durch seinen Schlafrock noch seinen schwarzen Tonpfeifenstummel noch durch den Rausch vom letzten Abend in seinen Augen. ›Bonjour, Herr Rittmeister Grünhage‹, sage ich höflich; – ›nicht wahr: Charakter und Aufrichtigkeit! So heißt die Devise auf dem Orden der westfälischen Krone?‹ – ›Sie befehlen, Mademoiselle?‹ fragt der Menschenfresser mit hoch heraufgezogenen Augenbrauen. – ›Mit Charakter und Aufrichtigkeit komme ich, um Ihrer Frau die Visite zu machen, die sie mir schuldig geblieben ist, Herr Rittmeister‹, antworte ich freundlich. ›Wir sind schon alte Bekannte von Leipzig her, wo mein Bräutigam, der Kandidat Dorsten, geblieben ist; also nehmen Sie nur meinen Besuch an, Herr Rittmeister!‹ – Du erinnerst dich noch, Fiekchen! Machte *die* Eule Augen! So habe ich keinem zweiten Menschen imponiert wie deinem biedern Alten, und es war wahrhaftig nicht notwendig, dass ich ihm auch noch mit dem übrigen Zubehör seines Ordre de la Couronne de Westphalie, dem Löwen von Kassel, dem Pferde von Niedersachsen und dem Kaiserlichen Adler mit dem Je les unis auf dem Blitze, auf den Leib rückte. – So höflich hat mir auch kein zweiter je die Tür geöffnet und mich gebeten, einzutreten und vorliebzunehmen, Herr Grünhage. Und dass er sie mir nachher nicht wieder vor der Nase schloss, dafür habe ich denn auch Sorge getragen.«

Was fiel der Frau Rittmeisterin plötzlich ein? Sie erhob sich, ging um den kleinen Tisch herum und gab der Erzählerin einen Kuss auf jedes der erblindeten Augen. Aber in heller Begeisterung rief der Nachtwächter Marten Marten:

»Ja, Sie haben ihn zu nehmen gewusst, Fräulein! Es war aber auch die höchste Zeit, dass Sie uns persönlich zu Hilfe kamen.«

»Gar nicht!« sprach Thekla Overhaus lachend. »Eine Viertelstunde nachher hätte ich eigentlich ruhig nach Hause gehen können und den jungen Ehestand, das heißt die junge Frau im Hause, dreist ihrem eigenen Ermessen überlassen können. Eine Viertelstunde in der Gartenlaube mit den beiden guten Leutchen genügte der Mamsell Overhaus vollkommen, um sich zu überzeugen, dass die Sache gar nicht so schlimm war. Die Frau Rittmeisterin war schon recht löblich im besten Zuge, ihr borstig Ungeheuer glatt zu kämmen, und zwar mit Charakter und Aufrichtigkeit –«

»Ich war das unglückseligste Geschöpf auf Gottes weitem Erdboden, und du kamst wohl zur richtigen Stunde, liebes Herz, und griffest im letzten Moment nach der Haarflechte, die noch mal über Wasser auftauchte und an der du mich richtig triefend ans Land ziehen konntest.«

»Nass wie eine Katze, Fiekchen!«, rief Fräulein Thekla gerührt. »Das Gleichnis passt ausnehmend. Der arme Mann trug schon mehrfach die Spuren von deinen Sammetpfoten, und ich habe es dem Marten lange nachgetragen, dass er mich zu meinem Trost nicht auch hiervon in Kenntnis gesetzt hatte.«

»O wie konnte ich denn?«, fragte der Meister Nachtwächter verschämt, und sich an den Studenten wendend, setzte er hinzu: »Wir waren doch beide immerhin Kriegskameraden, Herr Grünhage, wenn wir auch auf verschiedenen Seiten gestanden hatten; und Ihr seliger Herr Onkel war ein braver Offizier in seinem Regimente gewesen und in hundert Schlachten, und Wanza passte uns schon so genug auf jede Witterung zu einem Pläsier über uns – nicht wahr, Frau Rittmeistern?!«

»Heitere Geschichten erzählen sie dir, Neffe Bernhard«, sagte die Tante, »aber Lügen strafen kann ich sie nicht. Erzählt meinetwegen von den alten Dummheiten dem dummen Jungen weiter; ich aber sage kein Wort mehr, bitte mir nur aus, dass du mir deinen nächsten Brief, den du nach Hause schicken willst, vorher zeigst. Man weiß doch niemals so ganz genau, wie ein Wort das andere gibt, selbst zwischen den besten Freunden –«

»Und Freundinnen!« sprach die Blinde. »Alte Kriegskameradin, ärgerst dich wohl gar noch über deine eigene Bravour? Preise lieber mit mir den Himmel, dass er dir auf allen zehn Fingern die dazugehörigen Nägel wachsen ließ, um dich damit um dein jung Leben zu wehren und um dein deutsches Volk und Vaterland dazu, du allerechteste Ritterin vom Eisernen Kreuze! Was wir andern vor und in dem Kriege tragen mussten, das hast du nachher tragen müssen, und zwar doppelt und dreifach. Wie gut hatt' ich es mit meinem toten Helden und bei Leipzig mitbegrabenen Schatz gegen dich mit deinem lebendigen Heros in der nichtsnutzigen, schadenfrohen Welt hier am Markte in Wanza! Und wenn mir in meinem stolzen Schmerz das ganze deutsche Volk zur Seite stand: Wen hattest du in deinem Elend, welchem auch die paar Leute rundum nur höhnisch zusahen? Den Meister Marten und mich! Denn wer in Wanza oder sonst umher in der Bevölkerung hätte nicht nach den großen Molesten der eben verflossenen Jahre jetzt nicht gern sein Vergnügen an dem, was dir als Weiberschicksal aufgelegt worden war, mitgenommen? Ja, wer das nun so beschreiben könnte, wie es eigentlich beschrieben werden muss! Nämlich von Tage zu Tage, zum Weinen und zum Lachen durcheinander! Der könnte Geld verdienen mit dem Komödienschreiben. – ›Guten Morgen, Fiekchen! Guten Morgen, Chevalier!‹ – ›Gnrrr!‹, brummt's aus dem Ofenwinkel her, und von der andern Seite kriege ich einen heißen Kuss, und die Frau Rittmeisterin hält mich fest am Arm und spricht nach der Rauchwolke am Ofen hin: ›Es ist gut, dass du kommst, Thekla. Sag du es ihm auch, dass es sich nicht schickt, seine Frau in einer Schenke zum Besten zu halten, in der man selber nur der Lustbarkeit wegen geduldet wird. Sie haben im Bären gestern Abend auf die Gesundheit der Frau des Rittmeisters Grünhage getrunken, und als er in der Nacht mit Marten nach Hause kam und wohl nicht wusste, was er sagte, hat er mir davon als von einer Ehre erzählt, die sie uns an seinem Zechtisch angetan hätten. Sie lachen ihn damit aus, wenn er ihnen damit kommt, wie er hoch zu Pferde mit Helmbusch und Panzer in alle Hauptstädte der Welt eingeritten sei, – Wanza lacht ihm unter die Nase, und er wird weinerlich und tröstet sich damit, dass er den verschluckten Zorn zu Hause an seinem Weibe auslassen kann. Ich aber bin sein Weib und heiße die Rittmeisterin Grünhage und sage ihm nichts, wenn er in seinem Unglück wütend wird und nach mir schlägt wie das Kind nach der Tischecke; aber ihre Ehre soll er der Rittmeisterin Grünhage lassen, und um die bringt er sie, wenn er ihre eigenen Landsgenossen dazu aufreizt, ihr spöttisch ein Vivat in der Trinkstube und vor ihrer Haustür zu bringen! Marten Marten blies sein Horn dazwischen und rief zwei Uhr ab und schickte die Narren und Dummköpfe zu ihren eigenen Weibern; ich aber habe bis zum Sonnenaufgang vor meinem Bette gesessen, auf der Fußbank und mit dem Kopfe auf den Knien, und über all die Siege nachgedacht, in die der Kaiser Napoleon und der König Hieronymus ihre deutschen Kriegsleute mit hineingenommen haben; – o hilf mir, hilf mir, Thekla!‹«

»Nun hör einer die Komödiantin!«, rief die Tante Sophie, die Hand ihres Neffen und des Neffen des seligen Herrn Rittmeisters fassend und festhaltend. »Selbst meine Stimme von anno Tobak kriegt sie noch heraus. Im Bären saß ihr Erdmann freilich nicht mit den Wanzaer Spießbürgern bis zwei Uhr morgens. Aber nur weiter! Trotzdem dass man nicht weiß, ob man sich mehr ärgern, lachen oder weinen soll, so ist es doch mir alten Person, als würde mein jüngstes Leben wieder lebendig, und interessant ist das jedem Menschen immer.«

Wenn so die Tante sprach, was sollte dann der junge Neffe sagen! ... Gar nichts! – Er sah nur mit weit aufgerissenen Augen in die Jahre hinein, über welche die »gute Komödiantin«, die blinde Thekla Overhaus, so gelassen sprach und die andern zuhörten, und konnte höchstens fürchten, demnächst zu erwachen, um sich die Augen zu reiben: »So lebhaft habe ich aber lange nicht geträumt!«

Noch aber dauerte die Magie fort. Ohne sich durch die Freundin stören zu lassen, sprach Fräulein Thekla weiter:

»Mein seliger Vater rauchte auch und machte vielen Dampf, wenn er über etwas nachdachte; aber das Gewölke, was dein Seliger alle Tage unter deinem Regime um sich versammelte, brachte er doch nur bei höchsten Ausnahmsgelegenheiten zustande. Dass du viel gute Reden in den blauen Dunst hineinreden musstest, lässt sich wohl nicht leugnen, Fiekchen; aber zerteilte sich mal der Nebel und kroch der arme Sünder draus heraus, so war die Wirkung deiner natürlichen Begabung meistens überraschend. Wie aus dem russischen Winter von zwölf kam er dann und wann hinter dem Ofen krummbuckelig hervor und ächzte: ›Es ist ein wahres Glück, dass Sie endlich sich sehen lassen, Mamsell Overhaus! Sapristi, wer mir das an der Moskwa gesagt hätte, wie weit ein Rittmeister im Zweiten Königlichen Kürassierregiment herunterkommen kann, wenn er sich einfallen lässt, sich eine Frau zu holen, um nach Mont-Saint-Jean sein letztes Behagen an seinem eigenen häuslichen Herde zu finden! Marten weiß es, wie oft sie damit droht, dass sie mir in die Wipper gehen will; aber läge ich bei Leipzig oder sonst wo wie andere brave Leute verscharrt und moderte ruhig, so wäre mir auch wohler. Lassen Sie sich auch darüber eine Rede von ihr halten, Mamsell.‹«

Die Frau Rittmeisterin rückte auf ihrem Stuhle und schob ihn knarrend ein wenig zurück vom Tische. Der Meister Marten räusperte sich wie einer, der wohl ein warnendes Wort ins Gespräch geben möchte, aber es unterlässt, teils aus Respekt, teils weil er ganz genau weiß, dass es doch nichts helfen werde. Fräulein Thekla Overhaus erzählte gut, aber sie erzählte fast zu gut für den fernern gemütlichen Verlauf der Abendunterhaltung; am liebsten hätte jetzt der Nachtwächter von Wanza den Studenten Grünhage einen Augenblick mit vor die Tür genommen, um ihm zuzuflüstern:

»Ängstigen Sie sich nur nicht. Man muss sie seit fünfzig Jahren kennen, um zu wissen, dass auch dieses dazugehört. Wenn Fräulein den Ton annimmt und die Frau Tante das Gesicht macht, dann weiß ich schon, was sich begeben wird. Na, Sie werden's ja gleich selber hören, was jetzo kommt.«

Ein süß, aber etwas spitzig Gelächel der Tante Sophie kam und dazu sanften und leidenden Tones das Wort an die alte Freundin:

»Es geht doch nichts über ein gutes Gedächtnis, und es ist gottlob nicht das erste Mal, dass ich dir dazu gratulieren kann, liebste Thekla. Zumal jedes Mal, wenn wir auf dies Kapitel geraten! Gewöhnlich wird es dann aber auch Zeit, dass man an den Aufbruch denkt und, wie im Evangelium Lucä geschrieben steht, die Toten ihre Toten begraben lässt, – meinst du nicht, mein Herz? ... O ja, meine Gute, es war wirklich ganz behaglich, so erhaben und elegisch und so gelassen mit ruhigem Gemüte über dem albernen Neste Wanza und über dem Hause des Rittmeisters Grünhage zu schweben und von Zeit zu Zeit hinzugehen und den einen um den andern sein Elend aufsagen zu lassen. Von einer Schulmeisterin hattest du immer einiges an dir zu unserm Besten; o ja, und du hast natürlich vollkommen recht, im Grunde war es nur meine Schuld, wenn ich mich einen um den andern Tag in mein Giebelstübchen flüchten und verriegeln musste, wo dein seliger Bräutigam die schönen Verse auf das deutsche Vaterland und dich gemacht hat. Du hast die Verse noch; aber ich habe auch noch die Erinnerung an alle die Stunden, die ich allein da gekauert habe mit gerungenen Händen. Natürlich hat es an mir nicht gelegen, dass er – mein seliger Mann – sich nicht aufgehängt oder erschossen hat, um seinem Überdruss an der Welt ein Ende zu machen! Ich danke dir recht innig, dass du mich in gewohnter freundlicher Weise von Neuem darauf aufmerksam gemacht hast, meine beste Thekla; und dir, Herr Neffe, rate ich –«

»Jetzt hör auf, Sophie!«, sagte Fräulein Thekla, aufrechter denn je sitzend. »Wären wir mit Marten unter uns allein, so möchtest du, solange es dir beliebt, deine Dummheiten auskramen. Da sitzt aber ja wohl noch der junge Mensch, den du mir mitgebracht hast, um mich ihm meinerseits von dir und seinem verstorbenen Onkel erzählen zu lassen. Der wird eine schöne Idee von dir mit sich nach Hause bringen! Wahrhaftig, hört man dich so reden, so möchte man glauben, man schriebe noch immer achtzehnhundertfünfundzwanzig und nicht neunundsechzig. Übrigens aber schwatzest du doch nur drauflos, um mir noch mal zu beweisen, dass dir, Gott sei Dank, das Temperament nicht fehlte, um damals dein heute verjährtes Elend zu tragen. Und nun mach uns nicht ferner lächerlich vor deinem Herrn Neveu und unserm alten Freund Marten. Klappe dem jungen Mann gegenüber einen Deckel auf die Vergangenheit, und wenn es absolut notwendig ist, dass er noch weiter was draus erfahre, so verweise ihn an Marten Marten; uns aber lass unsere letzten Wege in Frieden zusammengehen. Ich meine, für uns zwei ist es allgemach doch wohl ein wenig zu spät geworden, als dass wir uns die paar übrigen guten Stunden hier in Wanza und auf der Erde selber verderben sollten durch die paar Tropfen warmen Blutes, die wir aus unseren jungen Jahren noch übrig behalten haben.«

Siebenzehntes Kapitel

Eine Viertelstunde später befanden sie sich auf dem Heimwege. Die Tante Grünhage nämlich samt ihrem Neffen und dem Nachtwächter Marten, welcher letztere den zwei anderen zwar wiederum eine Laterne durch den dunkeln regnichten Abend vorantrug, dieselbe aber ebenso gut auf dem Küchenschranke Fräulein Theklas hätte belassen können. Die Frau Rittmeisterin in ihrer jetzigen Laune kümmerte sich nicht im Mindesten um die sauberen Strümpfe an ihren Beinen und die Pfützen auf ihrem Wege. Sie schritt gradezu und durch, hing zwar ziemlich schwer am Arme ihres jungen Verwandten, aber statt sich von ihm führen zu lassen, zog sie ihn im Gegenteil erbost-gewalttätig hinter sich her und räsonierte fortwährend – über sich selber.

»So 'ne alte Schachtel! ... So 'ne verrückte alte Schachtel! ... So 'ne ganz und gar fürs Raspelhaus reife, dumme alte Gans! Was hilft es mir für meine Nachtruhe, dass ich sie mit blutendem Herzen um Verzeihung gebeten habe und sie mir dieselbige diesmal zum viertausendsten Mal gutmütig nicht vorenthalten hat? Nichts! Gar nichts! ... Nicht eine Viertelstunde lang werde ich darum die Augen zudrücken, ohne sie vor mir zu sehen, wie sie sich mit ihren blinden Augen über die unverbesserliche Kratzbürste mokiert. Und Sie, Marten, hätten auch verständiger sein und rasch zuspringen können, ehe es wie gewöhnlich zum Äußersten kam. Dass ich keine Vernunft annehmen kann, wenn sie mir vernünftig vorgestellt wird, das kann doch gewiss keiner behaupten; – selbst das alte gute Herz, die Thekla, nicht.«

»Entschuldigen Sie, Frau Rittmeistern –«

»Gar nichts entschuldige ich. Was Sie sagen wollen, weiß ich wohl; nämlich dass Sie sich die Finger schon allzu oft geklemmt haben und dass das noch nie was genutzt hat und überhaupt ein Vergnügen für Sie gar nicht ist. Und dann – du – alberner Bengel – liebster Bernhard, meine ich – konntest du nicht zur rechten Zeit eine nützliche Bemerkung oder dergleichen machen, um deiner alten Tante dies Ärgernis vor dir zu ersparen? Aber das saß nur da, mit den Händen auf den Knien, und guckte wie die Eule in den Blitz. Wozu studiert ihr denn Geisterkunde und Psychologie auf euern jetzigen überstudierten Universitäten, wenn ihr nicht einmal einer alten Tante damit zu Hilfe kommen könnt, wenn sie sich wieder mal ihrer einzigen, besten, treuesten Freundin in der Welt gegenüber blamieren will? ... Ja, das war wieder ein Sumpf, bis an die Kniee! Und mit Ihrer Laterne leuchten Sie eigentlich nur sich selber, Marten! Hierher! ... Da hört ja alles auf bei solchem Wege, und Bürgermeister und Rat sollten sich bis in die Puppen schämen; aber – weiß der liebe Himmel, das ist mir in diesem Moment ganz einerlei, und der Bürgermeister, der Dorsten, ist mir in meiner jetzigen Stimmung doch lieber als ihr alle miteinander. Ich will nicht sagen, dass er immer an der rechten Stelle mit seiner Weisheit den richtigen Fleck trifft, aber im Stich hätte er mich mit meiner nichtsnutzigen Dummheit sicherlich nicht gelassen wie ihr beiden! Gott sei Dank, da sind wir unter dem Teichtor und wenigstens auf festem Pflaster. Ach ja, Kinder, gar nichts wollte ich sagen, wenn ich nur mein Gewissen heute Abend in die Wäsche geben könnte wie meine Strümpfe!«

»Frau Rittmeistern«, meinte Marten Marten, »dies möchten sich stellenweise wohl mehr Leute wünschen und aus mehr Gründen als Sie. Je ja, und es ist ja auch nicht das erste Mal –«

»Gott bewahre! Die Regel ist es! ... Und geht gar nicht anders! Und nun – wenn ich nur wüsste, was ich jetzt mit dem Jungen hier für den Abend anfangen soll? Den Humor habe ich mir zu gründlich verdorben, um ihm behaglich am Tische gegenübersitzen zu können, und jeder Grünhagesche Familienzug an ihm ist mir auch wie ein Gewissensbiss. Nimm es mir nicht übel, mein guter Bernhard, aber –«

»Aber dann habe ich einen Vorschlag zu machen«, rief der Meister Marten, ehe der Student dazu kam, halb lachend, halb verdrießlich die gute Tante seines abendlichen Behagens wegen zu beruhigen. »Wie wäre es, wenn Sie den jungen Herrn mir noch ein Stündchen mitgeben würden, wenn wir Sie richtig nach Hause gebracht haben, Frau Rittmeistern? Freie Nacht hab ich heute und kann mir ruhig von meinem Kollegen meine schlaflosen Stunden abrufen lassen. Sie wissen, mit dem Teichtorturm hängt der Herr Rittmeister doch auch immer ein bisschen zusammen, und auch da – bei mir – könnte vielleicht noch ein Wort das andere geben über ihn.«

Die alte Dame murrte leise etwas vor sich hin und schritt fürs erste tapfer zu, ohne ihre Meinung deutlicher auszudrücken. Aber, wie schon gesagt, Wanza ist nicht groß, und sie standen bald vor dem Hause auf dem Marktplatze; auf der Treppenstufe stehend, sprach die Frau Rittmeisterin:

»Du bist dazu nach Wanza gekommen, um deine Tante Grünhage kennenzulernen. Da der Meister Marten hat recht: Der Teichtorturm gehört auch dazu und steht sogar da wie ein Punkt am Ende einer Historie. Ja, es schickt sich wirklich recht gut, dass Sie heute Abend noch dem jungen Menschen an Ort und Stelle gleichfalls von seinem – verstorbenen Onkel Bericht tun, Marten. Eine bessere Gelegenheit dazu kommt vielleicht doch nicht wieder und ein besserer Mann dafür als Sie, alter Freund, ganz gewiss nicht. So krieche ich denn ins Bett und rede, mit der Decke über dem Kopf, noch ein Stündchen mit der Thekla. Luise soll mit deines seligen Onkels Hausschlüssel wach bleiben, und kommst du heim, so gehst du mir leise auf der Treppe und vor allen Dingen vorsichtig mit dem Lichte um. Gute Nacht für diesmal in dieser närrischen, konfusen Welt!«

Die Tür hatte sich hinter ihr geschlossen; der alte und der junge Mann standen allein, und der Meister Marten hob seine Laterne auf und ließ den Schein nicht nur dem Studenten, sondern auch sich selber ins Gesicht fallen. Er selber hatte bis jetzt in diesen Wanzaer Geschichten noch nie so klug und Herr Bernhard Grünhage noch nie so ratlos, um nicht zu sagen, dumm ausgesehen. Für den letztern war es eine wahre Erlösung, als ihm der Alte jetzt vertraulich den Ellbogen in die Seite stieß und vergnüglich-schlau zuflüsterte:

»Ja, dies Frauenzimmervolk! So ist es nun mal, und von uns ändert es keiner! Na, Sie glauben es doch wohl auch nicht, dass es heute Abend das erste Mal gewesen wäre, dass sie in Anbetreff des seligen Herrn Onkels das, was sie in Eintracht angefangen hatten, nicht ebenso zu Ende abgewickelt hätten? Na, na, nun kommen Sie nur her und erweisen Sie mir die Ehre, Herr Studiosius Grünhage. Auf große Traktamente ist der Nachtwächter von Wanza freilich wohl nicht eingerichtet; aber traktieren will ich Sie doch und nachher Sie fragen, ob sich die Stunde nicht lohnte, die wir noch zusammensetzen wollen, ohne die Bettdecke über den Kopf zu ziehen.«

Der Student hatte noch nie der Einladung eines Nachtwächters, mal mit ihm zu kommen, so eifrig Folge geleistet wie jetzt der des nächtlichen Wächters von Wanza.

»Und da sitzt nun mein Alter an der Aller und weiß von gar nichts!«, murmelte er.

Ein Turm ist der Teichtorturm eigentlich nicht, sondern nur eine Durchfahrt unter einem feldschlangenkugelsichern, schiefergedeckten Gemäuer aus dem sechzehnten Jahrhundert. In lyrischen Gedichten und Balladen kommt das Ding häufig vor; dann aber schaut stets des Wärters rosig Töchterlein hinter ihren Gelbveigelein, Nelken und Rosen hervor und wird angesungen. So hübsch können wir's leider in diesem jetzigen Falle nicht liefern. Der Vorgänger des Meister Marten in diesem Torgebäude war, wie schon bemerkt wurde, der Stadtbüttel, der darin seine Amtswohnung hatte und seine jeweiligen Gäste hinter seinen Gittern nicht vorschauen ließ. Die Tauben, die der jetzige Bewohner hielt, würden wohl schon eher in ein Lied passen, aber –

»Sie sind nur ein Nebenverdienst, und man hat auch nur seine leidige Not und wenig Vergnügen damit«, sagte Marten Marten.

Ein paar ausgetretene Steinstufen führten zu einer niedrigen Pforte; dann ging's eine enge Steintreppe weiter aufwärts in eine kellerartige Wölbung, die bei Tage durch einige winzige Schießscharten erhellt wurde. In dieser Abendstunde hatte der Meister Marten wiederum seine Laterne hochzuheben, um seinem jungen Gast die feuchten schwarzen Wände und noch eine Merkwürdigkeit zu zeigen.

Er hob eine rostige Kette nebst Halseisen und Handschellen, die neben einer mit rostigen dicken Nägelköpfen beschlagenen Tür hingen, auf und ließ sie klirrend wieder an die Steinwand fallen.

»Noch von meinen Vorfahrern, junger Herr!«, sagte er. »Im neuen Amtsgebäude haben es die Leute anjetzo behaglicher. Diese Tür führt in das alte Loch, in welchem auch ich, wie Sie heute Morgen auf dem Rathause vernommen haben, mal zum Nachdenken über meine Sünden gehockt habe. Wenn's Ihnen Pläsier macht, leuchte ich hinein; wir stören keine Eulen und Fledermäuse drin auf, sondern nur mein Geflügel in der ersten Nachtruhe.«

»Dann wollen wir es ja in Ruhe lassen bis auf eine hellere Stunde, Marten«, meinte Bernhard Grünhage fröstelnd.

»Schön! Dann stoßen Sie sich gütigst hier nicht an den Kopf. Treten Sie aber nur ein und seien Sie fröhlich willkommen in meiner Behausung. Dies ist mein Losament, und nebenan schlafe ich, dicht an meinem frühern Prison, dicht an der Wand, an der ich mir wochenlang so oft den Kopf einstoßen wollte, bis mein lieber Herr Erdmann und Fräulein Thekla mich auf andere Gedanken brachten. Jaja, junger Herr, so soll der Mensch es abwarten, was mit ihm geschieht; nun hoffe ich auf einen stilleren, sanfteren Tod mit dem Kopfe an derselbigen harten Mauer, die ich anno neun nicht umreißen und eintreten konnte in meiner Tollheit und Wut.«

Er hob wiederum die Laterne.

»Nun setzen Sie sich da in den Stuhl am Ofen, bis ich die Lampe angesteckt habe; denn bei dieser Beleuchtung lässt es sich auf die Länge doch schlecht weiterschwatzen. Die Frau Tante würde wohl auch hier sogleich ein Feuerchen in den Ofen kommandieren; aber ich meine, wir andern warten wohl noch ein bisschen damit mehr in den Herbst hinein.«

Die kleine Blechlampe leuchtete, das Licht in der Laterne wurde ausgeblasen, der Student saß in dem großen schwarzen Lederstuhl an dem mittelalterlichen Kachelofen und sah stumm dem Greise zu, der immer beweglicher in seinen gastfreundlichen Haushaltsverrichtungen wurde. Marten Marten rückte ihm den Klapptisch näher an seinen Sitz, er öffnete einen tief in das Mauerwerk eingelassenen Wandschrank und brachte ein schwarzes Brot, einen Teller mit Butter, zwei Messer und ein Pfeffer- und Salzfass zum Vorschein. Er entschuldigte sich höflichst für einen Moment, verließ das Gemach und kam nach einer Weile mit einem geräucherten Schinken und einem verpichten Steinkruge zurück. Letztern stellte er nebst zwei Gläsern, melancholisch den Kopf schüttelnd, auf den Tisch. Er seufzte sogar auch, als er dann sprach:

»Ein Schuft, wer's besser gibt, als er's hat, Herr Grünhage. Ein Wacholderbusch im Walde ist wohl etwas recht Nettes und Angenehmes, was den Geruch anbetrifft; und dem seligen Herrn Onkel sein Lieblingsgewächs war's immer, vorzüglich aber bei so nasskalter Witterung und einer Jahreszeit wie die jetzige.« Er zog den Pfropfen aus, und ein lebhafter Duft vom alten märchenhaften Machandelboom verbreitete sich freilich sofort in dem Gemache.

»Echter doppelter Steinhäger, Herr Studiosius, und was Besseres hab ich gewiss nicht, denn es ist die letzte von den Kruken, die sich der Herr Onkel, der Herr Rittmeister, hier bei mir im Teichtorturm eingelegt hatte. Sie liegt manch liebes langes Jahr; – was sagen Sie aber auch zu dem Geruch? Sapperment, und nun sitzen Sie da und heißen auch Grünhage und sind der rechte Herr Nevöh der Frau Rittmeistern und haben sich den Herrn Onkel von mir durchs Kirchhofsgitter bei Sankt Cyprian zeigen lassen wollen. Prost, junger Herr; an diesem Tische hat er oftmalen gesessen mit mir wie mit seinem besten Kriegskameraden, wenn er es nirgends anderswo in der Welt und hier in Wanza aushalten konnte. Und nun greifen Sie auch sonsten zu! Alles, was das Quartier liefern kann, steht auf dem Tische. Und schneiden Sie nur recht ins Fett; es geht nichts über den richtigen Speck an so 'nem Schinken um die Zeit, wo die Tage abnehmen und bald Frost im Kalender steht. Mit dem Schinken versorgt mich jahrein, jahraus die Frau Tante in ihrer Güte; und darauf können Sie sich verlassen, dass sie sich vorher genau erkundigt hat, von wegen der neumodischen Tierchen und Gewürmer, die man, Gott sei Dank, nunmehr endlich mit dem Vergrößerungsrohr drin aufgefunden hat.«

Der Stammhalter der Familie Grünhage hielt noch immer das Spitzglas mit dem silberhellen Trank – ein Geisterseher in der echtesten Bedeutung des Wortes. Da saß aber der Meister Marten mit beiden Ellbogen auf dem Tische ihm so realistisch, gutmütig und vertrauenerweckend gegenüber, dass er es endlich wortlos doch wagte. Er hob das Glas, kippte es über und stellte es mit einem Klapp auf den Tisch.

»Wunderbar!«, rief er, sich schüttelnd. »Geisterhaft! Sie aber, Marten, bester alter Freund, schmunzeln Sie mich nicht so natürlich-behaglich an. Zum Henker mit Ihrem Schinken und Speck mit und ohne Trichinen! Geben Sie mir noch einen Juniperus aus meines Onkels letzter Flasche. Sie alter unheimlicher Zauberer, ich gebe Ihnen mein Wort darauf, solange es spukt auf Erden, ist noch niemals in ähnlicher Weise einem Neffen sein längst verstorbener Onkel aus dem Geisterreich heraufbeschworen worden! ... Weiß der Himmel, er grinst ruhig weiter, und ganz Wanza, der weise Seneka, sein Bürgermeister, eingeschlossen, wird mir allmählich zu einem Traumgebilde und – ich auch! Selbst an diesen Stuhl, in den Sie mich gesetzt haben, Marten, glaube ich schon nicht mehr. Auch er wird sofort unter mir anfangen, seine Geschichte von dem Rittmeister Grünhage und der Frau Rittmeistern, von Fräulein Thekla Overhaus und dem Nachtwächter Marten Marten zu erzählen.«

»Er? Er besser als ein anderer von uns! Ja, wenn der von dem Herrn Onkel erzählen könnte, Herr Grünhage! Er – und jetzt meine ich den seligen Herrn Rittmeister – hat drin so manche Stunde in der Unterhaltung mit mir oder im Schlummer oder im Nachdenken über sich selber oder im Halbdusel oder im Nachdenken über die Welt überhaupt zugebracht, dass der alte Sitz samt Rücklehne wohl manches von ihm wissen muss. Und, was Sie wohl noch mehr verinteressieren wird, junger Herre, – er ist ihm auch zu seinem letzten Ruhehafen geworden. Bitte, bleiben Sie nur sitzen, bester junger Herr, – er ist auch sanft für immerdar drin eingeschlafen –«

»Was?«, rief der Student aufspringend.

»In Frieden zur großen Armee abmarschiert«, fuhr der Alte nickend fort; »wie ein unschuldig Kind nach allem Kriegstumult in aller Herren Ländern und auch hier zu Hause und in Wanza!«

Der Neffe setzte sich wieder oder fiel vielmehr zurück in den letzten »Ruhehafen« seines seligen Onkels.

»Und nicht in seinem Hause am Markte? Und meine Tante Sophie hat nicht nachher diesen Stuhl aus diesem Hause los sein wollen und Ihnen ein Geschenk damit gemacht, Marten Marten?« stotterte er.

»Ne, ne! Was das Möbel angeht, so stammt das aus dem overhausschen Hause, und ich habe es der Güte von Fräulein Thekla zu verdanken. Wenn Sie es ganz zufällig nennen wollen, dass der Herr Rittmeister hier im Teichtorturm beim Nachtwächter Marten in den ewigen Frieden eingegangen ist, so kann ich's wohl nicht verhindern, denn von wegen seiner Konstitution konnte man damals eigentlich schon lange drauf gefasst sein; aber ganz allein der Zufall war's doch nicht, denn dazu war der selige Herr doch zu häufig bei mir auf Besuch.«

»Weil er es zu Hause nicht mehr aushalten konnte!«, rief der Student, mit beiden Armen auf den Tisch sich legend und das Gesicht so weit als möglich gegen den Alten verschiebend. »Weil er wirklich *geduckt* worden war, wie Fräulein Thekla vorhin sich ausdrückte! Wollen Sie eine Zigarre, Marten?«

Der alte Wächter dankte, holte dagegen selber eine kurze Holzpfeife aus der Jackentasche, füllte sie aus einer Schweinsblase mit einem Husarenknaster, der das Lob seines Fabrikanten, dass er »sehr gut in der Pfeife stehe«, vollkommen verdiente, und sprach durch den sich entwickelnden süßen Qualm grinsend:

»Schade, dass Sie nicht manchmal dabei sein konnten, Herr Nevöh, – bei unserm Stillvergnügen an diesem Tische, meine ich. Da haben wir uns doch noch manchen Sommernachmittag hindurch und tief in manche Winternacht hinein unsere Feldzüge auf die Platte gemalt, sobald ich den verstorbenen Herrn nur erst notdürftig ein bisschen zur Ruhe gebracht hatte, wenn er in der hellen Wütenhaftigkeit gekommen war und sein Wort gesprochen hatte: »Kamerad, es ist ein Hundedasein und eine Welt, um drin zu bersten! Marten Marten, ich bin die miserabelste Kreatur auf Erden, und mein Mädchen, mein Fiekchen, hat sich auch wieder im Winkel unter dem Dache verriegelt, und der Rittmeister Grünhage, der so manch eine Tür in aller Herren Ländern frei mit dem Reiterstiefel eingetreten hat, darf diesen allerbesten Schlüssel in seinem eigenen Hause nicht mehr gebrauchen, sondern muss durchs Schlüsselloch parlamentieren: ›Nimm Vernunft an, mein Herzchen, mein Püppchen, mein Schäfchen, mein Täubchen; dein Männchen, dein Kapitänchen, dein Rittmeisterchen Grünhage kriecht zu Kreuze!‹«– Dass die Kränklichkeit des Herrn Onkels damals schon längst ihren Anfang genommen hatte, können Sie sich wohl selber hieraus abnehmen, Herr Studiosius. – ›Ihren Kummer sieht man Ihnen meistens, gottlob, doch noch nicht an, Herr Rittmeister‹, sage ich, um ihm doch fürs erste was zum Troste aufzutischen; er aber sagt denn auch schon viel ruhiger: ›Schafskopf, es lacht mancher auf seinem Stockzahn, der vor Wehmut sich im ersten besten Mauseloch verkriechen möchte. Und dazu mit dem kleinen Mann auf dem Schimmel, der blanken Klinge in der Faust, durch ganz Europa spazieren geritten, um zuletzt so auf den Nachtwächter zu kommen – Himmelsackerment!‹ – Nun hätte ich das letzte Wort eigentlich wohl für 'n Affront nehmen müssen, aber dazu musste ich es zu oft vernehmen, war also schon drauf eingerichtet in Gutmütigkeit. – ›Es hat uns anderen Mühe genug gekostet, diesem sapperlotschen Spazierenreiten ein Ende zu machen, Herr Rittmeister‹, sage ich nun ruhig; und damit kommen wir denn schon mehr ins Geleise und die Behaglichkeit. ›Alabonnör, Kamerad Marten‹, sagt der Herr Onkel, sitzt schon ächzend, wo der Herr Nevöh anjetzo sitzt, und stopft sich seine Pfeife, als ob er ganz Wanza, seinen Haushalt und Ehestand mit in den Maserkopf drücke – › das ist ein schlechter Soldat, der brave Arbeit, die ein braver Feind macht, nicht gelten lässt. Ästimiere ich nicht etwa auch dein Fräulein – dein Fräulein Overhaus, trotzdem sie tagtäglich mich nicht bloß aus dem Hause, sondern auch immer mehr aus der Haut herausmanövriert?! Jetzt sitzt sie nun wieder bei meiner Frau, die ich mir doch zu meinem Pläsier ihrer Mutter und ihrem Vater aus dem Neste geholt habe, und trocknet ihr die Tränen, und ich verkrieche mich vor ihrem Geschützfeuer schon wieder hier bei dir im Teichtor hinterm Ofen, als ob ich dem Fiekchen (was beiläufig immer Ihre Frau Tante ist, Herr Grünhage) nicht alles zuliebe täte, wenn ich's nur anzufangen wüsste. Kann ich denn was dafür, dass ich nicht auch Kandidate, Schulmeister und Versemacher fürs deutsche Vaterland, sondern der Kapitän Grünhage im Zweiten Königlich-Westfälischen Kürassierregiment geworden bin? Das sage ich dir aber, Kamerad Marten, Gewissensbisse kriegt *die* doch noch mal, sobald nur erst meine Sophie von dem Rittmeister Grünhage als von ›meinem seligen Mann‹ reden wird; und beerben mögen sie mich beide so bald als möglich meinetwegen; man hat doch seinerzeit manches hübsche Mädchen in der Welt geküsst, und so mag eins ins andere gehen, wenn es zuletzt auch das angenehme Weibervolk ist, was einen aus ebender nichtsnutzigen Welt hinausärgert. Stoß an, Marten Marten, die Rittmeistern Grünhage und Fräulein Thekla Overhaus sollen leben!‹ – Begreifen Sie nun wohl, Herr Studiosius?«

Der Gast des Nachtwächters Marten Marten von Wanza, der Herr Neffe der Tante Sophie, der Student der Philologie und »Studiosius« aller möglichen Philosophien, begriff allgemach so gut, wie man es seiner Jugend und seiner teilweisen Erziehung durch seinen Freund Dorsten, den weisen Seneka und pro tempore Wanza regierenden Bürgermeister, gar nicht zugetraut haben sollte.

»Ich werde mich wohl hüten, Ihnen dazwischenzuschwatzen, Herr Nachtrat!«, rief er. »Da kommt man bei euch an auf der ganz gewöhnlichen Chaussee durch den ganz kommunen hellen Sonnentag und denkt an gar nichts weiter, als dass man demnächst gradeso wieder gehen wird, wie man gekommen ist. Nicht das geringste Merkwürdige findet man im Anfange an euch; denn dass ihr den Senior der Caninefatia zu euerm Burgemeister gemacht habt, kann zwar auffallen, ist aber mithilfe guter Bekanntschaft und Verwandtschaft schon häufiger da gewesen. Und euer Herr Burgemeister langweilt sich sträflich bei euch und hat keine Ahnung davon, dass ihr das kurioseste Volk seid, das je einen Erdenfleck bevölkert hat. Nun aber fängt plötzlich der eine an, so ganz beiläufig vom andern zu erzählen. Anfangs hört man mit halbem Ohre hin und meint: Großer Gott, wie gut diese Philister und Phileusen ihre Erinnerungen verkorkt gehalten haben! Aber dann kommt der andere und fährt da fort, wo der erste aufgehört hat, und man gerät in Spannung. Alte Violen in alten Potpourris werden einem unter die Nase gehalten. Auf euerm Rathause blättert man alte Papiere durch, und das Interesse wächst, dass das gar nicht auszudrücken ist. Und immer mehr Volk gibt das Seinige dazu. Das Tuthorn, das Nachtwächterhorn hat man zwar in Wanza wie überall sonst abgeschafft, aber der alte Zauberer, der Meister Marten Marten, stößt doch hinein, und rundumher wird alles wieder lebendig, was dem Schuljungen von heute, nämlich mir, lieber Marten, längst und für immer abgetan, verblasst, begraben und vermodert war. Immer bunter und doch auch immer deutlicher werden einem die alten Historien, die unsere Väter und Mütter, unsere Onkel und Tanten in Ärger und Behagen an ihren lebendigen Leibern durchzumachen hatten. Das Horn von Wanza soll leben, Marten Marten; und nun tun Sie mir den einzigen Gefallen und erzählen Sie ruhig weiter und fragen Sie nicht mehr, ob ich auch verstehe, was Sie erzählen! Jawohl, Sie können sich darauf verlassen, dass ich jetzt ziemlich genau weiß, weshalb meine Frau Tante, die Frau Rittmeisterin Grünhage, und Fräulein Thekla Overhaus sich dann und wann in Betreff meines seligen Herrn Onkels in die Haare geraten, wenn sie zu Anfang der Kaffeevisite oder Teegesellschaft auch noch so einträchtig in *ein* Horn geblasen haben. Was aber Sie und Ihr Horn angeht, Marten, so verpfände ich Ihnen hiermit mein Wort: Wir holen Sie ab von Wanza, wenn wir demnächst das neue Deutsche Reich fertigbringen. Sie werden mit in den allgemeinen Tusch hineintuten – weiß Gott, 's gehört dazu! – es gehört unbedingt dazu, und ohne es fehlt der ganzen Jubelmusik etwas ganz Hauptsächliches!«

»Na, na, wenn Sie mich nur noch hier in Wanza treffen, wenn Sie mit dem übrigen so weit sind, junger Herr«, meinte der alte Schlaukopf und demnächstige Jubelnachtwächter Marten Marten.

Achtzehntes Kapitel

Eine Weile saßen sie nun stumm einander gegenüber, der Student und der Nachtwächter von Wanza. Der eine blies den Rauch seiner Zigarre gradeso nachdenklich vor sich hin wie der andere die Wolken aus seinem schwarzen Nasenwärmer, der ihm, wie es auch im Liede steht, schon durch manche bittere Winternacht eben seine Nase in gewohnter gutmütiger Schlauheit unerfroren erhalten hatte. Der Wacholderduft aus des seligen Onkel Grünhages letztem Kruge echten doppelten Steinhägers wurde immer intensiver im Gemache, und die philosophische Gelassenheit, mit welcher der graue Freund und Dienstmann von Fräulein Thekla und Frau Sophie in die Schicksale seiner Bekanntschaften und Freundschaften hineinsah, gleichfalls.

»Nun noch das letzte vom guten Oheim Dietrich; – vorstellen kann ich's mir jetzt zwar schon, als ob ich dabei gewesen wäre, aber – erzählen Sie doch nur weiter, Marten. Wie Sie da so sitzen und schmunzeln, muss er ein beneidenswertes Ende genommen haben!«

»Je ja, so mit Fallen und Aufstehen und zuletzt umgekehrt wie wir meistens alle – nach meiner längern Erfahrung. Dass es in der großen Weltgeschichte auch mit Fallen und Aufstehen alleweile achtzehnhundertdreißig geworden war, davon hatten wir an der Wipper eigentlich gar nichts zu merken gekriegt. Es war, als ob eine große warme Schlafhaube über ganz Wanza gezogen sei, und nun will ich Ihnen sagen: Der Zipfel daran war um diese Zeit einzig und allein der Herr Onkel. In den Bären reichte die Frau Rittmeistern selbst in ihren mächtigsten Perioden nicht hinein, und den großen runden Tisch im Bären haben Sie ja auch schon kennengelernt und da auch schon auf des Herrn Rittmeisters Sitze gesessen. Ja, so 'n solider eichener Wirtshaustisch, der hält sich wohl eine geraume Weile länger als die Ansichten und Meinungen der Herren dran und die Freundschaften, die dran geschlossen werden, und die Feindschaften, die dran zu Platze kommen. Stehn Sie nur mal so 'n fünfzig Jahre lang draußen und gucken Sie durch die Ritze im Laden auf den Nebenverdienst hin, dass einer von den Herren drin nach Hause begleitet sein will! – Je ja, im Jahre dreißig war der Herr Onkel im Bären schon längst der Herr Rittmeister und schon lange nicht mehr der Westfälinger Raufbold – des Franzosen Spießgeselle – der Kasselsche Räuberhauptmann. O ganz im Gegenteil! Und dass er ein vermöglicher Mann war, tat ihm in Wanza auch keinen Schaden mehr an seiner Achtung. Sie reichen in *die* Zeit nicht hin, Herr Studente, sonst wüssten Sie auch, wie hoch die Franzmänner knappe fünfzehn Jahre nach Waterloo wieder bei uns in Deutschland waren.«

»Anno achtundvierzig ritt ich noch auf meines Vaters Knie.«

»Nun sehen Sie wohl; dies nennt man denn eben Weltgeschichte. Und darüber wusste denn der Herr Onkel damals natürlich zu diskurrieren wie kein anderer in der Stadt. Wie es auch zu Hause mit ihm aussehen mochte, nieste er im Bären, so sprach die ganze Gesellschaft: zur Gesundheit, Herr Rittmeister! Und schlug er auf den Tisch, dass die Gläser und Flaschen hüpften, so kriegte er das Wort, um seine politische Meinung durchzusetzen, und behielt's, solange er es nur mochte. Wer aber drunter durch war, das waren die Dorsten und die Overhaus, und wem die Fenster zu Ehren der neuen Französischen Revolution eingeschmissen wurden, das waren sie auch. Wer aber die ganze Wanzaer Revolution, und was dazugehört, hier besorgte, das waren einzig und allein die drei Geschwister Lunkenbein, obgleich man es ihnen noch nicht einmal nachweisen konnte und auch nicht, wer eigentlich in der Nacht vom einauf den zweiundzwanzigsten August das overhaussche Gartenvergnügen, den Birkenpavillon, in Brand steckte. Je ja, in einer Bevölkerung von fünftehalbtausend Menschen, Weibsleute und Kinder mitgerechnet, wo doch jeder den anderen ziemlich genau kennt und auch alles in allem ganz einträchtiglich mit ihm auskommt, sind so drei Spitzbuben wie die Geschwister Lunkenbein ein wahrer Segen, wenn es sich ums Revolutionsmachen handelt und jeder sich schämt, wenn alle andern sagen: ›So war's bei uns in der großen Zeit!‹, und bei ihm zu Hause gar nichts los gewesen ist. – So wahr ich hier vor Ihnen sitze und bei Leipzig, bei Laon, bei Paris und bei Ligny mitgewesen bin, ohne die Geschwister Lunkenbein hätte Wanza sich zu Tode schämen müssen; aber die zwei Hauptkerle mit der Spitzbübin, ihrer Schwester, hatte uns Gott zu unserm Troste in die Behaglichkeit gesetzt, und ihnen zu Ehren schafften wir auf dem Rathaus zwei neue Trommeln an, und aus Furcht vor ihnen richteten wir eine Bürgergarde ein; und weil es uns an Flinten ermangelte, kriegte jeder ausgewachsene Bürger und Bürgerssohn 'nen Spieß, neun Fuß im Lichten, und kam mehr als eine Nacht erst am Morgen zu Bette von wegen der zwei Trommeln, die doch auch mal zum Alarmschlagen benutzt sein wollten. Was aber das Tollste war: um der Geschwister Lunkenbein wegen ist der selige Herr Onkel, der Herr Rittmeister Grünhage vom hochseligen Zweiten Westfälischen Kürassierregimente, der durch das wirkliche französische Donnerwetter unter dem großmächtigen Kaiser Napoleon von Lübeck bis Belle-Alliance mitgeritten war, noch einmal in seinem Leben zu Pferde gestiegen, und zwar als Kommandant von unserer Wanzaer Spieß- und Bürgergarde, und dabei umgekommen, ohne dass einer was dafür konnte; denn die Frau Rittmeistern, Ihre liebe Frau Tante, Herr Grünhage, hätte sich doch gewiss und wahrhaftig mit ihrem Lachen bezähmt, wenn sie vorausgewusst hätte, was sie damit anrichtete!«

»Sie hat ihn, den Onkel Grünhage, also zu Tode gelacht?«, rief der Student, beide Hände flach vor sich auf den Tisch legend.

»Das Feuer vom overhausschen Pavillon habe ich in Wanza ausgetutet«, fuhr der Alte ausweichend in seiner wunderbaren Historie fort, »und ich hätte es mir gewiss lieber erst in der Nähe besehen sollen, ehe ich von Amts wegen solchen Lärm drum machte. Unsere Trommeln und unsere Spießgarde habe also ich item ausm Bett und auf die Straße gebracht und den Herrn Rittmeister mit dem Kürassiersäbel überm Schlafrock auf dem Posthalter seinen damaligen Schimmel. Ich sehe ihn noch wie heute, wie er bei Laternen und Fackeln unter Fräulein Theklas Fenster hielt und sie, auch im Schlafrock und der Nachtmütze, herausguckte und ihm eine Kusshand zuwarf und sich bei ihm für seine Hilfe in der Not bedankte. Es genügten aber zwei Mann, um die brennenden Pfosten von dem Birkenhaus hinten im Garten auseinanderzuziehen; und notwendig war's grade auch nicht, dass wir dann mit ganzer Heerschar vors Teichtor zogen und die Geschwister Lunkenbein in ihrer Kabache belagerten. Das lag natürlich bis über die Ohren im Stroh und tat, als ob es die ganze Affäre ganz unschuldig verschlafen habe! Mit der Jungfer Lunkenbein war's freilich eine andere Sache, und meine persönliche Meinung ist, wenn ein Mensch das Genauere über den Mordbrand angeben konnte, so war's das armselige, unsinnige Geschöpfe Gottes. Nun, da sie gradeso log wie die anderen, so kam denn, wie gesagt, gar nichts heraus, und die Sonne ging richtig noch mal ganz nett über Wanza auf und beschien Gerechte und Ungerechte. Mit dem frühesten meldete ich mich dann nach gewohnter Weise auch wieder bei meinem Fräulein und hatte sie lange nicht so spaßhaft und bei so gutem Humor gesehen. Die Übrigen im Hause waren natürlich alle in hellster Wut; aber mein Fräulein saß in seinem Hinterstübchen und lachte und sagte. ›Wie wir unsern Erdmann kennen, Marten, so hätte der ganz gewiss sein Vergnügen an der jetzigen neuen Lebendigkeit in der Welt und nähme auch schon einen Wanzaer Ziegelstein ins Fenster seiner lieben Verwandtschaft mit in den Kauf!‹ Und damit schließt sie unseres Herrn Erdmanns Brieftafel, die sie auf dem Tische vor sich gehabt hatte, in die Kommode und nimmt ein Tuch um und sagt: ›Nun komm, 's ist ein Morgen, als ob unser Herrgott Geburtstag hätte, und deine Frau Rittmeistern hat die große Wäsche; aber den Herrn Rittmeister, den sollte man für ewige Zeiten auf seinem Roß als Bildsäule auf den Wanzaer Marktplatz stellen. Nur schade, dass man über den Mann nicht lachen kann, nachdem man aufgehört hat, sich über ihn zu ärgern!‹ – Da gehen wir denn durch den Garten, wo alles von unserer Bürgergarde zertrampelt ist und das Sommervergnügen immer noch leise dampft, und spazieren hinter den grünen Hecken weg um die Stadt bis zu Ihrem Grünhageschen Garten, Herr Studiosius; und als wir nun allda über den Zaun gucken, da haben wir wiederum ein Schauspiel und einen Aschenhaufen, der auch nur noch leise dampft, nämlich Ihren Herrn Onkel mit der Wäscheleine unterm Arm, als ob von Ewigkeit an nichts als Friede auf Erden gewesen sei und von dem Kaiser Napoleon, dem König Hieronymus, dem Marschall Blücher und den Geschwistern Lunkenbein nun und nimmer die Rede. Damals hätten Sie Ihre Frau Tante auf dem Gartenstuhl stehen sehen sollen; Herr Studente, in ihren geschürzten Röcken und weißen Strümpfen; denn mit dreißig Jahren gehörte sie immer noch zu den Hübschesten in der Stadt. Mein Fräulein aber sah nur den Herrn Rittmeister und schüttelte den Kopf und meinte: ›Da möchte ich doch jetzo in dein Horn stoßen, Marten – tut, tuuuut – tut!‹ – über die Hecke aber ruft sie doch nur: ›Guten Morgen, Herr Kommandant, und nochmals schönsten Dank für die gute Hilfe heute Nacht; da hat man ja wirklich mal wieder gesehen, was ein Mann und Kriegsmann in der rechten Stunde wert ist!‹ – Die Frau Tante sagt auch: ›I Guten Morgen, Thekla!‹ Aber der Herr Rittmeister tut leise einen französischen Fluch, stellt seine lange Pfeife an eine Gartenbank, wirft mir die Zeugleinenrolle vor den Bauch und spaziert, ohne noch weiter ein Wort zu sagen, weg unter der weißen Wäsche, geht weg aus dem Garten und kommt nicht wieder. Warten Sie nur, Herr Nevöh, haben Sie nur Geduld; ich kann nur erzählen, wie es sich zugetragen hat und wie man überhaupt hier in Wanza jede Geschichte erzählt. – Mein Fräulein und meine Frau Rittmeistern unterhalten sich nun zuerst ganz freundschaftlich über den schönen Morgen und die Vorkommnisse in der Nacht und die Geschwister Lunkenbein, aber leider immer mit der Aussicht auf den Herrn Onkel, und da bleibt denn natürlich wie gewöhnlich die Meinungsverschiedenheit nicht aus. Ich aber helfe als Faktotus wie gewöhnlich rund herum, obgleich weibliche Bedienung von der Frau Tante jetzt längst nach aller Notdurft durchgesetzt war – kann also nicht auf jedwedes Wort achten und sehe zuletzt nur, dass sie wieder mal voneinander Abschied nehmen in der Art, wie Sie, Herr Nevöh, es ja selber erst vor zwei Stunden erlebt haben. Und die Stunden fließen so hin, eine nach der andern. Der Kirchturm, der uns in den Garten und Hof hineinsieht, zählt sie uns zu; aber am Tage habe ich mich ja gottlob nicht drum zu scheren, und so tue ich's auch nicht. Wanza liegt rundum, als ob es von dem nächtlichen Tumult gründlich ausschlafe; aber die Frau Rittmeistern, noch dazu mit der Erzürnung über Fräulein Thekla in den Gliedern, hat es desto eiliger, und erst, als es zu Tische gehen soll, fragt sie: ›Ist denn mein Alter noch nicht wieder da aus dem Bären?‹ – Und ziemlich ärgerlich sagt sie eine halbe Stunde später: ›Wenn es Fräulein Thekla erlaubt, so tut mir den Gefallen und seht mal nach im Bären, Marten Marten!‹ – ›Zu Befehl, Frau Rittmeistern‹, sage ich und gehe hin und gehe durch Wanza – den Weg kennen Sie ja schon, Herr Studiosius – grade als es eins schlägt, und es ist mir, als habe mir die liebe Mittagssonne noch niemalen so heiß auf den Schädel gebrannt. Punkto zwölf aß man damals in jedem ordentlichen Hause in Wanza, wenn man was hatte, und der selige Herr Onkel war wirklich der Einzige, der zuweilen sehr häufig die Stunde überhörte. Aus dem Essen nämlich machte er sich schon seit Jahren nicht viel, denn sein Magen war die letzte Zeit durch recht schwach, was ich aber nicht weiter untersuchen will, sondern gehe lieber weiter auf meinem Wege nach dem Bären. Und weiß der Teufel: Kommt es, weil es durch das Ausbleiben des Herrn Onkels auch bei mir noch vor Tische ist, – auch mir wird auf einmal ganz sonderbar durch den ganzen Leib. Kein Mensch in der Straße, nur ein oder zwei Hunde, die im Schatten liegen und nach Fliegen schnappen, und mit einem Male tut mir an diesem hellen, heißen Augusttage Ihr seliger Herr Onkel so von Herzen leid, wie es doch gar nicht nötig ist. Mit Respekt zu sagen, junger Herr, er kommt mir wie ein armer Narr oder genarrter Mensche vor, der Herr Rittmeister, und wie ich so gehe, denke ich: es ist richtig, ganz wundersam muss es ihm zumute sein, wenn er hier in Wanza so wie gestern Nacht auf einmal durch Trommelschlag und Feuergeschrei aufgeweckt wird, aus dem Bette springt und seinen Reitersäbel umschnallt und noch halb im Schlafe meint, ganz Deutschland, Spanien und Russland rücke auf ihn los. Und damit bin ich denn auch so in meinem eigenen jungen Leben und überlege mir, wie es anfing und weiterlief, und plötzlich wird es auch mir ganz flau, und ich glaube, hätte mir da einer mein Nachtwächterhorn in die Hand gegeben und gesagt: ›Marten, blas!‹, so wäre ich vor meinem eigenen Schall wie vor einem Gespenst in der helllichten Mittagssonne in die Knie geschossen! – Im Bären wussten sie nichts von dem Herrn Rittmeister. Alle sonstigen gewohnten Stammgäste waren von halb elf bis halb zwölf da gewesen und hatten heftig diskurriert, und ein junger Herr hatte auch die Marselljäse gesungen, grade als ob ich am hellen Mittage in mein Horn getutet hätte; aber dem Herrn Onkel seinen Stuhl hatte ein anderer warm gesessen. Na, da stehe ich denn hernach ziemlich ohne Rat vor der Tür; denn ohne den Herrn Onkel wäre ich grade heute der Frau Tante nicht gerne zur Suppe zurückgekommen. Was hilft's aber? Also ich geh wieder die Straße hinunter auf das Teichtor zu, und der Kellner vom Bären gähnt hinter mir her, als wenn er ganz Wanza, und die ganze damalige Welthistorie dazu, überschlucken will; ich aber denke: Sollte er in seinem Ingrimm bei der Temperatur gar nach dem Spatzenkruge hinausgewallfahrtet sein, der Herr Onkel nämlich?! Na, denn aber! ... An meinen eigenen kühlen Unterschlupf im Teichtorturm und den von dem Herrn Rittmeister daselbst eingelegten Vorrat von Trost im irdischen Drangsal denke ich in meiner Dummheit mit keinem Gedanken, als – sieh, sieh, mir mit einem Male wieder mal die richtige Stunde angesagt wird – durch die Jungfer Lunkenbein nämlich. Die humpelt mir entgegen und will mit ihrem boshaften Katzenblick wie eine Katze mit bösem Gewissen an mir vorbei, so dicht als möglich an der Hauswand hin. Und ihre Schürze trägt sie dabei aufgerafft und zusammengegriffen, als trüge sie Krösussen seine Schatzkammer drin; und ich weiß eigentlich selber nicht, wie es zugeht, dass ich dem armen Tier ganz höflich die Tageszeit wünsche, noch dazu nach dem Zunder-, Stahl- und Feuerstein-Verdachte von der letzten Nacht. ›Na, Jungfer, ausgeschlafen mit gutem Gewissen?‹, frage ich. ›Wohin geht denn der Weg? Und was trägt Sie denn da so verborgen, als ob Sie es bei der heutigen Hitze vorm Anbrennen bewahren müsste?‹ – Und weil die trübselige Kreatur und ich augenblicklich doch die einzigen lebendigen Wesen rundum sind, binde ich an die Höflichkeit auch noch die Frage und frage sie, ob ihr nicht der Herr Rittmeister Grünhage begegnet ist! ... Herr Studente, was mir entgegengezetert wird, ist das alte Lied, was immer von vorn angeht, solang noch einer lebt aus denen, die mit mir in die Welt kamen. ›Pferdedieb! Schinderknecht! Haltet den

Dieb!‹, kreischet giftig das unsinnige Geschöpfe und gibt sich zugleich mit seinem Klumpfuß ins Laufen, und die Schürze gibt nach, und – sackerment, da läuft mir auch ein Taler vor die Füße und noch einer und noch einer. Und ein Sortimente klein Geld rollt auch aufs Pflaster, und ich – nunmehr wie von Amts wegen – greife natürlich ganz feste zu. Mit der einen Hand das alte Mädchen an der Schulter, mit der andern in die Kattunschürze. Und was fasst meine Seele? Ein Bund Schlüssel, einen Korkenzieher und eine Uhr mit einer Kette und einem Haufen Bammelotten, die ich so genau kenne wie die gelbe Lederhose, vor der sie seit den zehner Jahren hier in Wanza gebaumelt haben! ... ›Menschenkind, wie kommst du dazu?‹ rufe ich. ›Das sind ja meinem Herrn Rittmeister seine leiblichen Eigentümer! Um Gott und Jesu, wo liegt er am Wege, dass du ihm die Taschen hast ausräumen können?‹ Da lacht die Kreatur, als ob alle Schlauheit der Welt aus ihren Augen wie aus einem Tollhause herauslachte: ›Ehrlich Gut, ehrlich Gut, Marten Marten! Kein gestohlner Gaul von Rasehorns Anger! Unterm Teichtor da ist es mir von Seinem Westfälinger geschenket als einer guten Kameradin, Marten Marten; und wenn Er wissen will, wo er sitzt, Marten, – wo Er selber gesessen hat, Er Schinder, Er Dieb, Er Pferdedieb. Und jetzo lasse Er mich frei, oder ich kratze Ihm die Augen aus dem Gesichte, dass Er sie bis zum Jüngsten Tage mit Seiner dummen Laterne suchen soll, anstatt dass Er damit jetzt allnächtlich mich und meine Gebrüder ins Unglück bringen will!‹ – Sehen Sie, Herr Studiosius, da blieb mir denn freilich fürs erste nichts übrig, als dass ich die Unholdin freiließ auf ihr Wort und hinging und nachsah, ob sie die Wahrheit gesagt habe, denn möglich war das, wie ich es auf manchem Schlachtfelde und auch im Lazarett in Erfahrung gebracht habe, wie Leute allerlei wegschenken können, wenn sie nur in der richtigen Stimmung dazu sind und für sich selber glauben keinen Gebrauch mehr von der Welt und ihren Besitztümern machen zu können. Glauben Sie ja nicht, Herr Nevöh, dass einem dazu das Messer schon in die Kehle gefahren sein muss; manchmal genügt es schon, dass man es nur die gehörige Zeit in der Einbildung hat von Weitem blinken sehen. So war doch Ihre liebe Frau Tante nie, dass ich sie mit einem Messer vergleichen möchte, das sich der Herr Onkel, als er aus seinen Kriegen kam, selber an den Hals gesetzet habe! Nachher ist die Jungfer Lunkenbein vor Gericht noch mal genauer inquirieret, und es hat sich, obgleich sonst kein Mensch freilich dabei gewesen ist, richtig erwiesen, dass es so gewesen ist, wie sie mir zugeschrillt hat. Unter dem Teichtor ist er wie einer, der schon halbwegs in einer andern Welt spaziert, auf sie losgekommen und hat was gesagt, wovon sie nichts weiter verstanden hat, als dass er arg geschimpft und sie seinen Kameraden genannt hat. Und sie hat wiedergeschimpft und gesagt: Er sollte doch nicht auch arme Leute hohnnecken, er, den die ganze Welt doch auch nur zum Narren hielte. Und da hat er sie ganz stier angesehen und sich an die Wand gelehnt, als ob ihm schwindelig werde; aber noch einmal ist er doch wieder zur Besinnung gekommen, wenn Sie dies so nennen wollen, Herr Studente, dass einer mit dicker Stimme sagt: ›Halt die Schürze auf, Mädchen! Dich hätt' ich freien sollen und mit dir und deinem Lumpengesindel haushalten hier in Wanza, um dem verfluchten Nest das faule Pläsier an sich zu ruinieren. Da hast du zum wenigsten deinen Teil an des Satans Aussteuer, und die Uhr braucht der Rittmeister Grünhage auch nicht mehr, um zu wissen, was die Zeit ist. Sie stammt aus dem Kosakenkriege und kommt ganz richtig an die Jungfer Lunkenbein!‹... Ach, Herr Studiosius Grünhage, dann hat er ganz weinerlich ›Fiekchen! Fiekchen!‹, gerufen; aber die Jungfer Lunkenbein hat natürlich gesagt: ›Da sollen Sie ja auch tausendmal bedankt sein, Herr Rittmeister, und Vivat in alle Ewigkeit Ihr lieber Herr Kaiser, der Kaiser Napoleon!‹ – Ja, lieber junger Herr, dies wurde, wie gesagt, vor Gerichte von ihr zu Protokoll gegeben; aber was blieb mir übrig, als ich sie zuerst traf mit ihrer Schürze voll Ausbeute vom seligen Herrn Onkel? Nichts, als dass ich selber lief, was das Zeug halten wollte, und die Treppe in meinem Turm mehr herauffiel als -lief! Ich war damals erst im vorigen Jahre in diese meine mir von Stadt wegen angewiesene Behausung eingezogen; und dies war nun seit meiner Prisonzeit das Erste von Merkwürdigkeit, was ich darin erleben sollte. Tauben hielt ich damals noch nicht, und die lieben nutzbaren Tierchen flogen mir nicht ums Dach. Die Sonne dagegen liegt grausam heiß auf dem alten Steinklumpen, aber drinnen ist's kühl und kalt wie im Grabe. Und wie ich die Tür da aufmache, da sitzt er richtig an diesem Tische und auf dem Stuhle, wo Sie da sitzen, Herr Nevöh, und ruht aus von seinen Feldzügen durch ganz Europa und von allen seinen Pläsieren und Molesten in Wanza an der Wipper. Ganz friedlich und still sitzt er da, als ob er nicht *einmal* in seinem Dasein mit Säbel und Pistol dem Teufel Bonschur gesagt hätte. Wie 'n Kind sitzt er da, bloß ein bisschen blau im Gesicht und ein bisschen weniger rot um die Nase, aber sonst viel, viel freundlicher und, mit Erlaubnis zu sagen, lieblicher als wie zum Exempel auf seinem Bildnis über der Frau Tante ihrem Sofa, allwo er noch jedermann anguckt, dass man sich erst ganz allgemach dran gewöhnt, ihn zu betrachten. – Na, dass aber mein Schrecken dessen ungeachtet nicht klein war, das können Sie sich wohl vorstellen, bester junger Herr. Aber was half es? Der Nachtwächter von Wanza weckte ihn nicht mehr auf, und wenn er ihm sein Horn dicht an das Ohr gehalten hätte. Alle Trommeln und Trompeten des Kaisers Napoleon weckten ihn nicht mehr auf; und mir blieb dann nichts weiter übrig, als wenigstens für die anderen Lärm zu machen, unnötigerweise mithilfe der Nachbarschaft einen Doktor herbeizuschreien und die Frau Tante mit Vorsicht von ihrer Wäsche abzurufen –«

»Und was hat meine Frau Tante dazu gemeint?«, rief der Neffe, der mit beiden Fäusten im Haupthaar und mit beiden Ellenbogen auf dem Tische in atemloser Spannung der Erzählung des Alten zugehört hatte, jetzt einmal wieder, nach Luft schnappend, dazwischen. Der Meister Marten klopfte ruhig die Asche aus seiner Pfeife, füllte die letztere bedächtig von Neuem aus seiner Tabaksblase und erwiderte:

»Je ja, was sollte sie sagen? Gedenken Sie nur daran, dass wir sie auf meiner Hellebarde in Wanza und in ihren Ehestand 'reingetragen hatten. Und bei was für einem schlimmen Wetter – nicht bloß in der Nacht da, sondern überhaupt in jenen Zeiten, wo wir jung waren. Wir konnten alle unsern Puff vertragen, daran hatte uns das Schicksal wohl gewöhnt. Je ja, ich muss mich wirklich erst darauf besinnen, was sie gesagt hat, Ihre Frau Tante, Herr Grünhage! Ja, eigentlich weiter nichts als: ›Wie ist denn das gekommen, Marten?‹ Eine lange Rede hat sie nicht gehalten und noch weniger vor der Menschheit irgendeine Träne vergossen; nur in dem Herrn Erdmann Dorsten seinem Giebelstübchen hat sie sich die nächsten Tage durch wieder häufiger eingeschlossen, und was sie da mit sich und dem seligen Herrn Rittmeister ausgemacht hat, das hat sie Wanza weiter nicht mitgeteilt, sondern ruhig es daraufhin raten und reden lassen, wie es ihm gefällig war. Aber als die Frau Rittmeistern, wie wir sie hier im Orte heute kennen und Sie, Herr Nevöh, sie nunmehr auch bereits kennengelernt haben, ist sie aus der Giebelstube herausgekommen und sozusagen auf dem gemeinen Wesen zu Pferde gestiegen. Manch einer will zwar behaupten, dass sie manchmal ein bisschen zu hoch drauf sitzt; aber, du lieber Gott, fragen Sie nur den anjetzt regierenden Herrn Burgemeister, Ihren lieben Herrn Freund, mit wem er in kommunalen Angelegenheiten am liebsten zu tun hat, ob mit dem löblichen Magistrat und Stadtverordneten oder mit Ihrer Frau Tante.«

»Bei den ewigen Göttern, was soll mir das?«, rief der Student. »Ich bin mit Ihnen immer noch da, wo mein Onkel – mein verstorbener Herr Onkel hier sitzt, wo ich sitze. Was sagte denn Fräulein Thekla – Fräulein Overhaus dazu?«

Des Alten Augen fingen über seinem Gläschen und des Rittmeisters letzter Flasche echten, alten Steinhägers auf einmal an, ganz wundersam zu leuchten und zu zwinkern.

»Herr!«, rief er, »die tat, was die Tante nicht selber besorgte, sondern durch den Herrn Oberpastor auf Sankt Cyprians Kirchhofe vornehmen ließ an dem Herrn Onkel; sie hielt ihm eine Rede noch hier im Teichtorturm, ehe sie ihn in der Abenddämmerung still wegbrachten; und es ist mir dabei gewesen, als hörte ich meinen seligen Herrn Kandidaten auf mich einreden, als ich anno neun in diesem selbigen Turm in meinem jetzigen Taubenschlag wegen meiner Missetaten einspundiert lag. Ja, wenn da einer die Worte noch wüsste oder damals zu Papiere gebracht hätte!«

»Besinnen Sie sich nur, Marten Marten.«

Der Nachtwächter von Wanza lächelte immer seliger durch sein Spitzgläschen und wiegte das graue Haupt dazu hin und wider wie einer, dem es nun bald so wohl und vergnügt zumute ist, wie es nur je solch ein stillbehaglich Plauderstündchen am Herbstabend mit sich bringen kann. Und als der Student den Steinkrug aus Steinhagen ergriff, um ihn ein wenig zur Seite zu rücken, der Aussicht auf den fröhlichen Greis wegen, deuchte ihm das Gewicht des Gemäßes um ein merkliches leichter denn zuvor.

»Je ja, was meinte mein Fräulein?«, sprach der Meister Marten. »Dass wir allesamt arme Sünder seien, sowohl hier in Wanza wie überhaupt auf Erden, und dass der Herr Rittmeister doch zum wenigsten *eine* gute Seite gehabt habe, nämlich, dass er sich niemalen besser gemacht habe, als er von Natur gewesen sei, und dass sie – nämlich mein Fräulein – für ihr Teil immerdar ganz gut mit ihm ausgekommen sei, nachdem sie ihn im Laufe der Zeit ganz genau kennengelernt habe. – Na, Herr Studiosius, ob Ihre liebe Frau Tante, die Frau Rittmeistern, dies nun für einen Stich nahm, will ich dahingestellt sein lassen. – ›Freilich war er für mich zu gut, Thekla‹, sagte sie, ›aber erst am Abend nach dem Begräbnis; – schade, dass er nicht dich an meiner statt sich aus Halle geholt hat, beste Thekla! Aber, mein Herz, so laut und deutlich vor allen Leuten im Teichtorturm in Marten Martens Stube brauchtest du mir eigentlich doch nicht mein ehelich Glück unter die Nase zu reiben!‹ – Na, Herr Studente, Nevöh und Studiosius Grünhage, was meinen Sie, wenn wir nunmehr hiermit dies Kapitel zuschlagen? Viel Moralität und gute Lehre, Exempel und Beispiel steckt eigentlich doch nicht drin und lässt sich daraus abziehen. Die beste und nützlichste Weisheit Salomonis habe, bei Lichte genau besehen, vielleicht ich selber mir draus abgefüllt –«

»Und was ist die, Meister Marten?«, rief der Student, zappelnd vor Spannung.

»Nämlich, dass ich als Junggeselle gelebt habe und auch ganz sicher als ein solcher aus dieser auch hier in Wanza doch meistens auf die Verheiratung gestellten Welt abscheiden werde. Ich hätte wohl mehr als einmal Gelegenheit dazu gehabt, denn mein festes Brot und gute Versorgung hatte ich hier ja im Gemeinwesen nach meiner Art so ausreichend wie der selige Herr Onkel und ein und zwei Male auch unbändige Lust dazu, einmal mit 'ner Jungfer und das andere Mal mit 'ner Witwe mit 'nem recht hübschen schuldenfreien Anwesen. Aber, aber – dann war ich zuerst doch immer ein zu guter Freund von meinem lieben Fräulein Thekla und von Ihrer hochverehrten Frau Tante gewesen, um mich nicht immer wieder von Neuem zu besinnen, ehe und bevor ich zugriff und die Sache richtigmachte. Und vom August anno dreißig an hat mir immerdar die Jungfer Lunkenbein mit ihrer zusammengerafften Schürze vorgespukt; und als es mit der Witwe Knöffler und mir nur an einem seidenen Faden hing und damals sogar mein Fräulein und die Frau Rittmeistern zurieten, ist, so wahr ich ein ehrlicher Kerl bin und hier vor Ihnen sitze, der Herr Rittmeister mir erschienen, als ich mit dem Morgen grade vom Dienste kam und eben mein Horn an den Nagel hing. Da, wo Sie sitzen, hat er wiederum gesessen, aber in seiner Kürassieruniform wie auf dem Bildnis über der Frau Rittmeistern Sofa, aber längst nicht mit dem Gesichte wie auf der Schilderei und auch wie ganz eingefallen in seinem Harnisch, und hat mit der Hand – wer kommt denn da jetzt noch die Treppe herauf?!«...

Neunzehntes Kapitel

Ob der Neffe der Frau Rittmeisterin Grünhage jetzt gleichfalls den Schemen seines Onkels oder der Jungfer Lunkenbein in der Türöffnung zu erblicken erwartete, mag zweifelhaft bleiben. Jedenfalls hatte er sich aus des verstorbenen Oheims Lehnstuhl halb erhoben und sank mit einem erleichternden Seufzer erst dann auf den Sitz zurück, als in der mittelalterlichen Pforte des Gemaches eine wohlbekannte Stimme durch das Gewölk mit einschlürfender Nase sprach:

»Ei, ei, welch ein Gedüfte allhier! Da sitzen richtig die beiden Geistbeschwörer, und rundum spukt es wahrlich in mehrfach aromatischer Weise. Wonach riecht es denn aber eigentlich?« Es war der regierende

Bürgermeister von Wanza, der durch die Dunkelheit seinen Weg zum Teichtor und im Teichtorturme hinauf gefunden hatte und vor, welchem sich sein städtischer Unterbeamter wahrscheinlich aus Respekt ein wenig unsicher auf die Füße stellte und mit zwei militärisch grüßenden Fingern an der Schläfe wie im Dienste beruhigend meldete:

»Nur ein bisschen nach dem Herrn Rittmeister Grünhage, Seligen, Herr Burgemeister! Nach seinem Wacholder nämlich, Herr Burgemeister. Es war der letzte Krug von seinem Nachlass, und wieso konnte ich denselbigen schicklicher herauf aus dem Keller holen als anjetzo zum Vergnügen und der Ehre von seinem Herrn Nevöh? Sie kommen aber grade noch recht zum Ende von der Geschichte, Herr Burgemeister.«

»Hm, hm«, sagte Freund Dorsten, trat näher an den Tisch, warf einen ziemlich verständnisvollen Blick über ihn hin und sodann auf den Freund aus der Lüneburger Heide und meinte:

»Nun, dass du mehr als einen Geist heute Abend gesehen hast, das sieht man dir wohl an, mein Sohn. Jedenfalls hast du hier beim Meister Marten in deines seligen Onkels Lehnstuhl recht gemütlich gesessen. 's ist die Möglichkeit, wozu die Jugend, sobald man sie nur einen Moment aus dem überwachenden Auge lässt, einem sofort hier an der Wipper verführt wird unter dem Vorwande, der Familiengeschichte bis in die rührendsten Einzelheiten nachzugehen! Ja, wohl ist das so behaglicher, als es sich auf dem Rathause von mir in den Akten nachschlagen zu lassen. Mathilde hatte ganz recht, dass sie mich vorhin noch einmal vor dieser Familie warnte, als sie sich erkundigte, ob du außer der Tante Grünhage auch sonst noch weibliche Verwandte in der Welt besäßest, und ich ihr erwidern musste: Ein halb Dutzend allerliebste Schwestern.«

»Sprich Vernunft, Dorsten, ich bitte dich!«, rief der Bruder unserer Alten lachend; doch Dorsten, ohne sich irremachen zu lassen, stöhnte:

»O Calvisius! Die habe ich heute Nachmittag auf dem Rathause grade lange genug vergeblich geredet, und davon – sogleich. Fürs erste, Marten, lassen Sie sich durch Ihre Stellung zu mir nicht abhalten, mir einen Stuhl und gleichfalls einen Tropfen aus dieser unheimlich-verführerischen Flasche anzubieten. Es war in Ihrer Angelegenheit, dass ich mir in der Magistratssitzung den Hals – gegen die Kultur der zweiten Hälfte des neunzehnten Jahrhunderts wund gesprochen habe. ›Laboremus! – sonst weiter gar kein Grund zur Fidelität!‹ sagte der Kaiser Septimius Severus, als er in der Stadt York zum letzten Mal zu Bette ging. Dieses Glas den Manen deines Onkels und deiner gottlob noch ganz lebendigen Tante! Wahrlich, ein Tropfen, der der alten Kriegsgurgel, dem braven bonapartistischen Landsknecht Onkel Dietrich, alle Ehre macht, aber an dem Resultate der heutigen Sitzung nicht das Mindeste ändert. Möge die Frau Rittmeisterin Sie und mich an den Gefühlen von Wanza rächen; wir mit den Unsrigen sind abgeblitzt an dem Verstande des verruchten Philisternestes; es ist nichts mit dem Horn von Wanza, Marten Marten!«...

»Wieso?«, fragte der Student, wie nach einem entglittenen Faden in seiner Erinnerung tastend; doch der Nachtwächter von Wanza schüttelte nur lächelnd und gleichmütig das graue Haupt und meinte:

»Dieses brauchten Sie mir eigentlich gar nicht mitzuteilen, Herr Burgemeister. Ich wusste es schon im Voraus!«

»Wieso?«, fragte der Philologe zum zweiten Mal.

»Je ja, Herr Studiosius, Sie haben es wohl natürlich schon vergessen, dass heute Nachmittag Magistratssitzung gewesen ist und dass der Herr Burgemeister so gütig sein wollte, sich zu meinem Jubiläum meiner anzunehmen und die Herrn zu bitten, mir mein altes Horn für den Rest meiner Lebens- und Dienstzeit wieder zu gestatten.«

»Je ja!«, rief der Student, ohne es zu wissen ganz und gar in die Stimmung, den Ton und Ausdruck des Alten mit seiner Interjektion fallend.

»Eine nette Sitzung war's, in der ich mich Ihnen zuliebe, Marten, und Ihres abgeschmackten Hornes wegen wieder mal zum Narren habe machen lassen!«, berichtete der Bürgermeister mit sozusagen behaglichem Verdruss. »Eine Sitzung, in der wir uns wie noch nie auf der Höhe der Zeit befanden. Hier sitze ich denn, geknickt durch den Bürgervorsteher Tresewitz, – der Senior der Caninefaten hingeredet durch einen schnöden Wanzaer Lichtzieher und Seifensieder! Es ist zu großartig! ... Geben Sie mir noch ein Glas von des alten seligen Stadtonkels konzentriertem Waldduft, Marten! Weder auf Universitäten noch hier im Amte in Wanza habe ich je eine Herzstärkung so nötig gebraucht wie in diesem Moment. Fünfundzwanzig Taler Gratifikation für Ihre fünfzigjährigen Dienste sind Ihnen verwilligt, Marten; aber was Ihr Horn anbetrifft, so – will ich den Seifensieder Tresewitz seine Gründe gegen die Wiedererweckung desselben selber vortragen lassen. Ich habe Gefühle geredet, er aber Verstand. O Calvisius, Calvisius, hätte ich mir doch auch einen Sklaven für meine Gefühle halten können, als ich heiser wie ein mit vernünftigen Gründen übernudelter Gänserich zum Si vobis videtur, discedite, Quirites! Kam, zur Abstimmung schritt und das Fazit der Beratung zog.«

»Wenn Sie so gütig sein wollen, Herr Burgemeister; für den Meister Tresewitz und seine Ansichten habe ich immerdar ein Ohr übrig.«

»Und ein jegliches in der Versammlung der patres conscripti von Wanza, Grünhage, wurde um ein Bedeutendes länger, als er sich zum Worte meldete, es leider erhalten musste und sich erhub, – das kann ich euch versichern.«

Der Bürgermeister von Wanza erhob sich gleichfalls von seinem Holzschemel im Teichtorturm, suchte nach Möglichkeit wie ein Wanzaer Lichtzieher auszusehen und redete mit dem Seifenfabrikanten Tresewitz, wenn nicht in der Brundelweis, dem Blutton, der spitzigen Pfeilweis, der verschlossenen Helmweis, so doch unbedingt in der Blasii Luftweis noch einmal gegen das *Horn von Wanza*.

»Herr Burgemeister und meine Herren. Sie kennen mich, und ich kenne Ihnen. Unsern städtischen Nachtwächter Marten kennen wir auch allesamt, und was er uns wert gewesen ist durch diese letzten fünfzig Jahre, hat der Herr Burgemeister uns soeben recht gut und zu seinem Lobe auseinandergesetzt. Dass ich auch heute mit der Majorität gehe, glaube ich wohl schon; aber, meine Herren, ich meine doch auch: Erst noch mal sich's ein bisschen überlegen und überdenken, ehe man sich möglicherweise vor seiner Zeit und Mitwelt gottsträflich blamiert und ganz Wanza nachher womöglich vor ganz Deutschland zum Gespött und Amüsemang wird, was auch schon da gewesen ist. Denn wieso? Alabonnör mit der Pietät; aber weit kommt man denn doch grade nicht damit und zumal in städtischen Angelegenheiten, wo man immer am besten in der Geschichtsschreibung oder der Zeitung damit wegkommt, wenn man eben abgetan sein lässt, was abgetan ist. – Dass Marten Marten fünfzig Jahre lang nächtlicherweile seine Schuldigkeit getan hat, will ich gerne anerkennen, wenn ich auch persönlich von den ersten, nämlich Jahren, noch nichts aus eigener Erfahrung sagen kann. Aber, meine Herren, dass wir andern uns deshalb vor dem Universum, und reichte dasselbige auch nur bis Sondershausen, blamieren sollen, kann er und der Herr Burgemeister doch eigentlich nicht von uns verlangen. Denn wieso? Stimmt das Horn noch mit der heutigen Jahreszahl und gegenwärtigen Kultur, so verpflichte ich mich hierdurch und aus Achtung vor unserm Herrn Burgemeister, Marten zu seinem Jubiläum ein silbern Mundstück aus meiner Tasche draufsetzen zu lassen. Stimmt es aber nicht, so, glaube ich, haben wir schon damals unser Allermöglichstes an ihm geleistet, als wir es hier an ebendiesem Tische Marten Marten auf sein Ersuchen zum Andenken behalten ließen und nicht, wie der Vorschlag war, es ihn an Putferkel, unsern Schweinehirten, abgeben ließen zur fernern nützlichen Verwendung als kommunales Eigentum, wogegen ich, wie Sie alle gewiss noch wissen, meine Herren, damals stimmte und solange in der Minorität war, bis ich meine Gründe mitgeteilt hatte. Nämlich ebenfalls der Blamage wegen. Wieso? Weil ich doch nicht gerne wollte, dass ein Instrumente, mit dem ich mir die lieben langen Jahre habe sagen lassen, was es an der Zeit in der Nacht war, nunmehr vor dem lieben Vieh geblasen würde und noch dazu die Schweine – denken Sie mal! – Meine Herren, doch um nun bei unserm jetzigen Thema und Antrag zu verharren, so wissen Sie allesamt, wie ich als Lichtzieher am hiesigen Orte begonnen und auch nahe an die dreißig Jahre nunmehr die Talglichter ins gemeine Wesen geliefert habe. Wie würde es Sie nun gefallen, wenn ich nunmehro, wo jetzt das Petroleum angekommen und die Lichter abgekommen sind, von Sie zu meinem Jubiläum prätendieren wollte, dass Wanza sich wieder in die alte Erleuchtung schicke und sich von mir jeden Abend das Licht anstecken lasse? Ne, ne, Ihr Wort in allen Ehren, Herr Burgemeister, und das, was Sie von der Frau Rittmeistern als einen intimen Wunsch bemerken, auch; aber damit können Sie auch bei dem besten Willen unserseits diesmal nicht durchkommen! Bedenken Sie mal, meine Herren, wenn wir Marten diesen Gefallen täten und sein abgeschafft Horn für unsere nächtliche Ruhe wieder einführten und nachher vielleicht vom *Horn von Wanza* in der Welt gesprochen würde?! Ich glaube, alle Seife, die ich in meinem Laden und Geschäft augenblicklich in Disposition habe, wüsche uns dies nicht ab! Noch liegt Wanza nicht an der Eisenbahn, aber wie bald vielleicht mit Gottes und der Regierung Hilfe? Und da sehe ich es denn heute schon wie mit meinen leiblichen Augen, wie sich auf unserer Station die reisende und intelligente Menschheit ausm Coupéfenster hängt, wenn die Schaffner uns ausgerufen haben, und sagt: ›Guck, das ist also Wanza, wo sie das Horn von Wanza wieder eingeführt haben!‹ – Malen Sie's sich aus, und dann zum Schluss meiner Rede, meine Herren! Wieso? Nämlich dafür, dass wir den alten Mann, den Marten Marten, für seine langen treuen Dienste redlich belohnen, stimme ich ebenfalls aus vollem Herzen, wenn er eigentlich auch nichts weiter als seine Pflicht und Schuldigkeit wie wir andern auch getan hat. Und wie ich die Menschheit kenne, so ist ihr eine Remuneration in Barem immer noch das liebste und wird's ihr bleiben bis an der Welt Ende, und alles Übrige sind Fisimatenten und Redensarten. Nötig hat er's ja eigentlich nicht, denn sein gut Gehalt von wegen seiner Verdienste um die Stadt und, wie man sagt, auch ums deutsche Vaterland vor Olims Zeiten als Freiheitskämpfer hat er, und die freie Wohnung im Teichtor hat ihm die Familie Overhaus, als sie noch allhier am Ruder war in Wanza, auch verschafft. Und wie er zu der Frau Rittmeistern Grünhage, einer so vermöglichen Frau, mit seinen Extrabedürfnissen steht, weiß ja auch jedermann. Aber des Anstandes wegen – meinetwegen, machen wir ihm 'ne Extrafreude zu seinem Jubiläum, und auch schon um dem Herrn Burgemeister zu zeigen, dass wir ihm von Magistrats wegen gern in allen verständigen Dingen zu Willen sind. Zehn Taler sind wohl zu wenig; zwanzig ihm aufgezählt, wären gewiss genug; aber – meinetwegen – sagen wir fünfundzwanzig, und – meinetwegen – auch etwas Schriftliches und Orthografisches oder Kalligrafisches dazu, was ihm dann hier auf dem Rathause in feierlicher Sitzung und mit einer Vermahnung zu fernerm Wohlverhalten überreichet werden kann. Fünfundzwanzig bar aus der Stadtkasse und ein Diplom, das ist's, was ich nobel nenne und passend; aber sein Gelüste von wegen Wiedereinsetzung seines Tuthornes nenne ich eine Dummheit, und damit soll er uns vom Leibe bleiben, Ihre und der Frau Rittmeistern gewiss achtbare und sinnvolle Gefühle in allen Ehren, Herr Burgemeister! Und nun, wenn keiner sonst noch was zu bemerken hat, trage ich auf Schluss der Verhandlung über diesen Antrag an. Denn wieso? Ich meine, dieses hochselige Horn von Wanza hat uns allmählich doch wohl lange genug um die Ohren geklungen, und ich habe meine kostbare Zeit für mein eigen Geschäft zu Hause lieber als für solches Allotrium hier auf dem Rathause!«

»Wunderbar! Höchst wunderbar!« rief der Student, aus des Onkels Ruhehafen aufspringend und sich dem durch seine mimisch-bürgerliche Leistung schier erschöpften Exsenior der Caninefaten an den Busen werfend. »Caninefatia sei's Panier! Hurra hoch! Mensch, ich kenne dich aus großartigen Stunden nächtlicher Weihe her; aber – bei den unsterblichen Göttern – sie wussten es, was sie taten, als sie dich zum Bürgermeister von Wanza machten! Dich brauchten sie hier in Wanza, dich allein! Thyrsusträger sind viele, jedoch der Berufenen wenige! Dich aber haben sie wahrhaftig unbändig glücklich für den allein dir zukommenden und passenden Stuhl in der Weltgeschichte herausgefunden. O bleibe mein Freund auf der Menschheit Höhen, weiser Seneka! Bleibe mein Bruder, Ludwig Dorsten!«

»He, nicht wahr:

Nach meinem Tod wünsch ich zum Herold mir,
Der meines Lebens Taten aufbewahre

Und meinen Leumund rette vor Verwesung,
So redlichen Chronisten als mein Griffith«,

zitierte grinsend und des Onkels Grünhage letzten Rest geistigen Nachlasses zu sich herüberziehend Dorsten. »Sonst aber erscholl ringsum unendlich Gemurmel des Beifalls; ich durfte mir nur einfach die Gesichter rund um mich betrachten, um mir alle weitern Bemerkungen als unnütz zu ersparen. Mit einer gegen alle Stimmen sind wir durchgefallen, Marten, was Ihr Horn anbetrifft; zu der Extrafreude hingegen, die Ihnen der Senat für die Nacht vom achtundzwanzigsten auf den neunundzwanzigsten dieses Monats macht, gratuliere ich herzlich. Das wenigstens haben Sie und die Frau Rittmeisterin sicher –

Datum im völligen plenissimo magistratu,
Coram sämtlichem gegenwärtigem Senatu.
Affigatur et bublicetur
Et ad Prutacollum notetur.«

»Danke ganz ergebenste Herr Burgemeister. Werde mich über dieses mit der Frau Rittmeistern noch des weitern bereden, glaube aber fest, dass sie sagt: ›Da wären Sie ja ein wahrer Esel, wenn Sie dem Herrn Bürgervorsteher Tresewitz auch diesen Triumph machten und nicht zugriffen!‹, sprach der alte Schlaumichel Marten Marten, erhob sich dabei von seinem Sitz, ging in seine Schlafkammer und kam nach einem Augenblick wieder zurück mit dem Nachtwächterhorn von Wanza in der Hand.

Sanft, zärtlich legte er es auf dem Tische vor den beiden Herren und neben der letzten Flasche des Rittmeisters Grünhage nieder und sagte:

»Wenn ich es so angucke, komme ich mir selber ganz erhaben vor! Denn – wieso?, sagt Herr Fabrikant und Seifensieder Tresewitz; – nämlich ganz feste muss die heutige hohe Kultur hier bei uns in Wanza, mit Respekt zu sagen, noch nicht auf den Beinen stehen, wenn es menschenmöglich ist, dass ich armer alter Kerl sie noch damit über den Haufen blase. Je ja, wenn das aber wirklich sich so verhält damit, wie Sie sagen, Herr Burgemeister, dass löblicher Magistrat und Bürgerschaft es befürchtet, na, dann lassen wir's um Gottes willen ja beim alten, das heißt in diesem Falle beim neuen! Ich für mein Teil wenigstens will die Verantwortlichkeit nicht auf mich nehmen; und noch dazu so kurz in meinem Falle vor Sankt Cyprians Kirchhofe und der Jüngsten-Gerichts-Trompete. Denn dafür hat auch keiner eine Garantie, dass er nicht seinerzeit da oben mal gefragt wird, was er seinerzeit hier unten zur Beförderung des Fortschrittes beigetragen hat. Und denn, sehen Sie mal, ich will meinen Gesang grade nicht loben, aber zu dem alten guten Instrumente gehörte er doch auch; und wenn einer jahrelang allnächtlich die Bürgerschaft gewarnt hat, auf die Erleuchtung zu passen und das Feuer und das Licht zu bewahren, so will er doch gewisslich nicht seinen letzten Odem dazu verwenden, es in Wanza ganz auszublasen. So wahr ich selber jetzt noch im heutigen Tage lebe, da tutete ich mich doch lieber vorher um meinen Hals! Übrigens habe ich zu Ihnen sowohl, Herr Burgemeister, wie auch der Frau Rittmeistern und auch nachher Fräulein Thekla gleich gesagt, dass es mit diesem meinem närrischen Wunsche nichts auf sich haben würde; also bestätigen Sie mir durch Meister Tresewitzens Rede nur meinen eigenen Trost, den ich mir selber gegeben habe. Aber, Herr Burgemeister, wenn es dazu noch ein zweiter Trost für mich ist, dass unser Herr Bürgervorsteher selber Angst vor dem Missbrauch der guten alten Musik haben und es nicht gerne in Putferkels Händen sehen wollen, so ist in Anbetracht unserer Sterblichkeit darauf doch kein Verlass. Also legen Sie es doch lieber mir mit in den Sarg, das Horn; denn für den öffentlichen Aufstreich vielleicht mal steht Ihnen kein Mensch und Lichtzieher Tresewitz, unser Herr Bürgervorsteher, leider Gottes sowenig als ein anderer. Kommt es mal zur Auktion über meine Hinterlassenschaften und Sie, Herr Burgemeister, oder die Frau Rittmeistern greifen nicht rasch zu, so kriegt es Putferkel doch noch in seine Tatzen und bläst es mir zum Tort durch die Kirchhofstür bis in den kühlsten Grund der Erde hinein; und wenn Herr Tresewitz sich selber für diesen Skandal zu lieb hat, so habe ich immer noch, alles in allem genommen, – Wanza zu lieb dazu. Der Herr Nevöh sind Zeuge, dass ich es Ihnen, Herr Burgemeister, hiermit feierlich im Voraus vermache und in die Hände lege, das Horn von Wanza, auf dass es in Ehren bleibe und kein Schaden damit geschehe, wenn ich nicht mehr vorhanden bin.«

Der regierende Bürgermeister von Wanza nahm das Horn, wog es einige Augenblicke zweifelnd in der Hand – setzte es an den Mund – setzte es wieder ab, ohne ihm einen Laut entlockt zu haben, und sprach mit tonloser Stimme und mit einem nicht zu beschreibenden Blicke auf den jüngern Freund:

»Na, was sagst du nun *hierzu*, Grüner? ... Auf dass es Putferkeln nicht in die Hände falle! Nicht wahr, das hätte man voreinst dem Senior der Caninefaten zu mitternächtlicher Stunde auf der Weender Straße prophezeien sollen!«

Zwanzigstes Kapitel

Am folgenden Morgen setzte die gute Tante den Neffen von Neuem dadurch in Verwunderung, dass sie das Ding höchst kühl und gleichgültig aufnahm.

»Das dumme Tuthorn hätte uns doch nur das ganze Nest mit in die Feierlichkeit hineingezogen«, sagte sie. »Nun bleiben wir jetzo ganz unter uns und begehen unsere Festivität in der Familie, du und ich. Und mit deinem Trübsals-Magistrate und Seifensiedereien bleibe mir gar vom Leibe! – Wenn der Mensch aus purer Bosheit über sich selber in solch 'ner Nacht wie die vergangene wieder einmal dazu gekommen ist, über sich selbst ein bisschen nachzudenken, so kann er bei der Gelegenheit auf gradeso einen kuriosen Einfall kommen wie Marten Marten, und vielleicht gradesogut wie er zum unsinnigsten Erstaunen von ganz Wanza an der Wipper. Jetzt kommen nur allein die, welche von Rechts wegen dazu gehören, und dich scheint der Himmel speziell dazu geschickt zu haben; – Dorsten aber wird diesmal nur im Frack eingelassen. Ich habe mich gestern Abend wieder mal viel zu sehr über mich selber geärgert, um noch für anderes Ärgernis Platz in meiner Seele zu haben. Thekla Overhaus sitzt natürlich zuoberst bei Tische, und für *die* Nacht wenigstens muss sie Quartier in deines – seligen Onkels Hause nehmen, mein Sohn. Marten Marten nimmt unbedingt die fünfundzwanzig Taler, ohne sich grade viel dafür zu bedanken bei der Stadt Wanza. Seine Stunden ruft er auch ruhig bis Mitternacht in das neue Halbjahrhundert hinein – seinen Platz bei Thekla heben wir ihm auf, bis er um zwölf Uhr abgelöst wird. Na, und – das übrige wird sich ja auch wohl dazu finden und machen lassen. Dir, mein Sohn Bernhard, rate ich nur, mir die nächsten acht Tage hindurch so viel als möglich aus dem Wege zu gehen. Fürs erste bin ich mal tot für vieles, was mir sonst ziemlich interessant war, – je ja! Wie Meister Marten Marten sagt.«

Nun war es in der Tat merkwürdig, wie »tot« die Tante Sophie die nächsten acht Tage durch für alle Interessen Wanzas war und wie lebendig in mysteriösester Weise sie sich nach den verschiedensten andern Richtungen hin erzeigte. Fast jegliche Tagesstunde fand sie einmal auf dem Wege durchs Teichtor zu Fräulein Thekla Overhaus, und von jeder dieser Visiten und Konferenzen kam sie munterer und erregter, aber auch zugleich heimtückisch- und hinterlistig-geheimnisvoller nach Hause. Was sie eigentlich vorhatte, erfuhr niemand in Wanza außer dem alten Mit-Jubelkinde, dem Meister Marten Marten. Dieser schien ganz gegen die Regel und Ordnung sofort ins Vertrauen gezogen worden zu sein, und – ganz in der Ordnung und Regel weder mit seinem Sinn noch seinem Verstand, seinem Gefühl und seiner Vernunft hinterlistig und heimtückisch hinter dem Ofen geblieben zu sein.

»Je ja, meine Herren«, grinste er mit kitzelndem Behagen, »wenn die Sache so ausfällt, wie *sie* sie sich anjetzo eingerichtet hat, dann weiß ich mir wirklich kein besser Jubiläum hier in Wanza zu wünschen. Sehen Sie mal, das eine kann ich Ihnen sagen: zwischen uns dreien hier an der Wipper seit fünfzig Jahren, ich meine zwischen mir und meinem Fräulein und der Frau Rittmeistern, ist das immer so gewesen, nämlich dass wir uns immer gegenseitig auf die richtigen Sprünge helfen. Sie verstehen doch, meine Herren?«

»Nicht im Mindesten, grauer Isispriester«, brummte Dorsten.

»Ich ebenso wenig, Marten!«, rief der Student; und der Alte, die Mütze von einem Ohr aufs andere schiebend, gestattete sich zuerst noch einen langen grinsenden Blick von einem der beiden jungen Männer zum andern, um sodann, wie überwältigt von innerstem Behagen, es sich sogar zu erlauben, seinen Chef, den regierenden Bürgermeister der Stadt, ganz zärtlich auf den Rücken zu klopfen und dabei gegen den Neffen der Frau Rittmeisterin zu bemerken:

»Ja, dann ist das freilich eine böse Geschichte, und ich kann Ihnen fürs erste auch nur dasselbige anempfehlen, was Ihnen, Herr Grünhage, schon die liebe Frau Tante angeraten hat. Nämlich gehen Sie uns jetzo gefälligst so weit als möglich aus dem Wege und laufen Sie uns ja nicht immer vor die Füße; denn, weiß Gott, wir haben wirklich noch alle Hände voll zu tun, um unsere fünfzigjährige Ankunft hier im Amte und, was die Frau Rittmeistern angeht, in Wanza überhaupt anständig zu begehen, wo mein Horn nicht dabeisein kann und die Frau Rittmeistern mit uns ganz unter sich sein will!«

Eine vollständige Umkehr des Hauses am Marktplatz schien vor allem andern zuerst dazuzugehören, um die erwünschte »Anständigkeit« der Feier des Einzuges der Frau Rittmeisterin in Wanza und des Amtsantritts des Wanzaer Nachtwächters vorzubereiten. Der Bürgermeister hub an, jedes Mal, wenn er in den Dampf und Aufruhr die Nase hineinsteckte, Schillers Taucher zu zitieren und den befreundeten Jüngling, Bernhard Grünhage, schadenfroh auszufragen, wie es ihm auf des Meeres tiefunterstem Grunde gefalle und wie viele Salamander er bereits mit den Salamandern, Molchen, Waschlappen, Scheuerbürsten und dem sonstigen grausen Gemisch scheußlichen kalten und warmen Wassergeziefers gerieben habe.

»Sie ist glorreich auch in dieser ihrer Raserei!«, stöhnte der Neffe und meinte mit dem Worte seine Tante Sophie, die in diesem Augenblicke mit einem Besen in der einen Hand und einer Bürste in der andern, und wiederum ohne im geringsten auf ihre weißen Strümpfe zu achten, sich von dem Treppenabsatz auf das Wogen, Wallen, Sieden und Zischen in dem untern Raume des Hauses niederbeugte und rief:

»Da stehen sie einem richtig schon wieder im Wege! Liebe Jungen, verlasst euch drauf: Zur rechten Stunde werdet ihr gerufen; jetzt aber schert euch auf der Stelle wieder zum Tempel hinaus.«

»Komm!«, sagte Dorsten und fürs erste nichts weiter. Erst drei Gassen weiter weg meinte er ganz scheu:

»Ich kenne euere Alte nicht; aber Mathilde kenne ich, und – eine ist wie die andere darin! Zu dieser Kunst, uns Männern die Angst der Kreatur deutlich zu machen, scheinen sie allesamt schon neun Monate vor ihrer Geburt berufen zu werden – die Frauenzimmer nämlich! O Grüner, du hast nicht bloß Philologie, sondern auch einiges von der Geschichte studiert: Sag mal, lässt es sich wirklich nicht historisch nachweisen, dass die Damen von Kaschmir noch am letzten Sonnabend vor der Sintflut haben scheuern lassen und aufgewaschen haben – all ihrer übrigen Unreinigkeit unbeschadet? ... Halt dich nicht auf mit der Antwort – da kommt Tresewitz über den Weg – grad, als ob uns die Welt noch nicht genug nach grüner Seife röche!«

Sie retteten sich in den Bären. Sie retteten sich sehr häufig während dieser schweren Tage in den Bären; und auch der Teichtorturm erwies sich jetzo für den Neffen mehrfach als derselbige gute und sichere Zufluchtsort wie vordem für den seligen, dann und wann auch aus seinem eigenen Hause gespülten Onkel Rittmeister. Wo es irgendein Asyl gab, kroch der Student unter in diesen unruhevollen Tagen. Er saß vor dem Teichtore bei Fräulein Thekla, hörte sie von dem Kandidaten Erdmann Dorsten und der Schlacht bei Leipzig erzählen; und was sonst die Mysterien von Wanza anbetraf, so weihte *eine* stille Stunde hier ihn tiefer in dieselben ein, als es ein jahrelanges Studium in dem Archive oder der Registratur der Stadt auf dem Rathause vermocht hätte. Auf dem Rathause brachte er dessen ungeachtet doch auch manche stille Stunde hin, indem er mit Ausdauer Fliegen für den Laubfrosch des regierenden Bürgermeisters fing. Er überfütterte ihn – den Laubfrosch – vollständig, während die Tante weiterscheuerte und nebenan im Sitzungszimmer das Räderwerk des städtischen Verwaltungsmechanismus mit dem weisen Seneka an der Kurbel weiterknarrte.

»Es ist eine recht pläsierliche Kreatur, hier dem Herrn Burgemeister sein Frosch, Herr Studente; und ich sehe ihm auch manchmal ganz gerne auf seiner Leiter zu. Er ist uns immer eine angenehme Unterhaltung, wenn wir grade nichts anderes vorhaben, Herr Grünhage«, meinte Hujahn.

Am Vierundzwanzigsten, einem Freitage, brachte der »Bote an der Wipper« die Nachricht von dem Morde zu Pantin bei Paris in den Bären; aber der Neffe der Tante Sophie Grünhage war nunmehr allgemach so weit herunter, dass ihm die schauderhafte Tragödie vollständig einerlei war. Am Sonnabend regnete es noch tüchtig auf den Höhepunkt der Überschwemmung im Hause am Marktplatze hernieder; aber am Sonntag kam die Sonne durch und wurde es das wundervollste Herbstwetter. Der achtundzwanzigste September fiel auf einen Dienstag, da der siebenundzwanzigste auf den Montag gefallen war –

»Traupmann! ... Zu Hilfe! Sie duckt uns unter! ... Onkel Dietrich, zu Hilfe!« ächzte der Student aus dem beängstigendsten Traume seines Daseins in Wanza unter einer schüttelnden Hand und beschienen vom fröhlichsten Strahl der Morgensonne auf seinem gastlichen Lager im Hause des Onkels sich aufrecht setzend.

»Je ja, da ist es ja ein wahrer Segen, dass nur ich es bin; ich – Marten Marten, Herr Nevöh! ... Sie müssen ja ganz erschrecklich geträumt haben! Na, besinnen Sie sich nur und sehen Sie mal diese Witterung. Je ja, hätten wir nur heute vor fünfzig Jahren solch ein Wetter gehabt!« sprach das eine Jubelkind des heutigen Tages, dem jungen Verwandten des Hauses die Stiefel, ausnehmend blank geputzt, vor das Bett stellend. Mit Erlaubnis zu fragen, was hat Ihnen denn grade in dieser gesegneten Nacht in Ihrem Traum so abscheulich mitgespielt? Das muss ja gradeso wie bei mir anno fünfzehn im Feldspital gewesen sein, wo ich alle Nacht von dem gottverdammten Sankt Amand und der gluhen Brandmauer auf mir träumen musste, ob ich wollte oder nicht.«

»Sind Sie es wirklich, Marten?«, stammelte der Student, noch immer ganz verwirrt und mit der Hand in dem feuchten gesträubten Haarwuchs. »Wovon ich geträumt habe? ... Ja, warten Sie mal – von dem Mörder aus dem dummen Wipperboten, dem Mörder Traupmann, von dem Onkel Dietrich Grünhage, von der Tante großem Reinmachen, von der Jungfer Lunkenbein und – zuletzt – wieder von der Tante Sophie! Aber wie kommen Sie denn jetzt schon – so früh hier ins Haus, Marten?«

»Bitt ich Sie, bin ich denn nicht heute mit eine von den Hauptpersonen? Da habe ich mich denn diesmal nur um eine oder zwei Stunden früher ein bisschen nützlich gemacht. Nun, jetzt fahren Sie nur so rasch als möglich in die Stiefel; unten im Hause ist alles abgetrocknet, und der Kuchen steht schon aufm Tische. Je ja, wer weiß, ob nicht heute um Mitternacht uns diesmal die liebe Sonne nicht grade noch so scheint wie jetzt, allen Ihren schlimmen Träumen zum Trotze?!«

»Die Tante hat nicht heizen lassen?«

»Heute nicht!« lachte der Alte. »Sie schwitzt auch schon ohne dieses vor Aufregung. Gehen Sie nur hinunter, Sie finden sie an ihrem Platze hinterm Kaffeetisch; aber noch eins, vergessen Sie es nicht, sich auch den alten Herrn, den Herrn Rittmeister, den Herrn Onkel meine ich, überm Sofa und über ihr zu betrachten. Mir sieht er nämlich heute ganz anders wie sonst von der Wand.«

Der Student stand jetzt bereits im Hemde am Fenster des frühern Schmollwinkels der Frau Sophie Grünhage. Wahrlich, da lagen unter ihm die Dächer und Gärten im Sonnenschein; im Sonnenschein lag die bunte, grüne, hügelige Landschaft drüber weg und im blauesten Morgennebel die Thüringer Berge. Eine Viertelstunde später trat er überall im Hause auf (nach der Mode von achtzehnhundertneunzehn) frisch gestreuten weißen Sand, und – da saß sie richtig unter dem Bildnis ihres Seligen, so früh schon in feierlicher schwarzer Seide, doch mit einer schneeweißen Küchenschürze über dem Festgewande nach der Mode von achtzehnhundertdreißig. Sehr herbstlich, aber doch auch sonnig mit einem netten Ausdrucke von Güte und Milde in dem alten hellen Gesichte, den er bis jetzt *so* noch nicht darauf bemerkt hatte, erhob sie sich halb von ihrem Sitze und reichte ihm die Hand. Sein Auge wanderte von ihr nach dem Porträt über ihr. Bekränzt hatte man dasselbige nicht; aber der Meister Marten hatte doch recht: Der selige Herr Onkel stierte ihm heute Morgen ganz anders entgegen wie sonst. Ob es die sonnige Beleuchtung machte oder etwas anderes: der Rittmeister sah, in diesem Augenblicke wenigstens, nicht aus, als ob er dem Beschauer eine Ohrfeige geben wolle, sondern als ob er sie ihm bereits versetzt habe und nunmehr mit erleichtertem Gefühl, ganz à son aise, die Gegenwirkung erwarte, in der gemütlichen Sicherheit, zu Fuß, zu Pferde und auch in Öl für alles bereit zu sein.

»Setze dich, mein Kind«, sagte seine greise Witwe gemütlich. »Mit unseren Vorbereitungen sind wir gottlob zu Ende. Unten in der Stube wird natürlich gegessen. Und was das Übrige anbetrifft, so bin ich mit mir, Thekla und Marten Marten völlig einig: Es ist besser, wir bleiben heute Abend ganz unter uns in der Familie und lassen alle Philister der Welt draußen. Um elf Uhr kommt die letzte Post in Wanza an – eine ganze Stunde früher als vor fünfzig Jahren. Thekla wartet natürlich hier im Hause; aber ich, du und Dorsten, wir nehmen sie auf dem Posthofe in Empfang. Seit vorgestern habe ich ihren Brief in der Tasche – es ist wirklich eine große Freundlichkeit von deinem Papa und deinen Schwestern, dass sie kommen wollen, um heute Nacht den Eintritt der Tante Sophie in die Familie und ihren Einzug in Wanza mitzufeiern. Wenn aber auch dieses mir nicht dazu hilft, um diesem ewigen Krakeel mit der Thekla über – deinen – verstorbenen Onkel Dietrich endlich ein Ende zu machen, so – weiß ich wirklich nichts weiter!«

Der Neffe der Tante Sophie sagte nichts, sondern ließ nur seine Tasse zu Boden fallen. Die Frau Rittmeisterin Grünhage schmunzelte nur:

»Noch ein paar nichtsnutzige Scherben mehr! Was hast du denn, mein lieber Junge? Tu mir doch nicht gradeso verwundert wie dein alter Papa in seinem Briefe! Bis jetzt ist mir nichts bei der ganzen Geschichte verquer gegangen, als dass uns Marten Marten diesmal nicht wie vor fünfzig Jahren auf seinem gräulichen Tuthorn die Stunde, die es für uns in der Zeit ist, antuten soll.« – –

Wir sagen auch nichts weiter. Wir können es jetzt einfach nur elf Uhr abends werden lassen. Wenn wir aber nicht gleichfalls, äußerlich sehr kühl, innerlich vor Aufregung schwitzen, so ist das nur, weil wir an derlei Aufregungen schon seit lange und von mancher gar nicht übeln Berichterstattung über der Menschheit Haushaltsangelegenheiten auf dieser armen reichen Erde her gewöhnt sind. Kühl und gelassen bleiben wir jedenfalls um elf Uhr morgens, als auf dem Rathause von Wanza der Herr Bürgermeister Dorsten dem städtischen Nachtwächter Martin Marten seine fünfundzwanzig Taler »Gratifikation« übermacht und das schriftliche Belobigungsdiplom mit seinen eigenen Bemerkungen spickt. Wir nicken nur ganz zustimmend, als Hujahn brummt:

»Ne, so 'n Lumpenkerl mit so 'nem verdammten Glücke! Jawohl, mit einer Glückshaube ist der alte Schinderknecht und Pferdedieb freilich hier in Wanza zur Welt gekommen.«

Als es Dämmerung geworden war, stand aber Wanza auf den Zehen wie seit lange nicht:

»Wissen möchte ich es wohl, was die Rittmeistern Grünhage schon wieder mal vorhat! ... Alle Fenster erleuchtet und kein Mensch aus der Stadt eingeladen! ... Das mit ihrem fünfzigjährigen Jubiläum hier im Orte ist doch wohl nur eine Dummheit; aber wie man auch herumgefragt hat, keiner kann einem eine genauere Auskunft darüber geben – was meinen

Sie denn, Frau Nachbarin?«... »Ja, denken Sie, wissen Sie, was Marten Marten sagt? Vorhin begegne ich ihm bei Sankt Cyprian, und weil man seine Wissbegierde doch immer mit sich herumträgt, suche ich ihn wirklich ein bisschen auszuholen. Da greint er nur ganz heimtückisch: ›Der Frau Rittmeistern ihr Jubiläum? Ach, lassen Sie sich doch nichts einbilden, Frau Hangohr; *meines* wird gefeiert! Die Frau Rittmeistern hat sich auf heute Abend, nur um *mir* ein Pläsier zu machen, die Gesellschaft aus der Fremde hergebeten. Wer aber eigentlich kommt, kann ich Ihnen selber noch nicht sagen.. Dass wir nachher vielleicht auch unser Testament machen, kann Wanza ganz einerlei sein.‹ – Nun, denken Sie mal, Frau Gevattern!«

Gut! War der Tag schön, so wurde der Abend womöglich noch schöner; aber dass die Gemüter in dem Hause am Marktplatze sich mit untergehender Sonne beruhigten, kann man nicht behaupten.

Kurz vor zehn Uhr trat der Mond ins letzte Viertel und der weise Seneka im Frack zu dem Neffen der Frau Rittmeisterin, packte ihn am Arm, führte ihn hinter die Fenstergardine, aus dem Lampenschein hinein in die unzulängliche Beleuchtung durch das bleiche Himmelslicht und seufzte ihn an:

»Mensch, scheint es mir nur so, oder bin ich in der Tat so grässlich aus dieser abgeschmackten Körperbedeckung herausgequollen? Hat mich euere allgemeine Aufregung und meine innige Teilnahme dran so aufgeschwellt, oder bin ich wirklich aus Naturanlage und als Bürgermeister von Wanza so maßlos über einen anständigen Leibesumfang herausgewachsen, wie mir das augenblicklich vorkommt?! Ich bitte dich, Knabe, verkünde mir ehrlich, ob ich nicht zu lächerlich aussehe?! Guck nur die alte Halunkin, wie sie ihr Gaudium an mir hat! Und Mathilde hat natürlich auch längst Wind davon, dass etwas Ungeheueres sich vorbereitet. Sie hat sich mit ihrer intimsten Busenfeindin, Postmeisters Viktoriachen, versöhnt und auf heute Abend eine Einladung zum Tee und auf das neueste Buch der Fräulein Marlitt angenommen. Aber das ist mir ganz einerlei, Grüner! Wissen will ich nur, ob ich nicht der übrigen Menschheit zu bodenlos lächerlich vorkommen werde – wenn – wir in einer Stunde deine lieben Angehörigen vom Posthofe abholen werden?! Deine gute Tante hat sie mir nämlich allesamt auf den Hals geladen – deine vier Schwestern! – ›Du nimmst dich wohl ein bisschen der jungen Damen an, liebster Ludwig!‹, hat sie mir vor fünf Minuten nochmals dringend auf die Seele gebunden, und – ›Du siehst ja gottlob ganz würdig und präsentabel aus!‹ hat sie auch gehohngrient, die alte Spitzbübin!«

»Hohngrienig« sah die Tante Grünhage um drei Viertel auf elf Uhr nicht mehr drein. Zum letzten Mal an diesem Abend holte sie eine Uhr hervor (nicht die, welche ihr seliger Rittmeister aus Moskau mitgebracht hatte, denn die hatte sie der seligen Jungfrau Lunkenbein mit in die französische Julirevolution gegeben, d. h. sie ihr – der Jungfer – gelassen) und sprach mit großem Ernste:

»Kinder, wir müssen jetzt wohl gehen.«

Ein schriller Pfiff, der an seinem Ende in einen absonderlichen, gar nicht drangehörigen Triller auslief, klang von Sankt Cyprians Kirchhofe her.

»Die Glocke hat elf geschlagen! Elfe ist die Glock!«, rief der Nachtwächter von Wanza an der Wipper die Stunde ab.

»Und da bläst Füllkorn grade auf die Minute unter dem Teichtor, Frau Rittmeistern«, sagte der Postmeister von Wanza, ein paar Minuten später hinzufügend: »Sieh, sieh, auch ein Beiwagen. Jaja, Wanza wird Weltstadt, und der Verkehr mehrt sich. Nun Leute, alle heran! Hierher! Leuchtet den Herrschaften zum Aussteigen! Viel Damengepäck! Na, Marten, dann kommen Sie nur und halten Sie Ihre Laterne mit her. Heute vor fünfzig Jahren sollen Sie ja auch wohl schon mit ihr dabei gewesen sein? Nun, an Ihrer Stelle läge ich denn doch lieber im warmen Bette, um mein Jubiläum und noch dazu auf solch 'nem Ruheposten wie der Ihrige zu feiern.«

»Ist dies Wanza?«, fragte aus dem jetzt auf dem Posthofe haltenden gelben Wagen eine biedere, aber etwas heisere Männerstimme.

»Jawohl!«, rief die Frau Rittmeisterin. »Macht doch Platz, ihr andern, und lasst mich heran! Du aber mach doch die Tür auf, Bernhard!«

Ein alter breitschulteriger, würdiger Herr mit einer Brille auf der Stirn haspelte sich zuerst aus dem Gefährt, blinzelnd vor dem Laternenlicht Martens und unterstützt von dem rasch zugreifenden jungen Gast der Frau Rittmeisterin Grünhage.

»Nun, Papa, möglich ist es, dass du es bist – und die Mädchen auch; aber –«

»Ist er es wirklich?«, fragte jetzt die Tante Sophie im hellsten metallischen Ton. »Nun denn, das ist freilich ungemein freundlich von ihm. Schönen guten Abend, lieber Schwager! Ich bin nämlich die Rittmeisterin Grünhage in Wanza an der Wipper, und – wissen Sie wohl noch? Vor fünfzig Jahren auf meinem Hochzeitstanz in Halle an der Saale haben Sie mir die Schleppe abgetreten! Jetzt geben Sie mir die Hand, bester Bruder

Doktor; und Sie, Marten Marten, halten Sie doch Ihre dumme Laterne ein bisschen höher, dass die zwei Grünhage von anno neunzehn sich im Jahre neunundsechzig wiedererkennen können. Je ja, ein bisschen älter sind wir in der Zeit wohl geworden, Schwager; es war aber desto hübscher von Ihnen, dass Sie mir neulich Ihren Jungen schickten, um die alte gute Bekanntschaft durch das jüngere Volk aus der Familie wiederanzuknüpfen. Wo stecken denn aber die Mädchen?«

Drei von ihnen entwanden sich eben auch dem Hauptwagen, standen nun ebenfalls im Laternenlicht auf dem Wanzaer Posthofe, lächelnd, knicksend und ziemlich verlegen.

»Meine Marie! Meine Anna und meine Martha, verehrte Schwägerin!« zählte sie der Doktor aus Gifhorn ab und der Frau Rittmeistern von Wanza zu, und sie bekamen eben jede einen Kuss von der alten Frau, als der Bruder Bernhard plötzlich ganz kläglich und vorwurfsvoll dazwischenrief:

»Ja, aber unsere Alte?! ... Wo steckt denn unsere Alte? ... Na, das wäre freilich großartig, wenn ihr die Alte wieder mal als Aschenbrödel zu Hause gelassen hättet, um in euerer Abwesenheit es zu hüten und den Torfhandel der süßen Heimat zu überwachen.«

»Das wäre mir freilich auch nicht lieb!« sprach die Tante Grünhage, die jüngste Nichte eben aus den Armen freilassend; aber der Vater Grünhage brummte behaglich:

»Ne, ne, beruhige dich nur, lieber Sohn. Sie sitzt in dem Beiwagen, Frau Schwägerin. Bis zur vorletzten Station hat sie sich drin einer armen Person und Mitpassagierin mit drei Kindern und einem meines Erachtens ziemlich bedenklichen Husten erbarmt. Übrigens hat es freilich einige Mühe gekostet, sie auf so kurze Ordre hin, verehrte Frau Schwester, mit uns anderen auf diese Fahrt in die weite Welt zu bringen; und zuletzt tat sie es auch da nur aus Mitleid, da sie wusste, dass wir ohne sie auf keine Weise unterwegs fertig geworden wären.«

Es war der städtische Nachtwächter von Wanza, der mit dem unverkennbarsten Vergnügen seinem regierenden Bürgermeister mit seiner Laterne an dem Beiwagen das nötige Licht lieferte. Es war der Bürgermeister von Wanza, der unsere Alte aus dem Fuhrwerk hob und in seinem ominösen Examinationsfrack dergestalt eifrig sich dabei bewegte, dass ihm in der Tat eine Naht unterm Arm mit einem merkbaren Krach platzte. Dass in dem nämlichen Augenblick ein Fenster in der Privatwohnung des Herrn Postmeisters klirrend zugeschlagen wurde, erschütterte ihn wenigstens doch so weit in seinem Gewissen, dass er auf dem

Heimwege nach dem Hause am Marktplatz seinem frühern Studiengenossen zuraunte:

»Du, das war Mathilde, die dem Postmeister eben eine Fensterscheibe schuldig wurde. *Ich* konnte nichts dafür. *Ich* war doch einfach nur so höflich, als es sich unbedingt schickte gegen uns– gegen dein Fräulein Schwester.«

Der Schlingel führte diese »Fräulein Schwester« dabei am Arme und sah in seinem lächerlichen Feiergewande fast ebenso schlaubehaglich wie unmenschlich dick aus.

Aber wir stehen ja immer noch auf dem Posthofe von Wanza, wo jetzt gottlob die Tante Sophie auch unser gutes altes Mädchen, unsere Käthe Grünhage, in den Arm genommen hat und sie von Marten Marten beleuchten lässt, sie abküsst wie die andern, aber dazu ruft:

»Also du bist es, die die Beste in unserer ganzen Familie sein soll! Und die Verständigste auch! Und die Vernünftigste dito! Und nicht wahr, du bist es auch gewesen, die zuerst auf den vernünftigen Einfall gekommen ist, den ganz anständigen und braven Jungen, eueren Bernhard, hierher nach Wanza zu schicken, um die Alte an der Wipper im – Vorbeigehen von euch mal zu grüßen?«

»Ja, liebe Tante!«, sagte Käthe Grünhage treuherzig, aber doch auch durch ihre Tränen lachend. »Dass es aber so – so – schön ausfallen würde, habe ich mir nicht vorher gedacht!«

»Elf Uhr ist die Glock!«, rief Marten Marten mit rauester Amtsstimme, in Ermangelung des Hornes von achtzehnhundertneunzehn die Mark und Bein durchdringende Pfeife von achtzehnhundertneunundsechzig an den Mund setzend.

»Herr du meine Güte, und es ist gut halb zwölfe schon, und Thekla hat wahrhaftig alles Recht, allgemach wieder einmal ungeduldig zu werden!«, rief die Frau Rittmeisterin, gleich allen Übrigen vor dem unvermuteten Amtsgetöse ihres alten Freundes zusammenfahrend. »Jetzt kommt nach Hause! Wissen Sie wohl noch – heute vor fünfzig Jahren, Marten?«

»Alles noch wie von gestern in meinem Gedächtnis, Frau Rittmeistern«, erwiderte Marten Marten ehrbar. »Mit dem Horn und dem Spieß kann ich heute Ihnen und den übrigen Herrschaften nicht mehr aufwarten; aber mit meiner Laterne leuchte ich Ihnen gerne noch heute so wie damals. Und wenn der Mond auch noch so voll im Kalender und am

Himmelsgezelt stünde, sie müsste doch dabeisein, und das von Rechts wegen.«

»Dann gehen Sie mit ihr nur vorauf; und ihr andern kommt. Sie geben mir wohl Ihren Arm, lieber Schwager.«

Sie – Fräulein Thekla Overhaus – saß mit ihren erblindeten Augen freilich ganz allein in der großen Stube linker Hand im untern Stock des Grünhageschen Hauses am Marktplatz, wo der Tisch für die erwarteten Gäste und Verwandten gedeckt war; aber sie wartete mit großer Geduld. In dem alten Potpourri stand vor ihr ein großer Strauß frischer, aber letzter Herbstblumen, die sie nicht sah, über die sie aber von Zeit zu Zeit mit der Hand fuhr wie über ein liebes bekanntes Gesicht. Und als das Festgewühl dieses sonderbaren Jubiläums nunmehr in das vor fünfzig Jahren so wüste Festgemach drang und ihr die Verwandten des Hauses Grünhage aus der Lüneburger Heide nacheinander vorgestellt wurden, fuhr sie auch ihnen über die Gesichter mit der Hand (den Doktor nicht ausgeschlossen); und als sie damit fertig war (Fräulein Katharina Grünhage war die letzte), sagte sie nichts weiter als:

»Dies ist der vernünftigste Streich, den Fiekchen, ihre Frau Schwägerin meine ich, Herr Doktor, je in ihrem Leben ausgeheckt hat –«

»Halt den Mund, alte Kriegskameradin, oder lobe dich selber!«, rief die Tante und Rittmeisterin Sophie Grünhage.

Sie sollten aber allesamt noch einmal zusammenfahren, und diesmal heftiger denn zuvor.

»Tut – Tuuut!«, erscholl es in der Tür des Festgemaches, und da stand Marten Marten, nachdem er für diese Nacht sein Amt an seinen Kollegen abgegeben hatte, und blies das Horn von Wanza nicht als städtischer Nachtwächter, sondern als ganz einfacher Privatmusikante.

»Mit gütiger Erlaubnis, meine Herrschaften und Sie, Herr Burgemeister!«, sagte er. »Unsere übrige Verabredung wissen Sie ja, Herr Burgemeister.«

»Da bei Fräulein Thekla sitzen Sie, Marten!«, rief die Frau Rittmeisterin über den Tisch weg. »Nachteulen sind wir diese Nacht alle, und es wird ein wahres Glück sein, dass wir wiederum den Nachtwächter von Wanza zur Hand haben, um uns von ihm mit oder ohne sein Horn die Stunde ansagen zu lassen. Punkto ein Uhr gehen wir zu Bette. Für jetzt: Willkommen in Wanza die Familie Grünhage! ... Es ist wirklich ein vernünftiger Streich, den Thekla Overhaus, Marten Marten und ich ausgeheckt haben. Punkto ein Uhr zu Bett: Denn ich freue mich zu sehr darauf, euch alle mir morgen früh bei der lieben hellen Sonne erst noch viel genauer besehen zu können.«

»Ich auch!« sprach der weise Seneka und zurzeit sich selber noch allein regierende Bürgermeister von Wanza an der Wipper. Es berechtigte immerhin zu einigen Hoffnungen für ihn, dass er in diesem Augenblicke weder Mathildens gedachte noch den Calvisius Sabinus herzitierte.

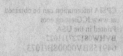

CPSIA information can be obtained
at www.ICGtesting.com
Printed in the USA
BVHW081727111022
649158BV00008B/1073